悪魔のひじの家

ジョン・ディクスン・カー

悪名高い故ワイルドフェア判事の旧宅である緑樹館は〈悪魔のひじ〉に聳え立つ。前当主クローヴィスの遺言により相続人とされた孫のニコラスは、ほしくもない遺産を断乎拒否すべく、友人ガレットを伴い緑樹館を訪れた。折しも響き渡る、宵闇を切り裂く銃声。現当主ペニントンの命に別状はなかったが、館は不気味な空気に満たされる。数時間後、ペニントンは再び兇弾に倒れ死の床に臥す。葛藤を抱え事態に苦慮するニコラスとガレット。そこへ救世主さながら現れたギディオン・フェル博士とエリオット副警視長が、電光石火の早業で事件を収拾する！

登場人物

クローヴィス・バークリー……緑樹館の前当主
ペニントン・バークリー……現当主。愛称ペン
デイドラ・バークリー……ペニントンの妻
エステル・バークリー……ペニントンの妹。愛称エシー
アニー・ティフィン……料理人
フィリス・ラティマー……メイド
フィービー……メイド
フェイ・ウォーダー……ペニントンの秘書
アンドリュー・ドーリッシュ……顧問弁護士
エドワード・フォーテスキュー……医師
ニコラス・バークリー……ペニントンの甥。愛称ニック
ガレット・アンダースン……歴史学者。ニックの友人
ギディオン・フェル博士……ガレットの友人
エリオット……ロンドン警視庁の副警視長
ハロルド・ウィック……ハンプシャー州警察の警視

悪魔のひじの家

ジョン・ディクスン・カー
白　須　清　美　訳

創元推理文庫

THE HOUSE AT SATAN'S ELBOW

by

John Dickson Carr

1965

悪魔のひじの家

クレイトン・ロースンへ

親愛なるクレイト

　ぼくたちに共通するトリックと不可能犯罪への興味の証(あかし)として、このささやかな物語をきみに捧げる。迫真性を持たせるために、物語のほとんどは現実にある場所で起こることにしてみた。しかし、サウサンプトン大学にウィリアム・ルーファス・カレッジが存在しないことや、ブラックフィールドに病院がないことを追記する必要はまずないだろう。また、レープ・ビーチは確かに実在する――サウサンプトンからバスで行けるはずだ――が、〈悪魔のひじ〉も緑樹館も、この物語の登場人物同様、ハンプシャー州には実在しないし、わたしのひねくれた空想の中以外、どこにも存在することはありえない。

変わらぬ友情を

ジョン・ディクスン・カー

ハンプシャー州ライミントンにて、一九六四年九月

I

こうして、六月の金曜日の夕方早く、ガレット・アンダースンはハムステッドの自宅で鞄に荷物を詰め、ウォータールー駅へ向かうタクシーを呼んだのだった。

彼がバークリー家のことや〈悪魔のひじ〉の家について何ひとつ知らず、そのためこれから起こることを予感していなかったといえば嘘になる。

その上、フェイ・ウォーダーの不可解な一件を考えれば……。

フェイ、フェイ、フェイ！　フェイのことは、永遠に頭から締め出さなければならない。

それなのに……！

フラットの電話が鳴ったのは、二日前の水曜日の午後だった。慌ててタイプライターを離れたガレットは、込み入ったパラグラフに取り組んでいる際、騒々しいベルの音に邪魔されたときにいつもするように、電話に向かって毒づいた。だが電話に出ると、表情が一変した。

「やあ、ガレット」温かみのある声にはかすかに聞き覚えがあったが、すぐには相手がわからなかった。「当ててみろとはいわないよ。ニック・バークリーだ」

「ニック！　どうしてた？」

「この上なく元気だ。そっちはどうだ？」

「今、どこからかけてるんだ？」

「もちろんロンドンだ」ニックが答えた。「大西洋の向こうから軽々しく電話をかけたりしないよ。同業者がそうしていたのはよく知られているけれどね。正確には、クラリッジ・ホテルからだ」

「短い里帰りというわけか？」

「まあな……」

ガレット・アンダースンは電話をじっと見た。

「四年前、一九六〇年の夏の今頃も」ガレットはいった。「ぼくたちは十六の子供だったときから二十一年間、声を聞かず顔も見ていなかった。そこへ、きみが今みたいにだしぬけに電話をかけてきた。そのときも二、三十分しか会えなかった。そっちはロンドン空港から、わざわざ車で市内まで一杯やりに来た。それからすぐに、カメラマンを従えて慌ただしくモロッコへ発ってしまった。五六年に独立を勝ち取ったムーア人が新しい国をどう運営しているかを目の当たりにし、自分が引き継いだ高級雑誌に記事を書くためにね。『フラッシュ』といったっけ？」

「なかなかいい雑誌だよ、ガレット」

「それで、今度も慌ただしい里帰りなのか？」

またしても、ニック・バークリーは口ごもった。

「いいや。確かに長居はできない。せいぜい一、二週間だ。だが、今回は身内のことでね。かなり深刻なんだ。気の向かない話さ。おい、この堅物め。かび臭い歴史文献に夢中になって、新聞も読んでいないのか？」

「おかげさまで新聞は読んでいるよ。仮に読まなくても、テレビは見ている……」

「ああ、どこにだってテレビはある。そうだろう？」ニックはこの上なく苦々しげにいった。

「とにかくだ！　知っての通り、おれはビル・ウィリスのいわゆる〝雑誌帝国〟を受け継いだ――もっとも、今ではほかの業界に比べて知名度は劣るようだが。この三月に、親父が心臓発作でぽっくり逝ったせいでね」

「お父さんのことは残念だった、ニック」

「ああ。お悔やみの手紙をありがとう。ばたばたしていて返事も出せなくてすまなかった」

ニックの声が、差し迫った響きを帯びた。

「その話をしたかったんじゃない」ニックは続けた。「クローヴィス――覚えているかな、祖父のことを。八十五歳という高齢で、父と同じ月に死んだ。どうやらおれは、ほしくもないし、ほしいと思ったこともないものを押しつけられたようなんだ。その上、とても不愉快なことが起こっている。取り返しのつかない事態は避けたい。ペンおじさんに、自殺とか、そういう血なまぐさい真似はやめてもらいたいんだ」

「会って話せないか？」

「何だって？」

「なあ」ニックは急にいった。「会って話せないか？」

「ああ、ぜひそうしよう。今夜、食事でもどうだ？」

「ありがたい。何時に、どこで？」

「七時半頃、テスピス・クラブでは？」

「テスピス・クラブ？」

「コヴェント・ガーデンにある、ロンドンで一番古い演劇関係のクラブだ。いいか、ニック！きみの父親が祖父と大喧嘩したあげく、きみに学校をやめさせ、開戦の頃に移住させてから、きみはもう四半世紀アメリカにいる。だが、一流の記者ならコヴェント・ガーデンのテスピス・クラブを見つけられないはずはない」

「わかった。ありがとう。じゃあ、あとで」

ガレット・アンダースンは、自分がテスピス・クラブの一員であることをとても愉快に思っていた。皮肉な喜劇となった自分の人生にふさわしい。博識な歴史学者であるガレットは、ヴィクトリア朝の政界や文学界の著名人にまつわる一般向けの伝記を書いていた。それなりに機知や洞察も取り入れた良書で、高く評価されたが、経済的にはそこそこの成功しかもたらさなかった。アメリカのエージェントがそのうちのひとつ『マコーリー』をブロードウェイ・ミュージカルにすることを思いつくまでは。

上演を委託した有名なハルピン・アンド・ピーターズ劇団は、勝手に甘い味つけをした。シドニー・スミスが〝くそまじめ〟と評したトマス・バビントン・マコーリーは、ロマンティックなヒーローと化し、（架空の）伯爵令嬢との情熱的な恋愛から得た霊感を、『イングランド史』や、とりわけ『古代ローマ詩歌集』の執筆に役立てたことになっている。ヴィクトリア朝初期のしたたかな女主人レディ・ホランドは、道化として跳ね回り、その歌のひとつ『近頃面白い本をお読みになって？』は、毎晩のように劇を中断させるほど受けた。マコーリー自身の詩『枝の小鳥』は、庶民院のテラスで恋人のために歌われ、感傷的な人々の胸を打った。かくして、一八三〇年代から四〇年代にかけてのロンドンの政治・文学的状況なるものを背景に『アンクル・トムの大邸宅』が誕生したのである。

後援者によってニューヨークに招かれたガレットは事態を目の当たりにしたが、すでに契約書にサインしており、止めることはできなかった。多少の抗議はあったものの、批評家たちは心を奪われ、『アンクル・トムの大邸宅』は大当たりを取った。

「だが、片っ端から事実をめちゃくちゃにされて、気を悪くしたんじゃないか？」あとからそういった友人はひとりならずいた。

「最初はね。だが、馬鹿げた部分に戸惑うよりも、面白いと思うようになった。物事を変えられないなら、笑い飛ばせばいい。それに――」

その先をいってもよかったが、彼はいわなかった。『アンクル・トムの大邸宅』が大当たりしたおかげで、経済的な重圧は永遠になくなったのだ。以前の著作が飛ぶように売れただけでなく、今や誰憚(はばか)ることなく、好きなだけ厳密な伝記を書ける。

したがって、四十歳を過ぎたばかりのガレット・アンダースンは、もう年だなどと心にもないことをたまにつぶやく、幸運な男だといっていいだろう。幸せそのものとはいえなくても、幸運な男だった。引き締まった体は活力にあふれ、見た目も悪くない。おっとりしていて想像力がたくましすぎるところはあるが、辛辣なユーモア感覚はバランスが取れていた。良識ある市民で、理性的で、真面目で、責任感が強い。実のところ、少しばかり堅苦しいと思われることはあった。

「それでも」同じ友人はこういった。「『アンクル・トム』には、自分で認める以上にばつの悪い思いをしているはずだ。いろいろな点で、ガレット、きみ自身が古臭いヴィクトリア朝の人間だからな」

ヴィクトリア朝の人間だって？　きみたちがフェイのことを知っていたら……。

だが彼らは知らなかったし、ガレットのほうにも知らせる気はなかった。『アンクル・トムの大邸宅』の件は、ただの笑い話にしておけばいい。

ニック・バークリーとバークリー家に関する件は、笑い話では済まないだろう。六月十日の水曜日に電話を受け、ニックをテスピス・クラブの夕食に誘ったときから、ガレットはそう確信していた。

イングランド南東部、ハンプシャー州とワイト島の間に横たわる深いソレント海峡沿岸にせり出した平地は、由来は何世紀もの歴史の霧の中にまぎれてしまったが、〈悪魔のひじ〉と呼ばれていた。〈悪魔のひじ〉なる名称に不吉な意味がなかったとしても、怪しげな噂――なぜだろう？　ガレット・アンダースンはその理由を聞いたことがない――が、緑樹館と呼ばれるカントリーハウスを取り巻いていた。やり手だが評判の悪かった高等法院のワイルドフェア判事が、十八世紀半ば過ぎに建てた屋敷だ。間もなく判事は非業の死を遂げた。バークリー家は彼の相続人から館を買い受け、以来〈悪魔のひじ〉の所有者となった。

家柄からいえばそう古くはない。バークリー家の初代は、はっきり記録に残っている。目端のきく真面目な実業家で、一七九五年頃に北部からやってきた。ナポレオン戦争中、フランス軍に靴を売って財をなし、十九世紀には手堅い投資で財産を増やして、第二次大戦後の税負担とあらゆる秩序の混乱しきった中でも、先代の当主クローヴィス・バークリーの手には富が残されていた。

クローヴィスは若いうちに裕福な家の娘と結婚し、一族の者らしい抜け目なさを発揮した。この結婚で三人の子供、男ふたりに女ひとりを儲ける。ニコラスは一九〇〇年、ペニントンは一九〇四年、エステルは一九〇九年生まれ。優しくて控えめだったミセス・クローヴィスは、一九二〇年代の初めにこの世を去った。彼女は次男のペニントンに、何があっても困らないようにと、自分の全財産を遺した。

事実上、ここから現代の話が始まる。

晩年には髭を生やした暴君として正真正銘の家長となったクローヴィスは、扱いにくい存在だった。自分のほしいものはよくわからなくても、ほしくないものは心得ていて、そのことを声高に述べ立てた。お気に入りは腕白で元気いっぱいの長男ニコラス、のちにガレット・アンダースンの友人ニックの父親となる人物だ。そんなえこひいきにもかかわらず、というよりも、おそらくそのせいで、クローヴィスと長男との間には喧嘩が絶えなかった。ニコラスは自力で事業を始めたがったが、それは間違っているといわれた。ニコラスは持参金のない相手と若くして結婚したが、それも間違い。なるほど、ニコラスは父に買ってもらったレーシングカーを乗り回すことを許されていた。左脚をひどく骨折し、二度と元のようには動かなくなったときも、何もいわれなかった。だが、自立していたといえるだろうか？　家族を養い、独立していた？　とんでもない！

かたや、老クローヴィスはペニントンには寛容ではなかった。ミセス・クローヴィスのお気に入りだった〝芸術家〟だ。彼はペニントンをひ弱で力がないといった。それは事実ではなかったが、いったんそう思い込んだら最後だ。仔猫っぽくて、生まれながらに生涯独身と決まっているかのようなエステルは、父親を理想化し常に味方になっていたが、父親は彼女のことを気にかけてもいないようだった。

「エシー？　ああ、あれは女の子だ。誰かが面倒を見てくれるさ。あの子は心配ない」クローヴィスはそういった。やがて、さらに若い世代が登場する。

ガレット・アンダースン少年と、当時は新聞記者を夢見ていたニック少年は、一九三〇年代の終わりにハーロー校で知り合い、親友となった。クローヴィスとニコラスの軋轢(あつれき)があからさまな衝突に発展する頃、世界はさらに深刻な憎しみに傾いていった。ニコラスの計り知れない商才を見抜いたアメリカの知人ビリー・ウィリスは、ニューヨークで雑誌を二誌ばかりささやかに発行する準備をしていた。運がよければ、そのうちもっと出せるだろう。彼はしきりにニコラスに手紙を書き、一緒にやろうと誘った。最後の手紙が届いたのは、ナチスのポーランド侵攻直前だった。宣戦布告がなされ、一九三九年九月の晴れた日曜、空襲警報が鳴り響いた。その翌日、ニックの父親はクローヴィスと真っ向からぶつかった。

「わかるでしょう、ぼくは除け者なんだ」緑樹館の細長くほこりっぽい図書室で、彼は杖にすがっていった。「このいまいましい脚では兵役に就けないし、それ以外に役に立てることが今はない。ぼくに何かできるとすれば、ビルと仕事をするしかありません。一千ポンド投資してください。半年後にはお返しします。そのときに会いましょう。さあ、どうです?」

クローヴィス老人は彼なりのやり方で応じた。即答したり、小切手を書いたりはしなかった。まる一週間、彼は思案した。ブロッケンハーストの銀行から五ポンド紙幣で一千ポンド引き出すと、輪ゴムで分厚い束にまとめ、再びニコラスと図書室で対面した。この期(ご)に及んでも、見下したようにテーブル越しに札束を押しやったり、ニコラスの足許に放ったりはしなかった。

彼は札束を、長男の顔に叩きつけた。

「おまえの金だ」クローヴィスは怒鳴った。「さあ、出ていけ。何かいうことはあるか?」

ニコラスも躊躇しなかった。尊敬すべき親の顔に彼が叩きつけたのは、図書室のテーブルにあったインク壺の中身すべてだった。ぶつけた言葉は「くたばっちまえ」だ。

彼はドアを乱暴に閉めて出ていった。二十四時間のうちに、ニコラスは妻と息子とともにサウサンプトンからニューヨークへ向かうイリュリア号に乗っていた。

その続きは、たいていの人が知っている。戦争とは関係なく、ウィリスとバークリーの事業はたちまち軌動に乗った。ニコラスはすぐに手腕を発揮し、なくてはならない人物となって、戦争が終わる頃には共同経営者に納まっていた。ささやかな二誌だった雑誌は四誌に増えた。一九五〇年代の初め、引退を望む共同経営者から事業を買い取ったニコラスは、誌名が一語の有力な六誌を定期刊行していた。主力は、イラスト満載の高級ニュース誌『フラッシュ』と、有名人の生活を悪趣味にならない程度に詳しく紹介する『ピープル』だった。

「親父ならやると思っていた」息子のニックはいった。

二代目のニックにとっても、そのことは好都合だった。ニックは別の学校——ペンシルヴェニア州ゴッツバーグにあるハーローのアメリカ校へ通い、プリンストン大学に進学した。その後、記者への情熱を持ちつづけていた彼を、父親はさまざまな地方紙編集室で数年しごき、経験を積ませてから『フラッシュ』のスタッフに迎え入れた。

彼は特派員として名を上げた。どこへでも行き、あらゆるものを見た。気立てがよく、すぐに共感し、皮肉屋を気取っていても実際はまるで違うニックは、まさしく記者に打ってつけだった。

一方、イングランドの〈悪魔のひじ〉の家では……。

ニコラスが出ていってから苦い思いを噛みしめていたクローヴィスは、予想通りに振る舞った。彼もニコラスと同じく、もはや激しい怒りを抱いてはいなかった。ニコラスは一千ポンドに利子をつけて返してから、連絡を一切断っていた。だがクローヴィスは、見たところは頑な態度を崩さなかった。二度と長男の名を口にするなと彼はいった。わしに長男はおらん、と。温厚で本好きで上品なペニントンのことは大嫌いだったが、バークリー家の財産はバークリー家の者に遺さなければならない。彼は緑樹館にアンドリュー・ドーリッシュを呼んだ。感化されやすいものの手堅い弁護士で、この家に一世紀近く仕えてきた父と祖父と同じく忠実だった。ミスター・ドーリッシュは、ペニントンと同じ年でありながら、家長に匹敵する威厳を持っていた。クローヴィス老人の遺言状は、削ろうとする弁護士の努力も虚しく註釈に満ちていたが、全財産をペニントンに譲るという内容だった。忠実なエステルは名前も出なかった。

月日は流れた。クローヴィスは徐々に強まる死の予感に取りつかれ、ますます秘密主義になり、怒りっぽくなった。そして……。

ニューヨークでは、一九六四年の早春、日頃から健康と体力を自慢していたニコラス・バークリーが、エーペックス・クラブの体育館でロープをよじ登っているときに心臓発作を起こし、六十四歳の誕生日まであと数カ月というところで息を引き取った。クローヴィス老人は、三月の風が吹きつける中、緑樹館の庭を散歩していて気管支炎にかかり、ボーリュー教会の墓地に眠る祖先の仲間入りをした。しかし、それは終わりではなく、始まりにすぎなかった。

ロンドンにいたガレット・アンダースンは、ふたりの訃報を聞いた。ニコラスの死は、イギリスのマスコミをあっといわせた。クローヴィス老人の場合は『タイムズ』に控えめな死亡記事が出るにとどまった。ガレットが小耳に挟んだ噂では、ニックのおじであるペニントンが、特に必要もないクローヴィスの金とともに緑樹館も相続したという。ペニントンはその屋敷を愛し、大切にしていた。ニックも父の事業を引き継ぎ、四十歳にしてちょっとした大物になっていた。

〈悪魔のひじ〉の家に対するペニントン・バークリーの愛着を、ガレットは理解できなかった。大昔、ニックの客として一度訪ねたその家は、陰気で、心を不安にさせた。現代風に改装されていたし、周囲の田園風景も美しかったが、緑樹館はあまりにも暗く、陰鬱だった。日が落ちると、つい後ろを振り向かずにはいられない。寒々とした贅沢な部屋や廊下には、現代のものとは思えない、心を掻き乱す空気が流れていた。

知ったことか。ガレットは独りごちた。あの頃はほんの子供だったたし、気のせいだったのだろう。とにかく、どうこういえる立場ではない。

それでも、六月十日の水曜日に思いがけずニックから電話を受けたとき、ガレットはもっとはっきりした理由で胸騒ぎを感じた。あれから緑樹館でどんなことがあったのか、ほとんど知らない。だが、皮肉屋と思っていたニックは、明らかに心に何かを抱えている様子だった。話しぶりからして、いいことではなさそうだ。ガレットは夕食の約束に遅れないように、たっぷり時間の余裕をみてコヴェント・ガーデンへ向かった。そして、昨今のロンドンではお約束だが、駐車する場所を見つけるのに手間取り、七時半を数分過ぎたところでテスピス・クラブの玄関を通った。

客はまだ来ていなかった。七時四十五分になって、ニック・バークリーが一階の小さなバーに入ってきた。十八世紀の俳優の肖像画（何かの前兆か？）が、金めっきの立派な額に納まり、周囲の壁を飾っている。

彼らとバーテンダー以外、部屋には誰もいなかった。ガレットが旧友に会ったのはこの二十五年間で一度きりなのに、やはりどこにいてもわかる。ニックは今もロンドンで服を仕立てていた。黒髪、角ばった顎、抜け目のないまなざしの彼は、バークリー家の男たちの例に洩れず平均をかなり上回る長身だ。しかし中年に差しかかり、祖父や父やおじとは違って、少し肉がつきはじめている。

「やあ！」ニックがいった。

ふたりは心のこもった握手をし、本当に仲のいい友達ならではの憎まれ口を浴びせ合った。

ガレットはマティーニを注文し、テーブルに飲み物を運んで、向かい合って坐った。グラスを合わせて乾杯すると、ニックはマティーニをほぼ一息に飲み干した。それから背筋を伸ばし、目の下に不安げな皺を刻みながら、友人をじっと見た。

「それで?」

2

「それで、というのは？」ガレットは尋ねた。

「調子はどうだ、この幸せ者？　顔を見ないうちに、すっかり有名人じゃないか」

「何かの間違いでね」

「それがどうした？　なぜむきになる？　『アンクル・トムの大邸宅』は、おまえが関わっていようといまいと、素晴らしいショーだ。おれは二回観た。おめでとう。ロンドンでの上演はいつなんだ？」

「あるとしても、まだ先のことさ。ロード・チェンバレン（英国の宮内長官。王室関係の人事や、王立劇場の監督などを職務とする官僚）が上演許可を出さないだろう」

ガレットはマティーニのお代わりを注文し、ふたりして煙草に火をつけた。ニックはテーブルの向こうで声をあげて笑った。

「あのマコーリーが活劇ヒーローになると誰が思っただろう？　リットン・ストレイチーが書いたことを覚えているか？　『そこに彼あり――ずんぐりとして、がっしりとして、絶え間なく熱弁を振るいつづける――パルナッソス山の上から』。ところで、ロード・チェンバレンは何がお気に召さないんだ？」

「覚えているかな、第二幕で、マコーリーがインド総督に盾つくんだ。民主主義に関する長い演説から始まり、タイトルは忘れたが勇ましい歌になる」

「『圧政をやめるがよい、総督、さもなくば殺されん』だろう。口笛で吹いてみせようか？」

「いいや、結構」

「それでも納得がいかないな、ガレット。ロード・チェンバレンは何が不満なんだ？」

「『アンクル・トム』に出てくるインド総督は、権力を笠に着てヒンズー教徒を迫害し苦しめる悪人中の悪人なんだが、実在の人物で、その子孫が生きているんだ。まったく架空の人物に書き換えない限り、ロード・チェンバレンは上演を許さないだろう」

「ご愁傷さま。とはいえ、訊きたいのはそのことじゃない。私生活のほうはどうなんだ？　結婚は？」

「いいや、まだだ。そっちは結婚したと聞いたが？」

「していたんだ」ニックは達観したように煙を吐いた。「確かに結婚していたが、続かなかった。イルマとはとうの昔に別れて、その後は手広くやってるよ。愛し、別れる。それがモットーだ。おれがいい出したわけでもないがね。

　おれも年を取ったものさ、ガレット」やや尊大にいう。「気をつけていないと腹が出てくる。見ての通り頭のてっぺんも薄くなってきた。なのに、おまえときたら健康そのものじゃないか。

熊手のようにほっそりしているし、昔と同じく髪もふさふさだ。二重に運のいいやつだな」

ふたりはまた音を立ててグラスを合わせた。

「そっちこそ」ガレットはいい返した。「二重に運のいいやつと呼ぶのにふさわしいんじゃないか？　『すべてを手に入れたバークリー大君』なんだろう。『会社の所有者ではあるが』と、バークリーは語る。『これからも興味のあるニュースをどんどん発信するつもりだ』」

「『タイム』のようだな」

「『タイム』の記事からさ。表紙の写真も見た」

「まあ、ライバルを持ち上げるのはさぞかし業腹だろうが、紳士らしいところを見せてくれたものだ。それでも、やっぱりおまえは裏切者だ。『アンクル・トム』の初演でニューヨークに来たんだろう？　どうして顔を見せなかった？」

「そのつもりだったさ。だが、きみは町にいないといわれて」

「ああ、そうだったかもしれない。六二年の秋、キューバ危機の頃だろう？　けれどもやはり、裏切者という点では……」

「おい、話が脱線しているぞ。芝居はやめろ、ニック。電話ではっきりいっていたように、何かにひどく悩まされているのなら、どうしてその話をしない？」

「本当に聞いてくれるのか？　昔のように親身になってくれるんだな？」

「ああ、もちろんだ」

ニックは不意に笑みを消し、真顔になった。バーの中はとても暑く、いつものように息苦しい。夕暮れの光がブラインドの隙間から射し込み、ニックの左目の端を照らした。緊張し神経を尖らせた様子で酒を飲み干すと、煙草の火を揉み消した。

「おまえになら話せる」ニックはいった。「二十五年も離れていれば、普通は他人も同じだが、おまえは他人とは思えない。おまえなら信用できる。アンドリュー・ドーリッシュも信用できるが……」

「確か、顧問弁護士だったな？」

「ああ。それでも、おれは疑り深い人間だから、信用できるのはおまえだけだ。とにかく、困ったことになっているのは本当だ。緑樹館の内でも外でも。ペンおじさんのことも、エシーおばさんのこともある。あらゆることがいっぺんに起こったから、うまくさばけるように祈るしかない」

「それで？　緑樹館で何があった？」

「幽霊だ」ニックは荒っぽく立ち上がった。

「幽霊？」

「少なくとも、幽霊と思われているものだ。それだけじゃない。新しい遺言状、謎の女たち。血の通った生身の女たちが束の間現れ、元からいなかったかのように消えるんだ」

「いったい何の話だ？」ガレットも同じように荒っぽく訊いた。「血の通った生身の女たちが束の間現れ、元からいなかったかのように消える？」

「ははっ！」ニックの笑いが、一瞬戻った。「感動したか？」

「何の話だと訊いているんだ」

「実はな、この石頭、結婚しているかと尋ねたときにおまえが妙な顔をしたような気がしたんだ。演劇界のお友達ならこういうだろう。いい女を見つけたんじゃないのか？」

「それは……」

「ブロンドか、ガレット？　ミリー・スティーヴンズを覚えているだろう？　ワトフォードで近所に住んでいた。十五歳の子供はみんなそうだったが、おまえも彼女に惚れていた。ミリーはブロンドで、おまえはこう誓った……」

「誰を見つけようと、見つけまいと」ガレットは険しい顔でいった。「今の問題とは関係ない。いったい何なんだ、ニック、何をそんなに悩んでいる？　もう一杯どうだ？」

「いや、結構。あまり調子がよくないんだ。一日ろくに食べていないし、食事の前に酔っぱらいたくない」

「わかった。好きにしろ。坐って話を聞かせてくれ」

「一度、手紙に書いただろう」ニックは椅子に戻り、煙草に手を伸ばした。「親父が出ていってから、うちの家族とご立派な祖父とは音信不通だと。その話はしたかな？」

「ああ」

「それは本当じゃないんだ。一千ポンドに利子をつけて返したとき以外、父がクローヴィスに手紙を出すことはなかったし、おれも一度も出していない。だが、たまにエシーおばさんから母に手紙が来て、母は丁重に返事を出していた。それほどしょっちゅうじゃない。年に一度か、ひょっとしたら二年に一度だったかもしれないが、おかげでときどき、あの愛すべき、幸せな、そして窮屈な先祖代々の家の様子がわかったんだ。クローヴィスのことは——いわぬが花だと思うが……」

「ずっと前に一度会ったとき、そう悪い人には見えなかったが」

「もちろん、ちっとも悪い人間じゃない。逆らったり怒らせたりしない限りはね。そうでない人間がどこにいる？」

煙草に火をつけ、ニックはテーブル越しに異様なほど真剣な目でガレットを見つめた。

「祖父は手に負えない人だったということさ。確かに、おれたちも変わっているかもしれない。落ち着きがないし、たぶん完全にまともとはいえない。だが、祖父は桁違いの変人だ。誰かが誕生日を迎えるたびに繰り返される感傷的な習慣（どんな習慣かは気にしないでくれ。おれが知っているのは、まだ続いているということだけだ）を除けば、クローヴィスは機嫌が悪いか怒っているかのどちらかで、しょっちゅう騒ぎを起こしていた。両親とおれが緑樹館を出たときも十分ひどかったが、その後は——信じがたいほどだ！　あのじいさんを神のように崇めているエシーおばさんの手紙は行間を読まなくてはならなかったものの、それでも見逃しようがなかった。じいさんは誰にでも当たり散らし、とりわけペンおじさんを絶えず攻撃していた」

「それでも」ガレットが口を挟んだ。「全財産をペンおじさんに遺したんだろう」

「ああ。一九四八年に書き上げ、アンドリュー・ドーリッシュに保管させていた遺言状でね。クローヴィスはそのことを隠しもしなかった。『ペニントン、おまえはこれを受け取るに値しないが、それでもわしの息子ではある』とね。エシーまで遺言状のことを知っていて、ペンにそんな資格はないといっていた」

紫煙と塵の中、ニックは言葉を切った。

「おれはペンおじさんが好きだった」急に弁護するようにいう。「昔も好きだったし、今も好きだ。本当にいい人で、いつもそうだった。無視されたり騙されたりするのは見たくない」

「無視されたり騙されたり、というのは？」

「その話はもう少しあとでもいいか？」

「わかった。続けてくれ」

「おれはペンおじさんが好きだった」ニックはもう一度いった。「芝居がかったところはあるかもしれない。おじの芝居への情熱を考えれば、このクラブに入るためならどんな犠牲もいとわないだろうな。昔からおれのことをいっぱしの大人扱いしてくれた。どんな子供もそうされたら嬉しいものだ。いつもおしゃべりする時間を作ってくれたし、何といっても、ペンおじさんの話しぶりときたら！　いろいろな話を聞かせてくれた。ほとんどが幽霊話で、ぞっとする類のものだった。おじは超常現象を信じていなかった。死者が生き返る話などは馬鹿にしていた。しかし、そういう人間にはありがちなことだが、怪物に魅了されてもいた。

当時のおじさんの姿が今も目に浮かぶよ。おまえよりも痩せていて――ただし、おまえと違ってひ弱そうで――健康そのものというときがなかった。庭を歩きながら詩を口ずさむ姿が今も目に浮かぶ。といっても、当時のおれには詩といえばキプリングか、おまえの友マコーリーが書いた『橋の上のホラティウス』くらいのものだったが。おじのは本物の詩だった。キーツ、ダン、シェイクスピア。だが、クローヴィスは詩を毛嫌いしていた。芝居を毛嫌いしていたのと同じようにね。今ならわかるが、あのじいさん、おれの父が自分に歯向かったことに密かに感心していたんだ」

「ペンおじさんは歯向かわなかったのか？」

「それは答えにくい質問だな。思春期の子供というのは周囲の話はあれこれ聞くが、自分の家にいる大人のことはわからない。予想もつかない、人間じゃないものに思えるんだ。そのことについてじっくり考えたり、父や母から聞き出したりできるまでには、長い時間がかかった。

ずっと前に、ペンおじさんは一度だけ反抗したらしい。一九二六年の春、おれはまだロンパースを着た子供で、ペンおじさん自身、二十代前半の若僧にすぎなかった。一九二三年に亡くなった祖母は、おじの自由になる金を相当遺していた。ある日、祖父の例の癇癪が爆発し、エシーとも口喧嘩になったあと、おじは黙って荷物をまとめ、家を出た。家族が消息を知る頃には、彼はブライトンに別荘を借り、名前は忘れたが若い女優と暮らしていた。

まったく、何てことだ！」ニックは両手を広げた。「クローヴィスの信仰心から来る不快感と、気の毒なエシーのうろたえぶりが想像できるか？　それも長くは続かなかったがな。代々伝わる家がペンに及ぼしていた引力――めいたもの――は、あまりにも強かった。その年の九月に彼はふらりと緑樹館へ戻ってきて、女優のことは当面は忘れられていた」

「当面は？」

「そういってもよければね。ここで一気に時間を飛び越えることにしよう。正確にいえば三十数年後、一九五八年の夏だ。クローヴィスはとっくに遺言状を用意していた。緑樹館の状況は、よくなっていないにしても現状維持というところだった。そんなとき、五十四歳のいい年をしたペンおじさんが、思いがけず密かに結婚したんだ」

「結婚？」

「その通り。二十歳以上年下の女性とね」

ごくありふれた言葉なのに、それはガレット・アンダースンの秘めた思いと心を刺し貫いた。息苦しく狭いバーの壁が押し寄せてくるような気がした。

「二十歳以上年下の？」と、おうむ返しにいう。「誰なんだ、ニック？　どんな女性だ？」

「おれにわかると思うか？　あそこの家族と話したことも、手紙をやり取りしたこともないのに？」

「落ち着けよ、ニック！」

「名前はデイドラだ」ニックは煙草を揉み消した。「おれにいえるのは、名家の出身ということだけだ。金がないこと以外は文句なし。ドーリッシュ弁護士でさえ、それは認めている。『若く魅力的な女性で、とても素直な方です。差し出がましいようですが、ペニントンにはぴったりの女性ですし、あなたのお祖父さんにもいい影響を与えています』とね。どうやら、ペンおじさんは演奏会か何かで彼女に会ったらしい。おれの両親が二二年にしたように、登記所で駆け落ち同然の結婚をして、ペンは彼女を家に迎えた」

「クローヴィスは何といったんだ？」

「何がいえる？　相手はきちんとした女性で、ペンにしたってどう見ても青二才ではないのだから。だが、それで何もかもめでたしめでたしと思うなら、おまえはクローヴィスのことをわかっていない。とはいえ、あのじいさんでさえ彼女を気に入ったようで、晩年は偏屈さが少しは改まったそうだ。とにかく、待てるようにはなったらしい。さて、ようやく激動の終幕に差しかかったぞ。

　今年の三月二十日のことはいうまでもないな。親父がクラブの体育館で発作を起こし、一時間後に長老派教会病院で息を引き取った。その翌週、まだ葬儀のことや雑多な手続きで手いっぱいな頃に、エシーおばさんから母に手紙が来たんだ。

『残念なお知らせですが』と、こんな調子だった。『火曜日の夜、気の毒な父が息を引き取りました。けれども、悲しむことはありません。穏やかな最期でした』(穏やかな? 嘘に決まってる)。クローヴィスは東風の中、激高して庭師を怒鳴りつけながら、庭をうろついていた。現代の特効薬をもってしても、気管支炎というのはただごとではない。たとえ八十五歳の老人でなくてもね。とにかく……」

「うん?」

「これでクローヴィスに悩まされることはなくなった。少なくとも、おれたちはそう思った。ところが爆弾が炸裂した。四月の半ば、イギリスからまた手紙が届いた。母にでなく、おれ宛に。エシーおばさんからの感傷的な手紙ではなく、ライミントンのドーリッシュ・アンド・ドーリッシュ法律事務所からの長ったらしく堅苦しい手紙だった。何度かエアメールのやり取りをした末に、ようやく事態がはっきりした。緑樹館は少しも平穏ではなかった。新たな遺言状が見つかったんだ」

「新たな遺言状?」

「クローヴィスの自筆で、立会人の署名はないが法的効力は疑う余地がない。わかるだろう、クローヴィスは企みをやめたのではなく、しかるべき時を待っていたんだ。遺言状を書き、家の中のいずれ見つかりそうな場所に隠しておいた。遺言状が見つかったいきさつはかなり劇的だったらしいが、詳しいことは知らない。

とにかくだ! 一九五二年かそこらの日付の文書が出現したために、前の遺言状は無効になった。ペンおじさんは無視され、エシーおばさんは今度も名前すら出てこなかった。クローヴィスが死亡時に有する財産のすべて、すなわち現金、証券、不動産――もちろん緑樹館も含めて――それらは無条件で長男のニコラス・アーデン・バークリーに遺贈される。前記のニコラス・バークリーが生存していないときは、やはり無条件に……無条件に……」

「うん？」ガレットは促した。「誰に譲られるって？」

「おれだ」ニックはうめくようにいった。「『愛する孫、ニコラス・アーデン・バークリーに譲る。彼がやがて父よりも優れた人間になることを祈って、また、おじよりも優れた人間であることを確信して』。こんなのに耐えられるか？　こんな話、聞いたことがあるか？」

コヴェント・ガーデンの南にある、ほこりをかぶった古い建物の、金めっきの額に入った肖像画に囲まれたほこりっぽく古い部屋が、空高く飛ぶジェット機のうなりにかすかに震えた。ニック・バークリーは勢いよく立ち上がった。声の震えを抑え、空になったふたつのグラスを指していう。

「いいか、ガレット！　おれは人さまのクラブで酒代を払うことはできないし、注文さえできない。それでも、さっき勧めてくれたことからすると……」

「ああ、悪かった。フレッド、同じものをふたつ！」

バーテンダーはマティーニを作り、注ぎ、礼儀正しく引っ込んだ。自信に満ちた情熱家で、人のいいニックは、片手をカウンターについて、もう片方の手でグラスを掲げた。

「さあ、乾杯しよう」

「乾杯」

「これでわかったか、ガレット？　あのじいさんはおれに遺産を譲ったんだ。必要もないしほしくもない、受け取るいわれのない遺産を。断じて受け取るものか。だからここへ来たんだ。事態を収拾するために」

「わかったよ。だが、どうやって収拾するつもりだ？」

「ちくしょう、おれがどれだけ欲張りだと思われることか。エシーおばさんの面倒をちゃんと見てくれるなら、財産はペンおじさんのものだ。それにペンおじさんは、他人が何といおうと、けちでも守銭奴でもない。自分が相続人だと思っていたほぼ一カ月の間に、エシーおばさんが生きている限り年に三千ポンド受け取れるように手配していた。おばさんがそれで満足なら、その取り決めは守ってもらわなければならない。それから、ペンおじさんには莫大な財産と、何より緑樹館を受け取ってもらう。おじさんは過去に生きているから、館をあれほど愛しているんだ。ちょっとした法律上の操作が必要になるとドーリッシュはいうが、できないことじゃない」

「じゃあ、ミスター・ドーリッシュと話したのか？」

「今朝、こっちに着いてから電話をかけた。エアメールでは何度もやり取りしている。明日ロンドンに来て、すべて聞かせてくれるそうだ。それで思い出した。なあ、ガレット！　週末に緑樹館へ来てくれ。金曜の夕方にウォータールー駅を出発する列車で一緒に行き、心の支えになってほしいんだ」

「ああ、喜んで。心の支えを必要とする特別な理由でもあるのか？」

「そうなんだ。煙草壺からあの遺言状が見つかってから、厄介事ばかりでね。ちなみに、遺言状を見つけたのはエシーだ。ペンおじさんはあまり具合がよくない。六十年前の人が着るようなスモーキング・ジャケットを着て、家を歩き回っている。お抱え医師まで従えて。おまけに、自分が荘園の領主になれないと知って打ちのめされている。

いいか！」ニックは慎重に言葉を選んで、「ペンおじさんはノイローゼ気味かもしれない。神経質な人間はたいていそうだ。おれにいわせれば、おじさんは人に思われているよりはるかに激情家なんだ。すっかり混乱して、馬鹿なことをやりかねない。荷物をまとめて出ていくことになると思いつめたら、頭に銃弾を撃ち込むかもしれない。いっておくが、おれが何週間も前に弁護士に出した手紙に真っ先に書いたのは、緑樹館はペンおじさんのものでなければならない、ということだった。それで一件落着だ。そう願っている。とはいえ、ミセス・ペンがおじさんのことで気を揉んでも責められないだろう」

「ああ」

「しかも、それだけじゃない」

「へえ？　ほかに何があった？」

「いわなかったか？　いわゆる幽霊さ！　クローヴィスの二通目の遺言状が見つかってからというもの、何かがうろつき回り、わけのわからない、たちの悪いいたずらをしているんだ」

「待ってくれ、ニック！　墓からよみがえったクローヴィスが歩き回っているというんじゃないだろうな？」

「まさか！」

「ということは？」

ニックはグラスで、マクベスを演じるデイヴィッド・ギャリックの半身像を指した。

「十八世紀の幽霊さ！　サー・ホレース・ワイルドフェア、かのワイルドフェア判事だ。二百年前に緑樹館を建てた不道徳な判事だよ。しかし、そいつがなぜうろつき回るのか、しかも、なぜ今なのかは、おまえと同様おれにも見当がつかない」

「きみは幽霊なんて信じないと思ったが」

「もちろん信じないさ！　ペンおじさんやアンディ・ドーリッシュと同じくね。誰かが幽霊のふりをしているにすぎない。だが、誰が？　なぜ？　どうやって？　堅い壁に溶け込み、鍵のかかったドアをすり抜けるなんて！　以前よく手紙に書いてきたおまえの昔なじみ、ギディオン・フェル博士の出番にならなければいいが。ところで、フェル博士はどうしてる？」

「ぼくたちと同じく年は取ったが、落ち着いたわけじゃない。今は犯罪捜査部の副警視長になっているエリオットと、ときどきおしゃべりに来てくれるよ」

「とにかく、そういうことだ。料理人とメイドは暇を乞いかねない。デイドラは取り乱している。エシーおばさんは気分を害している。手短にいえば、あれやこれやで……」

「わかった。食事の前に、もう一杯どうだ?」

「ありがたい。こんな気分でいるより、酔い潰れたほうがましだ。フレッド!」

控えめなバーテンダーが素早く入ってきて、カクテルを作り、注ぎ、礼儀正しく出ていった。さらなる煙草の煙が、バーの天窓の下に漂った。

「さっき訊いたよな」ニックはぐいとカクテルを飲んでいった。「なぜ心の支えが必要か。いっておくが、幽霊のためじゃない。この一件には胸がむかむかするんだ。これからおれは、結局は人のものになる家へ行き、たいそう立派で気前のいい人間になろうとしている……」

「見上げたことじゃないか、ニック」

「そうとも。おまえにもわかるだろう、それが道理だ。まったく、ガレット、ほかにどうすればいい? ペンおじさんには金など何の意味もない。どのみちたんまり持っている。だが、愛する緑樹館を取り上げることはできない。たとえ――」ニックは不意に言葉を切った。

「たとえ……何だ?」

「何でもない。忘れてくれ。酒の勢いで口が滑った」

「今のは酒の勢いじゃないな。ニック、何に困っているんだ?」

「困っている?」

「何かあるんだろう。ほかの心配事が束になってもかなわない悩みが。なのに、なぜか打ち明けようとしない。どうしたんだ?」

「いいや、ガレット。何でもない」

「何でもない……?」

「ああ、何でもない。何かあるのはおまえのほうだ。おれが謎の女たちといったとき、むきになるのを見てわかったよ。ペンおじさんの妻が本人よりもずっと若いといったときもな。何かにとことん悩まされているんだろう。話せばすっきりする。さあ、歴史と伝記の詩神よ! 無法者にもなれるヴィクトリア朝の堅物よ! 本当に話すことはないのか?」

ガレットは過去に思いを馳せた。

「ああ、あるかもしれない。内緒にしてくれるか?」

「当たり前だろう、ガレット。何が不満なんだ?」

「正確には、不満とはいえないかも……」

「わかったよ! 何なんだ?」

憂鬱という見えない悪魔が集まり、ドラムを叩きはじめた。デイヴィッド・ギャリック、ミセス・シドンズら、十八世紀からヴィクトリア朝の終わりにかけて活躍した名優たちが、動かぬ姿でこちらを見ている。ガレットが擦ったマッチが、暗くなりつつあるバーの中で小さな光の芯を作った。

「大したことじゃないかもしれないが、当時はとても大きな意味を持っていた。去年の五月、『ディズレーリ』を書き終えて少々手持ち無沙汰になったぼくは、パリで短い休暇を過ごした」

「結構なことじゃないか。それで？」

もう一度、ガレットは過去に思いを馳せた。

「ああ、きみのいう通り、いい女を見つけたんだ」

3

こうして、六月の金曜日の夕方早く、ガレット・アンダースンはハムステッドの自宅で鞄に荷物を詰め、ウォータールー駅へ向かうタクシーを呼んだのだった。

六月十二日金曜日。

暖かさと夕暮れの光が町を包んでいた。ガレットの乗ったタクシーはロスリン・ヒルからハヴァーストック・ヒルへ向かっていた。カムデン・タウンで左折し、ブルームズベリーへ。新しくなったユーストン駅を通り過ぎ、ラッセル・スクエアを突っ切ると、オールドウィッチをぐるりと回ってストランド方面からウォータールー橋を渡って駅へ向かう。どんなに合理的で実用的な場所でも右左折を禁ずるという最新の交通規制のせいで渋滞の絶えない道では、赤信号でたびたび停車させられた。

そんな光景も、ガレットの目には入らなかった。頭の中は、水曜の夜ニック・バークリーに打ち明けたことでいっぱいだった。より正確にいえば、水曜の夜に打ち明けなかったことで。旧友にフェイのことを話そうと決心したものの、いざとなると、ガレットは口がきけなくなってしまった。ニックはそれを内気と捉えただろう。ガレットの説明は、まるで顧問弁護士の弁明のように用心深く編集したものになっていた。

だが、洗いざらい説明する気になったとして、どこから話せばいい？　見当もつかなかった。

タクシーの中で、ガレットは実際のいきさつを思い起こしていた。

一年と少し前の、輝くばかりの五月のことだった。彼は午後早くの飛行機でパリへ向かっていた。隣の窓際の席には、夢とうつつの間にいるような女性が坐っていた。かなり若く、あどけない様子の女性――せいぜい二十一を超えるか超えないか――は、彼にフライトのことを尋ねてきた。

ガレットは彼女のほうを向き、目を覗き込んだ。ダークブルーの瞳が、恥ずかしそうに横目で見ている。だが、無邪気さの奥にはある激しさが秘められていた。色白の肌の健康そうな色つや、肩までの長さの輝く金髪、ほっそりしているが丈夫そうな体は、薄手のツイードの旅行用スーツを美しく着こなしている。飛行機がオルリー空港に着陸する頃には、ふたりは盛んに言葉を交わしていた。

彼女はフェイ・ウォーダーと名乗り、仕事（何の仕事かはっきりしなかった）を辞めたのだといった。ひとつには、亡くなったおばからささやかな遺産が入ったためだという。遺産のすべてを、パリに十日間、ローマに一週間という冒険的な海外旅行に使い、六月からは別の仕事に就く予定だった。その後、互いの滞在するホテルが近いことがわかった。ガレットはお気に入りの〈ムーリス〉、フェイのほうは、リヴォリ通りからそう遠くない、さほど贅沢ではないが大きなホテルだった。

「オテル・サンジャーム・エ・ダルバニーですって！」フェイはくすりと笑った。「ずいぶん不釣り合いな名前ね」

「オレンジ色の仔猫と天空のグランド・ホテル、というところかな？」

「そう！　決まってそういう名前じゃない？　わたしに理解できるような名前じゃなくて。わたし、少しも物知りじゃないし、旅慣れてもいないの。フランス語をしゃべらせたら、小学生並みよ」

「きみのフランス語の練習のために、今夜、芝居を観に行くというのはどうかな？」

「ぜひ行きたいわ！」フェイはささやくようにいった。

ふたりは〈フーケ〉で食事をし、サラ・ベルナール劇場へ向かった。サルドゥー作の華やかな通俗劇にふたりは魅了された。堂々とした貫禄のある演技は、ガリア人の俳優ならではだった。

こうして、フェイがローマへ発つまでの、魔法にかかったような十日間が始まった。ふたりは埠頭を散歩した。グレヴァン美術館の蠟人形や、シャンゼリゼ通りの片隅でパンチとジュディの人形劇を観た。ストリップショーのあるナイトクラブへ行ったし、オペラにも足を運んだ。栗の木を透かして注ぐ街灯の青白い光を受けながら、野外で食事をした。普段はあまり酒を飲まないガレットも、適量を過ごしてワインを飲み、この点ではフェイも、彼が勧めるまでもなかった。

ガレットが魅了されたのは、何よりフェイ自身だった。素晴らしいユーモア、情熱、知性、物事を楽しむ感覚。それだけでなく、彼の言葉のひとつひとつに熱心に耳を傾ける共感力を持っていた。彼女は文句ひとつ言わず、ガレットと並んで何マイルも歩いた。だが、彼が年上の保護者のような雰囲気を漂わせるのは決して許さなかった。それが決定的になったのは、彼女を旧市街の徒歩ツアーに連れていったときだ。中世やルネサンス時代からの、迷路を思わせる灰色の通りが、セヴィニエ通りのカルナヴァレ博物館の周囲に蜒々と続いていた。

「次を曲がると、フェイ……疲れたかい？」

「ちっとも！　いろいろ話を聞かせてもらっているのに、疲れるわけないわ。さっき行った、アンリ四世が通りの向かいの家に誰かさんを囲っていたところなんか、本当に面白かった！それで、何をいいかけたの？」

「次を曲がると、フェイ、シモン・ル・フラン通りだ。阿呆のサイモン通りさ」

「阿呆のサイモン通りに、何があるの？」

「すぐにわかるよ。いいかい、お嬢ちゃん……」

「まあ、やめて！　お願いだからやめて！」

「何をやめるって？」

「そんな言葉遣いはやめて！　まるで――わたしが大人になりきっていないみたい！」

「その通りだろう?」

「いいえ、大人よ!　大人だったら!　わかるでしょう?」

どう考えても、彼女が正しいと認めないわけにはいかなかった。熱に浮かされたようなこの十日間で最も肝心なことは、ニック・バークリーには明かせなかった。誰にもいえない。テスピス・クラブのダイニングルームで、さらに多くの俳優の肖像画に囲まれながら、彼はもっとわかりやすいフェイの長所を口にするにとどめた。ニックのほうは、年相応の分別を装いながら、言外の意味を汲み取ろうと必死だった。

「なあ」ニックはいった。「彼女の好きなところはともかく、おまえのミスXは、とんでもなく魅力的なんだろうな。ものすごく魅力的なんだな?　肉体的にも?」

「ああ、どれも当たっている」

「ひとことでいえば、いい女というわけだ。そしておまえは、内気な堅物の顔をしているが、明らかに経験豊富な男だ。チャンスを物にしたに違いない。実際、どうなんだ……え?……」

「やめてくれ、ニック。そんな質問に答えると思うか?」

「じゃあ、いわないつもりだな?　完璧な紳士は口をつぐむというわけか。だが、おれは紳士じゃない。紳士だったことなど一度もない。正直いって、そんないい女が無条件で腕の中に身を投げ出してきたら、思い切り吹聴するね。いいさ。内緒にしておけ。だが、こっちは勝手に結論を出させてもらう。例によってパリの魔法が功を奏したとすれば、彼女が服を脱ぎ捨てそうしなかったのは疑問だ」

実際のところ、フェイはそうしていた。ふたりの関係は、まさに初めて過ごした日の夜、ガレットが彼女をホテルに送っていったときから始まっていた。口説くつもりはなかった。少なくとも、実際そういうことになるまでは、そう信じていた。ふたりの年齢差が、とてつもなく大きなものに感じられたからだ。だが、どうしようもなかった。夜のせいか、ワインのせいか、パリの魔法のせいか、あるいはもっと深い理由からか、彼が触れた途端、フェイの恥じらいも遠慮も、激しい奔放さに掻き消されてしまった。ガレットは喜び、有頂天になったが、同時に驚きもした。頭の中で、気をつけろと警告する声がしたが、ガレットはそれを黙らせた。彼はわれを忘れていた。どうなっても構わなかった。フェイも同じように見えた。言葉やしぐさで伝えたわけではない。そんなものはいくらでも偽ることができただろう。しかし、むつみ合う興奮の中、フェイが彼と感情を十二分に分かち合っているのが、肉体を通してまぎれもなく感じられた。そんなふうに始まった情熱は、とどまる気配を見せなかった。行きずりの関係を持ったことは過去にもあったが、今度ばかりは、もうひとつの声が彼にささやいた通りのものだという気がした。〝この人だ〟と。

本当にそうなのか？　彼女は大人になりきっていないと、ぼく自身がいったじゃないか？

とにかく、愛の営みにかけては熟練しているらしいフェイに、ガレットは夢中になった。フェイは、彼女がこれまでに知った男たちに焼けつくような嫉妬を覚えさせるほどに物慣れていた。

それからというもの、彼女はさまざまな、理解しがたい感情を表すようになった。フェイは決して写真を撮らせなかった。ボール紙の車の上に顔を出す、滑稽な仕掛けすら嫌がった。また、誰のことであろうと、結婚という言葉を聞いただけで、彼女の中に苦々しさと手厳しい嘲りのようなものが生まれた。いつもの穏やかさとはかけ離れていて、ガレットは混乱した。これといった理由もなく、夜の営みに関するブラックユーモアを口にすることもあった。怯えたり、憂鬱になったり、ときには激しく泣きじゃくりさえした。

「ねえ」あるときフェイがささやいた。「本当のわたしは、見せかけのわたしと違うとしたらどうする?」

「見せかけ?」

「わたしの名前が、名乗る権利のないものだとしたら? とても不愉快な出来事に巻き込まれたことがあるとしたら? もちろん、わたしに罪はないけれど、聞けばわたしを嫌わずにはいられなくなる、そんな恐ろしいごたごたに巻き込まれていたとしたら?」

「ぼくが穿鑿したことがあったかい? 今の話が全部本当だったとしても、そんなことで今の関係が少しでも変わると思うか?」

「そうなるわ。あなたはそうならないと思っているけれど、わたしにはわかる」

「いいか、決してそんなことにはならない!」

「ああ、ガレット!」彼女はすぐに続けた。「わかったわ! せめて一番いいときに終わりにしましょう」

「終わりとはどういうことだ?」

「わたしが月曜にはローマに発つことを忘れたの?」

「それがどうした? ぼくも一緒に行く」

「だめ! いけないわ! 来てほしくてたまらないけれど、それはだめ。わたし――学生時代の友達に会うの。同い年の友人がもうひとり来る予定よ。あなたがそこにいたら、どんなことになるかわかるでしょう。そうなるわけにはいかないの、ガレット。みんな驚くわ。いい人たちでも、ひどいショックを受けるはずよ。お行儀よく体面を保たなければならないの。わたしとしては、ずっとこうして過ごしたいけれど。それに、本当にこれで終わりになるわけじゃないわ。そうでしょう! 帰国したらすぐ、ロンドンで会えるわね? 今のうちに日を決めておきましょう」

これが、ニック・バークリーには明かさなかった事の顛末だ。もっとも、後日談のほうは話すことができた。テスピス・クラブのダイニングルームで、大しておいしくもない食事をさっさと平らげたあと、クラレットを心ゆくまで味わいながら、ニックはますますもったいぶった態度を見せた。

「なあ、気づいてるか?」ニックは急にいった。「おまえは彼女の苗字すら明かしていない。フェイという名前の〝ミスX〟については、もう十分しゃべったじゃないか。消えた美女にまだロマンティックな思いを抱いているのなら、彼女の苗字をいったところでどんな支障があるというんだ？」

「別にないさ。ただ、彼女の本名を知っているかどうかも怪しいんだ」

「偽名か？　その場しのぎの作り事だと思っているのか？」

「どう思えばいいのかわからない。初めは信じられなかった。虚栄心というやつだろうな。けれど――」

「けれど、彼女がローマへ発ってから、二度と会えなかったんだな？」

「ああ、二度とね。彼女は六月二十四日に〈アイヴィー〉で食事をしようといった。あと二週間で、その日からまる一年になる。ぼくは約束の時間を過ぎてからも二時間待った。どんな待ち合わせ相手でも、現れていい時間だ。すっぽかされたのは明らかだった。喜劇は終わったのさ」

「何が喜劇だ、彼女を捜したのか？」

「電話帳には載っていなかった。まあ、ロンドンに住んでいると決めつける理由はないが。ほかに何ができる？」

「犯罪捜査部の副警視長と知り合いなんだろう？　警察に行ってもよかったじゃないか」

「どんな手がかりを持って？　警察の仕事じゃないといわれるのが落ちだし、それも当然だ。仮に手を貸してくれてフェイが見つかったとしても、それが何になる？　フェイにとっては迷惑なだけ――あるいは、もっと悪い事態になるかもしれない」

「人妻だったら、ってことか?」

「それもありうる。確かなことはわからない」

「私立探偵という手もある」

「そうだな。でも、結果は同じだ。フェイにとっては……」

「おまえは、その女性を絶対に困らせたくない。そういうことか?」

「そうだ」

「おれなら部下を使って、きっと彼女を見つけ出せる。だが、それもお断りなんだろうな」

「ああ、断る。いっておくが、ニック、ぼくはありとあらゆる可能性を考えた。来るつもりだったのに、事情で来られなかっただけだと考えようとした。事故に遭ったんじゃないかと思って、苦しみさえした……!」

「気の毒に」ニックは熱心にいった。「いいか、ガレット。今は落ち込んでいても、すぐに抜け出せるさ。忠告を聞け。賢者に相談するんだ」

「してるじゃないか」

「だったら、偉大な男の言葉を聞け。今の独演会から判断するに、おまえが夢中になったのは、ありふれた、昔ながらのセックスにすぎない」

「わかった、わかったよ。そうだったとしよう。それのどこが悪い?」

「まあ聞け！　ニックおじさんのありがたいお言葉を！　悪いことなんかあるものか。おまえとフェイのような巡り逢いなんて、よくあることだ。それが肝心なところさ。その関係を享受し、思い出を楽しめばいい。だが、彼女を見習って、真剣になりすぎないことだ。事をややこしくするな。まっとうで健全な生理的衝動を、ヴィクトリア朝の小説から出てきたようなロマンティックな大恋愛に拡大しないことだ。恋の思い出を正しく見つめ直せば、こうなるのが一番だったとわかるさ」

「常識からいえば、おまえのいう通りだ。常識からいえば、フェイとぼくの年の差からして、それが一番だろう。それでも……」

「子供みたいなことをいうな、ガレット。いつかおれに感謝する日が来るさ。それに、忘れないでくれよ」ニックは横柄にいうと、クラレットをぐいと飲んだ。「それとは別次元の問題が目の前にあることを。約束を反故にしない限り、おまえは金曜の夜にはハンプシャーへ行き、いくつかの問題を解決する手助けをすることになっている――自殺しそうなペンおじさんに怯えた妻、エシーおばさんの妄想、鍵のかかったドアを痕跡も残さずに通り抜ける幽霊らしきもの、そんなこんなをね」

水曜にニックが話していた列車は、翌日アンドリュー・ドーリッシュに確認したところ、七時十五分に出発する予定だった。ニューフォレスト周辺は内にも外にも町や村がひしめき合っていて、ブロッケンハーストやライミントンもそのひとつだった。彼らが降りるのはサウサンプトン・セントラル駅の次の停車駅ブロッケンハーストで、九時三十五分頃には到着する。金曜の夜ともなれば行楽客のラッシュも終わっているだろうから、さほど混んでいない車内で何か食べることもできそうだ。ミスター・ドーリッシュの話では、ブロッケンハーストに車が待っており、七、八マイルも走ればレープ・ビーチと〈悪魔のひじ〉に着くという。

それから……？

ガラス屋根の下をこだまが響き渡るウォータールー駅に、人はまばらだった。ガレットは一等の往復切符を買い、先を急いだ。連れになるふたりは、約束通り新聞スタンドのそばで待っていた。

「さて、ニコラス――」生真面目な、低い声がいった。

「来たぞ！」と、ニック・バークリー。

ニックは帽子をかぶらず、スポーツジャケットにスラックス姿で、重いスーツケースを持っていた。彼と向かい合って、新聞スタンドを背に、小柄でがっしりした男――ガレットは〝まるでマコーリーだ〟と思わずにいられなかった――が、片手に『イヴニング・スタンダード』紙、もう一方の手にブリーフケースを持って立っていた。

ミスター・アンドリュー・ドーリッシュは六十歳の男やもめで、成人した息子がいる。息子はドーリッシュ・アンド・ドーリッシュ法律事務所の共同経営者だ。丈の短い黒のコートに縦縞のズボン、山高帽という職業的なユニフォームに身を包んだアンドリューは、真面目そうな外見にもかかわらず、どことなく快活さを感じさせた。針金のような金髪には、白いものが交じる気配もない。少なからず独りよがりなところや尊大な態度が見受けられるが、見た目通りに捉える必要はない。その実、大いに頼りになるのだ。とにもかくにも、彼は水曜の夜のニックのように、もったいぶって立っていた。

「思っていたほどアメリカにかぶれてはいないようですね、ニコラス。テレビの影響で仕方ないとはいえ、言葉遣いは確かに俗悪です。しかし、抑揚は昔のままだ。わたしのいった通り……」

「どうどう、落ち着け！」ニックは彼の言葉を遮ると、くるりと振り向いた。「ガレットが来た。さすらいの吟遊詩人のお出ましだ」彼は慌ただしくふたりを引き合わせた。「乗組員が揃ったところで、さっさと行こうじゃないか」

「ニコラス、もう少し声を落とせませんか？」

「聞こえなかったか？　こいつはガレット・アンダースン、大の親友だ。おれに話すことは、こいつに全部聞かれても構わない」

「しかしながら、駅じゅうに聞かせなくてもよろしいのでは？　ところで、ミスター・アンダースン」マコーリーの肖像そっくりの事務弁護士は続けた。「お目にかかれて大変嬉しく存じます。何冊かご本を拝読しましたが、どれも面白く読ませていただきました。われらが友ニコラスは、わたしのことを用心深く口が堅すぎると思っているようです。しかし、人には果たすべき義務があります。僭越ながらつけ加えれば、いつかはわたしの忠告が聞き入れられると自負しております」

「ああ、そうだな」ニックがいった。「義務には大賛成だ。神の声なる厳しい息女（ワーズワースの詩「義務に与うる頌」より）には。それに、納得がいけば忠告にも従う。〝しかるに〟とか〝前述の取り決めにより〟なんて決まり文句は抜きで、単刀直入な質問にひとことで答えてくれ」

「ひとことで」ミスター・ドーリッシュは答えた。「いいでしょう」

「ペンおじさんは……」

「ああ、ペニントンおじさんですね！」ミスター・ドーリッシュはニックとガレットの間に向かって話した。「以前は誰もが、ペニントンは偉業をなしとげると期待していました。少なくともわたしは。彼は再び、昔のように戯曲を書くといい出しています。実際は、文芸誌への長い手紙の文面を考え、秘書に口述するのがやっとのようですが。知っての通り、つらい状況にありますからね。健康状態……心臓の具合……ここ数週間の精神的な打撃……」

ニックは催眠術師のように手を振り、

「いいか、ブラックストン先生（一七二三―八〇。英国の判事、法学者）！」と割って入った。「用心深いのはよくわかる。それに、今まで気づかなかったが、口も堅いようだ。横から質問してもいいかな？」

「ああ、失礼。何です？」

「なあ！　心配ないんだろう？」

「心配ない？」

「ペンおじさんには、使い古しの歯磨きチューブみたいに捨てられることはないと伝えたんだろうな？　愛する緑樹館はおじさんのもので、あの世まで持っていっていいと？」

「ええ、伝えましたとも。とうの昔に、あなたの指示通りにね。同時にわたしの判断でミス・デイドラにもお知らせしました。

説明しますと、ミス・デイドラとは」事務弁護士は、ガレットに向かってつけ足した。「正確には、ミセス・ペニントン・バークリーです。使用人たちが、ミスター・バークリーの差し金でそう呼ぶようになりまして」このミスター・バークリーというのは、今は亡き老クローヴィスのことに違いない。「嘆かわしいことに、われわれの何人かにもその口癖がうつってしまいました。彼女は、ペニントンが自慢するのも無理ないほど魅力的な女性です。

ええ、ニコラス、伝えましたとも。だが、現実は厳しいものです。あなたはこれまで、そのことを学ぶよしもなかったでしょうが。人間は法によって相続したものに貪欲にしがみつくもので、ペニントンにしても、まったくのお人好しというわけではありません。あなたの意図は伝えました。気前のよいところは見せたわけです。問題は、それが本心だとペニントンが信じるかどうかです」

「大概にしてくれ！　本心に決まってるじゃないか！」

「わたしはそう信じています。でも、ペニントンはどうでしょう？　気まぐれで、窮地に追い込まれた空想家ですからね。本当のところ『心配ない』とはどういう意味です？　それにペニントン自身が、曖昧な学術用語や、さらに曖昧な考えから、人生の終わりが近づいていると思い込んでいたら？　万が一……」

「馬鹿なことをいわないでくれ、先生！」ニックが怒鳴った。「馬鹿げたたわごとだ！　ペンおじさんが、自殺するほどいかれてるというのなら……」

「そんなことは申しておりません。考えたこともない。ただ、わが旧友は気まぐれで予測のつかない人だといっただけです。もうひとついわせてもらえば」ミスター・ドーリッシュはやや焦り気味に、「油を売っている暇はありませんよ。列車をつかまえたければ、急がないと」

「馬鹿馬鹿しい！　時間はたっぷりあるじゃないか！」

「憚（はばか）りながら、それほどありません。時計をご覧なさい。急かすわけではありませんが、ニコラス、列車に乗り遅れて家族をがっかりさせられない理由は、ほかにもあるでしょう。今日が何の日か知っていますか？」

「金曜日だ」

「六月十二日です。だとすると、明日は？」

「暦にいたずらされない限り、六月十三日だ」

「ご明察、明日は六月十三日です。エシーおばさんの誕生日でもあります」

「儀式のことか？　あの儀式をまだやっているのか？」

「ええ」

「覚えているか、ガレット？　家族の誕生日になると、あの家ではたいそうな祝いの儀式が行われるんだ。その話はしただろう？」

「ああ、聞いたよ。どんな儀式なんだ？」

「誕生日の前夜、料理人が凝ったケーキを用意する。それが麗々しくダイニングルームに運び込まれる。お祝いのスピーチとプレゼントの贈呈。これは必ず、前の晩の十一時に行われる。ペンおじさんは前から、夜中の十二時にすべきだと主張していたが、エシーおばさんにいわせると、それでは『子供たち』には夜更かしが過ぎるとさ。あの家にいた子供はおれくらいのものだから、いささか大ざっぱな意見と思えなくもないが……。誕生日だって？　五十五歳にもなって、エシーおばさんが喜ぶとも思えないね。とはいえ、確かにその通りだ、ブラックストン先生。年寄りをがっかりさせるわけにはいかない。さあ、行こう！」

ニックは通りかかったポーターに合図し、重いスーツケースを押しつけた。

「そら、持っていけ。七時十五分の列車だ。ゲートはどれだ？」

「七番です。すぐそこですよ。ボーンマスですか？」

「ボーンマスまでは行かないが、同じ列車だ。その鞄は、一等の喫煙個室にぶち込んでくれ。できれば空いているところに」

「切符はお持ちで？　列車の前のほうが一番いいお席ですから、そっちへ行きましょう。ご案内しますので、ついてきてください。よろしいですか？」

「いいとも。みんな、どうした？　とっとと行くぞ！」

行き先が決まると、ニックはまっしぐらに向かった。切符を見せびらかしながら改札を通り、小走りでプラットフォームを進む。もったいぶった態度ながら、その気になれば敏捷なミスター・ドーリッシュも、ブリーフケースを振り回しながらニックと並んで駆けていった。ガレットがそのあとに続く。

太陽は雲に隠れていた。右手のプラットフォームと列車――クリーム色とチョコレート色の、驚くほど清潔な客車が長く連なっている――は、すすけた天窓の光の下、暗く寒々として見えた。まばらな旅行者の間を縫って、一行は大股でプラットフォームの先頭へ向かった。格子のはまった配膳室の窓から陰気な顔が覗く食堂車を過ぎ、先頭車輛にたどり着く。ポーターに続いて列車に乗り込もうとしたとき、ニック・バークリーが口を開いた。

「こんな状況では、盛大なパーティとはいかないだろう。それにしても、おばさんの誕生日なんて、すっかり忘れていた。覚えていたためしがあったか疑問だがな。今さらプレゼントを買う時間もない」

「とんでもない、ニコラス。何より喜ばれる最高の誕生日プレゼントがあるじゃありませんか。いうまでもなく、あの取り決めですよ。ペニントンが提案し、あなたが承認した。少なくともエステルには、あなたの善意を疑う理由はないでしょう。事は申し分なく運ぶと思いますよ。

あなたとペニントンが余計なことをいわなければね。うまくいくのを誰よりも願っているのはミス・デイドラですが。何かおっしゃいましたか、ミスター・アンダースン?」

「ええ」ふたりの十歩ほど後ろにいるガレットがいった。「話の腰を折って申し訳ありませんが――その女性のことを聞きたくて! ミセス・ペニントン・バークリーのことです! どんな感じの人ですか?」

ミスター・ドーリッシュは歩調を緩めず、少し振り返っただけで答えた。

「そのことなら、はっきりご説明したと思いますが? ペニントンの奥さまは魅力的な、申し分なく魅力的な女性です。夫妻は、年の差にもかかわらず……」

「ええ、伺いました。でも、そういうことではないんです。外見はどうなんです? 描写するとしたら、どんな感じでしょうか」

「難しい質問ですね」

「ええ、でも――」

「どんなに点の辛い批評家でも」ドーリッシュは断言した。「彼女はきわめて美しいと認めないわけにはいかないでしょう。ミス・デイドラは、実際の年齢より若くすら見えます。どんな方かといいますと、女性としては中背で、明るい色の髪、それに物腰の上品さときたら……」

ニック・バークリーがすぐさま遮った。

「ブロンドなんだな?」そういうと、くるりと振り向く。「よりによってブロンドとは! おい、ガレット、何を考えてる？」

「別に！　何も考えていないさ」

今度はガレットが相手を黙らせる番だった。客車の一番前のドアを開けたポーターに促され、ほかのふたりは列車に乗り込んだ。プラットフォームがわずかに揺れ、活気づいた。ある考えが頭を去らぬまま、ガレットがその場に立ち尽くしていると、後ろから肘に触れる者があった。大きな顔の、さっきとは別のポーターで、共謀者めいた態度を見せた。

「失礼ですが、ご婦人のおいいつけで――」

「ご婦人だって？」

「この車輌の、一番後ろの個室のお客さまです。奥に通路がありますんで、その個室へは、右のドアから入って、真っすぐ行ったら角を左へ曲がってください。お連れさんと一緒になる前に、ほんのちょっと顔を出してくれませんかってことでした」

「ありがとう」ガレットは持っていた小さなスーツケースと一緒に半クラウン貨を渡して、労をねぎらった。「連れが乗り込んだ個室に運んでおいてくれ。列車には乗り遅れないし、なるべく早く合流するといってね」

もちろん、そんなことはありえない。それでも……！　彼はあたりを見回し、足を速めた。

ほかの車窓と同じく陰になった大きな窓には、白文字で「禁煙」と書かれた赤い三角形のステッカーが貼ってあった。中にいた人物が彼を見た。片手を窓に当て、何も見まいとするように顔を半分そむけて立っていたのは、フェイ・ウォーダーだった。

あっけない結末？　それとも、もっと悪いことか？

4

「参ったね！」ニックならそういっただろう。

ともあれガレットは個室のドアを開け、フェイと向き合った。彼が入ってきたことで、一種の感情的な爆発が起こったのは間違いない。笑ってもよかった。ふたりして笑うこともできただろう。だが、ふたりとも笑わなかった。

彼女はひとりきりだった。青と白のサマードレスを着て、ストッキングなしで青い靴を履いたフェイは、身をすくめて窓際の座席の隅にあとずさりした。彼女は思い出の中よりもさらに魅惑的で、欲望を掻き立てたが、同時にぶってくれといわんばかりの様子だった。震える指で白いハンドバッグの留め金を探り、ぱちんと開ける。禁煙個室なのに、フェイがバッグの中からおぼつかない手つきで取り出したのは、鼈甲（べっこう）のシガレットケースだった。それを、神経質な手品師が掌に隠すときのように、不器用な手つきで開けようとした。すると、場にそぐわない出来事が立て続けに起こった。

外では荷物のカートがコンクリートの上でがらがら音を立て、羽振りのよさそうな実業家が列車の前方へ大急ぎで走っていく姿が、不意に窓を横切った。実業家は立ち止まり、振り返ると、どういうわけかプラットフォームの反対側へ一目散に駆け戻っていった。同時に、鼈甲のケースが勢いよく開いた。ガレットには思いも寄らない理由で、フィルターつきの煙草が一本、押し出されるように飛び出し、宙に舞った。それは空中で弧を描いて、反対側の座席に落ちた。

「あら、大変！」フェイが思わずいった。「どうしましょう！」

全身を震わせ、口からさらに出かかった言葉を呑み込んで、ヒステリックな笑いをすんでのところでこらえた彼女は、突然腰を下ろした。ガレットは高ぶる気持ちを慎重に鎮めようとしながら、ややもったいぶった態度で煙草を取り上げて差し出した。

「きみのだろう？」

「でも、いらないわ！」

「ぼくがほしがると思ったのか？」

「もうたくさん！　何だか馬鹿げてると思わない？」

「『馬鹿げてる』というのは、この場にふさわしい言葉ではないよ、フェイ。まあ、それはどうでもいい。いいかい――」

「いいえ、待って！　話を聞いて。お願いだから聞いてちょうだい！　いい？」

黒いまつげに縁取られた、白い肌に映えるダークブルーの瞳にすっと見上げられ、ガレットの決意はぐらついた。

「何だい？」

「あなたの前を歩いていた年配の男の人……あなたに話しかけていたわよね。何といったかは、ほとんど聞き取れなかったけど……」

「マコーリーに似た男かい？」

「そうかしら？　とにかく、あの人はミスター・ドーリッシュでしょう？　弁護士の。そうすると、一緒にいた若い男の人は……」

「若い男？」

「ええ！　あの人がきっと、ミスター・ニコラス・バークリーね。違う？　だと思った！　前に、彼は一番の親友で、学校が同じだったといっていたでしょう。ああ、ガレット！　これから緑樹館へ行くのね？」

「そうだ。きみは緑樹館へ行ったことがあるのか？」

「ええ――あるわ。どうしてそんなことを訊くの？」

「どうして訊くかって？」

　客車の列に沿って、ドアが閉まる音がかすかに聞こえてきた。警笛が鳴る。滑らかな動きで、ディーゼル機関車が駅を離れた。フェイは神経質そうに向かいの席を示した。だが、ガレットは坐らなかった。彼女の目の前に立ち、スピードを増す列車が揺れるたびに少しよろめきながら、教師のように相手を見つめていた。

「どうして訊くのかわからないようだから、説明するよ。その前に、ひとつだけ教えてほしいんだ、フェイ。それがきみの本名かどうかもわからないが……」

「ほ、本名に決まっているじゃない！　生まれたときからこの名前よ！　どうして本名じゃないなんて思うの？」

「前にいったじゃないか――」

「それは苗字の話よ！　法的に正当な理由もあった。今後、どんな話があなたの耳に入るにしても」

「じゃあ、きみはデイドラじゃないんだな？　ペニントン・バークリーの妻じゃないのか？」

「ああ、何てことを！　ひどいわ。あれこれ予想はしていたけど、これほどひどい話はない。違うわ、ガレット！　わたしはペニントン・バークリーの妻じゃない。おかげさまで、誰の妻でもないし、誰かの妻になったこともない。いったい誰に、わたしがミセス・バークリーだと吹き込まれたの？」

「誰かに吹き込まれたわけじゃない。何となく、馬鹿げた妄想が湧いただけだ。その後、ミセス・ペンの容姿を説明してもらったとき、きみに当てはまると思った。彼女は『中背』だと、ドーリッシュはいった。どちらかといえば、きみはやや小柄なほうに入るがね。それから『金髪』だといっていた」

「待って、ガレット！　ミスター・ドーリッシュには会ったことがあるけど、どう考えても、いい加減な人じゃない。本当に『金髪』といったの？」

「いや。探偵小説のように正確にいうなら『明るい色の髪』だった。でも、ほとんど同じじゃないか」

「いいえ、違うわ！　聞いてくれる？　デイドラ・バークリー――出会った頃はデイドラ・メドウズだったけれど――の髪は茶色よ。とてもきれいで素敵な色合いの、明るい茶色。背はわたしより高いし、わたしより上品だわ。性格もいいし、全体として、ずっとずっときちんとした人よ。『中背で明るい色の髪』なら、デイドラを形容するには申し分ないけれど、わたしには当てはまらない。そんな的外れなことを考えるなら……」

「的外れだというなら、フェイ、こっちもいわせてもらうが、それにはわけがあるんだ。きみをミセス・ペンと取り違えたのには、年の差という理由もある。とはいえ、きみのように若ければ、年齢のことには無頓着なのかな。さっきニック・バークリーのことを『若い』といったね。ぼくと同い年なのに。退屈で、冴えない、正真正銘の四十歳だ。なのにきみは――」

「ねえ」フェイがだしぬけにいった。「わたしが何歳なのか、知ってる？」

「せいぜい二十二だろう？　一年前の印象では二十一だったから……」

「三十二よ！」フェイは、自分を恨むようにいった。「九月には三十三になるわ。女性なら、見ればわかる。でも、男の人は違う。見てもわからないか、単に注意して見ようとしないかよ。さほど見苦しくなく見た目は若い女が、最大限に自分の……自分の……」

「手管？」

「ええ、そう。手管を弄すれば、男性は何でも信じ込んでしまう。でもやっぱり、現実は現実ね。わたしは退屈で、冴えない、年増になりつつある三十二歳。精神的にはそれよりもおばさんよ。さあ、これでどう？」

ガレットは座席から拾い上げた煙草を握り潰していた拳を振り上げた。

「マダム、それは前代未聞の大ニュースだ。しかも、きみがつい口を滑らせたところをみると、以前のように親しく接してくれているようだ。さて、隣に坐っても構いませんか？」

「いいえ、だめ！　どうしてもというなら止めないけれど、お願いだからやめて！」

「どうして？」

「坐ってほしくないから。いいえ、そうじゃない。わたし、また嘘をついてる！」フェイはさっと顔を覆った両手をすぐに下ろした。「本当は、何よりもそうしてほしいの。息苦しい国鉄の中でだって、クラパム・ジャンクションを通過しようとしていたって構わない。でも、だめなの。わたしの考えていることが現実になってはいけないのよ！　絶対に！」

「何を考えているって？」

「ガレット、あなたが考えているのと同じことよ。でも、そうなってはいけないの。何から何までひどい状況が、もっと悪くなるだけだから。ねえ——わたしたちのことを、ある程度はっきりさせておかない？」

「きみに話し合う気があるのなら、ぜひそうしよう」

「いいわ！」

フェイは座席に深く腰かけ、脚を組むと、スカートを直した。座席の隅には、ウェスト・エンドの有名な書店名入りの包装紙に包まれた荷物が押し込まれていた。しばらくの間、彼女は左手の指で、包みをものうげに叩いていた。顔に赤味が差したかと思うと、また消える。ガレットは彼女をじっと見たまま、向かいに腰を下ろした。

「わたしはペニントン・バークリーの秘書なの」フェイはいった。「あの人の奥さんではないし――似たような立場でもない。あくまでも秘書で、この仕事に就いてから一年ほどになるわ。休暇が終わったら別の仕事に就くといったでしょう？」

「ああ、でも、それしかいわなかった」

「だって、ガレット、あなたはそれほど関心がなかったじゃないの……」

「どこまでがぼくの非だと、論理的に証明したところで始まらないだろう。その話題に触れると、あるいは触れようとすると、きみはいつもはぐらかして、どうでもいいといっていたじゃないか」

「悪かったわ！　心から謝るわよ！　でも、イタリアにいる学生時代の友人を訪ねることは話したでしょう？　同い年の別の友人が来ることも？」

「ああ。そこまでは聞いた」

「イタリアにいるのがアリス・ウィルズデンで、今はカルピの伯爵と結婚してローマ郊外に住んでいるわ。もうひとりがデイドラ・メドウズ、一九五八年からはデイドラ・バークリー。何だかおかしな話じゃない？」神経を尖らせていたフェイの身内から、かすかなユーモアがあぶくのように浮かんできた。「まるで同窓会だわ。あなたはニコラス・バークリーと学校が同じ。かたや、デイドラとアリスとわたしは……。

これでわかったでしょう、ガレット。デイドラが、夫の秘書という仕事にわたしを就かせてくれたというわけ。去年、イギリスを発つ前に、お膳立てしておいてくれたの。ミスター・バークリー――ミスター・ペニントン・バークリーは、わたしの素姓を知らない。デイドラは知っているけれど、噂を信じなかったし、わたしを買ってくれた。とても友達思いなの。もう一度いうけれど、ミスター・バークリーは、わたしのことを何も知らないわ」

「ああ、ぼくもだ」

「何ですって？」

「ぼくも知らないといったんだ。本当のところ、きみは何者なんだ、わけもなく謎めかしてばかりいるお嬢さん？　きみに関するひどい噂とか、巻き込まれているとほのめかした『恐ろしいごたごた』とは何なんだ？　つまり、どうして一切が謎なのか、ぼくたちは何を議論しているのか、それを聞かせてくれ。

真面目な話、フェイ、少しばかり素直になって、このコップの中の嵐を追い払ってもいいいんじゃないか？　ほんの数語で厄介事の大部分が片づくというのに、わけもなく口を閉ざす小説のヒロインみたいな態度はやめてくれ。今ある証拠だけで答えを出すのは容易なことじゃない。ぼくが一緒にローマへ行くというのを聞き入れなかったのは、ぼくらが通りすがりの顔見知りでも、パリで一緒に食事をしただけでもない仲だと、友人に知られるのを避けるためで……」

「ああ、ガレット！　それだけの理由だったら！……」

「違うのか？」

「それだけの理由だったら。十分の一でもそんな理由だったら」フェイは衝き動かされたように叫んだ。「彼女たちだろうと誰だろうと、他人にどう思われるかをわたしが気にすると思う？　知ってるでしょう、わたしは無垢な清教徒の娘じゃないわ」

「そうだな。清教徒でもなければ禁欲的でもない」

「それに、デイドラにはわたしたちのことを話してあるの。つまり、あなたのことをどう思っているか――それに、わたしたちがどんなことをしたか」

（何だって？）

「確かに、デイドラにはお堅いところがあるかもしれない。少なくとも、そう思われたがっているわ。でも本当は、思いやりがあって、物わかりのいい人よ。デイドラはわかってくれたわ、ガレット。彼女は他言したりしない」フェイはふと言葉を切った。「ねえ、どうしたの？　いけなかった？」

「もちろん、いけないことはないさ！　けれど――」

「ここで会うなんて、どうして予想できる？　あなたとローマへ行きたくなかったとでも思っているの？　約束の〈アイヴィー〉で会う気がなかったとでも？　会いたかった。どれほど会いたかったか！　でも、もう二度と会わないと決めたの（あなたが緑樹館を離れたら、またそうするつもりよ）。それは、あなたを巻き込みたくないから。あなたが傷つくのを見たくないし、わたしのせいで悩んでほしくもない。真実が明るみに出れば、あなたはきっとそうなるわ」

「フェイ、たわごとはもうたくさんだ！」

「たわごと？　何もわかっていないのね！　お願いだから怒らないで。わたしにつらく当たらないで。お願い。わたしが何をしようと、真実が明るみに出ないとは限らないのだから。あの恐ろしい家で何かが起こったら。ミスター・バークリーが自殺するか、何らかの被害に遭ったら……」

　はっと口に手を当てて、フェイはまた言葉を切った。車輪の響きと、広々とした田園地帯をスピードを上げて走る列車がきしみ傾く音に交じって、通路を近づく足音が聞こえてきた。ドアのガラスの外に、グレーの上着を着て夢遊病者のような顔をした、食堂車の係員が見えた。引き戸を開け、見るともなしに中をうかがう。

「夕食のお時間です」彼はうつろな声で、歌うようにいった。「夕食のお時間です」

　そして、誰も目に入らない様子でドアを閉め、再び夢遊病者のように立ち去った。黄昏の光が反対側の窓から流れ込んでいる。ガレット・アンダースンは立ち上がった。

「聞いたろう、フェイ？　どうだい……」

「まあ、だめよ！　いけないわ！」

「何も食べちゃいけないというのか？」

「ガレット、わかっていないのね！　町を出る前に夕食は済ませたわ。けれど何も食べられなかった。喉に詰まりそうで。でも、そのことをいっているんじゃないの。ふたりのところへ戻って。だけど、わたしがここにいることはいわないで。わたしに会ったといわないでほしいの。これからも、わたしたちが知り合いだということはおくびにも出さないで！」

「もううんざりだ、フェイ。どうしてこれ以上、秘密を重ねようとする？　それに、きみがここにいないふりをしたくても無理だ。ブロッケンハーストで列車を降りれば、みんなが顔を合わせることになる」

「いいえ、顔を合わせる必要はないわ。わたしはブロッケンハーストに着く二十分ほど前の、サウサンプトン・セントラルで降りるつもり。そこからバスに乗って、レープ・ビーチに直行するわ。別の列車で来たといえばいいし、いいわけなんてどうにでもなる。とにかく、緑樹館ではまったくの初対面として紹介されることになるわ」

「そんなごまかしが何になる？　きみが今日ロンドンにいたのは、よからぬ目的があったからとか？」

「まさか！」フェイはかたわらの包みに触れた。「ミスター・バークリーに本を頼まれたの。今朝、取りに行くようにいわれて。いつものように郵便で手に入れることもできたはずだけど、行けといわれたから従ったまでよ」

「だったら、どうして隠す？　初対面を装うことについても、できるとは思えない。友達のデイドラは、もう知っているんだろう……」

「ええ。そのことだけれど、わたしもぜひ訊いておきたいわ。あなたは、わたしたちのことを誰かに話した？」

思いがけない問いに、ガレットはどぎまぎした。「ああ、話した。ニック・バークリーに。どのみち——」

「わたしだって友達にあなたのことを話しているのだから、あなたが友達にわたしのことを話して何が悪い、と思っているんでしょう？」

「その通りではないが、そんなところだ」

「ガレット！　彼に何もかも話したの？　わたしたちが……わたしたちが……」

「いいや、話していない。ぼくがいったり認めたりしたことからわかるのは、せいぜいヴィクトリア朝の小説から出てきた巡り逢いだろう。こういうことは、むしろ女性のほうがぺらぺら話したがるようだ」

「どんな人なの、ニック・バークリーって？　いい人？　ううん、そういう意味じゃなくて、つまり、本当に友達と呼べる、信用できる人なの？」

「ああ。ぼくは全面的に信用している。きみも信用していい。ひねくれたユーモア感覚の持ち主というだけだ。彼は頭がいい。すごく察しがいいんだ。ぼくがミセス・ペニントン・バークリーの正体はきみではないかというとんでもない考えを抱いたとき、彼もまさに同じことを考えたようだ」

「そうなの？　どうしてそんなことを考えたの？」

「ぼくが疑ったのと同じ理由さ。ミスター・ドーリッシュが、ミセス・ペンは明るい色の髪をしていると説明したからだよ。ニックはすぐさまブロンドがどうのこうのとわめきたて、ぼくに何を考えているんだと訊いてきた。それはまさしく、彼の頭に浮かんだ考えを示しているじゃないか」

「デイドラがブロンドかもしれないと思った？　そんなはずないわ！　彼がそう思うはずがない！」

「プラットフォームでそう叫んでいたんだよ。窓が開いていれば、きみにも聞こえたはずだ」

「そういわなかったとはいってないわ。ただ……」

フェイは弾かれたように立ち上がり、ガレットと向き合った。疾駆する列車が揺れ、ふたりはバランスを失って、もう少しで互いの腕の中に身を投げ出すところだった。ふたりしてたじろぎ、後ろへ下がると、また腰を下ろした。

「彼がそう思うはずはないの！」フェイはいい張った。「これも謎めかしているのではないわ！今年の三月まで、ミス・エステル・バークリーは、あなたのお友達のニックの母親に、ときおり手紙を出していたの」

「ああ、聞いている。それで？」

「わたしが初めて緑樹館を訪れたのは去年の夏の今頃で、先代のミスター・バークリーはまだ健在だった」

「ニックの祖父のクローヴィスのことか？ 彼は一種の脅威だったそうだね」

「あしらい方を知らなければ、ずいぶん癪に障る人だったでしょうね。デイドラとわたしには、いつも優しかったわ。ほかの人たち、特にペニントンとエステルにはがみがみいっていたし、どうしたって言葉に気を遣う人ではなかった。でも、それはどうでもいいわ。去年の夏はひどい天気だったけれど、秋はいつになく爽やかだった。わたしはカメラを持っていて、なかなかいいカラー写真を撮ったの」

「自分の写真は撮らせないのに？」

「それは関係ないでしょう」フェイはむきになって身を乗り出した。「今いったように、わたしはなかなかいいカラー写真を撮った。一枚はデイドラが夫と庭にいるところ、もう一枚はミス・バークリーひとりの写真。ミス・バークリーに、その二枚を焼き増しするようにいわれたから、そうしたわ。彼女はそれを……それを……」

「ニックの母親に送ったのか?」

「そうなの! 数日後、いつものように『スペクテーター』誌や『タイム・アンド・タイド』誌にミスター・バークリーが送る手紙をタイプしていたら、エシーが焼き増しした写真を持ってきてこういったの。『かわいい甥がこれを見たら喜ぶんじゃないかしら。でも、手紙を書いても仕方ないわ。ありがたがられることはないでしょうから。悪いけど、住所を教えるからタイプして、その封筒に写真を入れて送ってくれない?』

わたしはそうしたわ。一枚は裏に『ペンとデイドラ、一九六三年』と書いて、もう一枚は裏に『エシー』と、同じように日付を入れて。デイドラの写真は特によく撮れていた。だから、あなたのお友達のニックは、彼女の髪の色を知っているはずでしょう? 彼女がブロンドだと思うわけがないわ!」

「どうかな、ニックは忙しい男だからね。配達中に紛失したとか、ウィリス＝バークリー出版社気付で出していて……」

「いいえ、違うわ! 彼のフラットに送ったの。エシーがアメリカ式の住所と名前をどんなふうに教えてくれたかまで覚えているもの。『ミスター・ニコラス・バークリー・ジュニア、東六四丁目五二番地、ニューヨーク、何たらかんたら』——最後のは郵便区番号よ。そもそも、手紙が紛失することがどれくらいあるかしら」

「だとしても、ほかにいくらでも考えられる」

「ええ、そうね。でも、ちょっと黙ってて、ガレット！　こうは思わないの……？」

「どう思うって？」

「その人がティッチボーン准男爵の相続人と称していた男みたいな詐欺師で、本当はニック・バークリーじゃなかったら？（船の沈没で消息を絶った英国のロジャー・ティッチボーン卿が死亡宣告された十年後の一八六五年、豪州在住の男が財産目当てに本人と名乗り出たが、当時最長期間にわたる裁判で断罪された）」

「おいおい、とんでもないことをいっているのはどっちだ？　同じ学校に通っていた男を見分けられないとでもいうのか？」

「でも、ずっと会っていなければ……」

「四年前に会っている。彼がモロッコへ行く途中、ロンドンに立ち寄ったときに。彼は本物のニック・バークリーで、それ以外の何者でもない。信じてくれ」

フェイは、急に悔恨の念に襲われたようだった。

「ああ、ガレット、お願いだから、わたしがとりとめのないことを口走っても、耳を貸さないで！　さもなければ、わたしをぶって、叩きのめして、肩をつかんで揺さぶって。いいわ！あの人は本物のニック・バークリーよ。あなたがふたりだけの話として打ち明けるなら、何をいっても構わない。彼は正真正銘ニック・バークリーで、四半世紀も経ってから、自分の親類を追い出すために戻ってきたのね」

「それ以上ちょっとでも続けたら、フェイ、きみを叩きのめす立派な理由ができる。ニックは誰かを追い出すために戻ってきたわけじゃない。それどころか、彼は受け取る予定の遺産をすべてペンおじさんとエシーおばさんに譲るために来たんだ。聞いていないのか？」

「いいえ、聞いてるわ。弁護士がミスター・バークリーにそういったもの。デイドラもその話を聞いていて、わたしはデイドラから教えてもらったの」

「ああ、それで？」

「いいたいことが十分に伝わっていないようね。世間で問題になるのはその人の真意ではなく、他人がどう解釈するかよ。正当な相続人であるあなたのお友達は、確かに善良な、優しい心根の人かもしれない。あなたがそういうなら、わたしが疑う余地はないわ。でも、おじさんは信じるかしら？　信じないでしょうね。『二代目のニックだが、ミス・ウォーダー』」フェイはいかめしい口調を真似た。「『わたしが知っていた頃のあいつは、実に礼儀正しい子供だった。その後、抜け目のないヤンキーどもに揉まれて育ったあいつは別人だ。わたしは邪魔者、いつだって邪魔者なのだ』。そういうことなのよ、ガレット。そのときの顔つきときたら！」

「きみもそう思っているのか？」

「思ってるわ！　デイドラだって！　ミスター・バークリーだって！」

「確かに、きみに限ったことじゃない。みんながみんな、物事を脚色してひどい悲劇に仕立て上げようとしている」

「あの場にいて、あの人たちと話したら、脚色するとか仕立て上げるとはいえなくなるわ。ミスター・バークリーは変わり者よ。先代のミスター・バークリーが生きていた頃も、あの人はみんなが考えているほど卑屈ではなかった。ご老体にはわからないように、ちくりと皮肉をいったりして。それにもちろん……一度もわたしに粉をかけたりしなかった。それこそ馬鹿げていて、お話にならないわ！　それでも変わり者には違いないわね。世の中の誰もが、とりわけ自分の家族が常に手を組んで、自分に敵対していると思い込んでいる。できれば一矢報いたいと思っているみたい。心臓を患っていて、お兄さまの死因になったのと同じ病気のようだわ。それで、ドクター・フォーテスキューに住み込んでもらっている。エドワード朝風のスモーキング・ジャケットを着て、書く当てのない戯曲のことをいつも話している。それでも、先代のミスター・バークリーの二通目の遺言状が見つかったあの午後までは、何の不満もなさそうだった。そのあと、いろいろな感情がいっぺんに爆発したのよ」

「二通目の遺言状はどんなふうに見つかったんだ？　それについても聞いている？」

「聞くどころか、わたしはその場にいたのよ！」

束の間、フェイは車窓を流れる野原や生垣に目をやった。

「四月のある日のことだった」彼女は続けた。「全員が図書室にいた。どうして揃って図書室にいたのかは覚えていないわ。ミスター・クローヴィスが亡くなってからは主に息子が使っていたの。ミスター・バークリーはそこで、わたしに口述筆記をさせていた。いつものように部屋を行ったり来たりしながら。デイドラは外の天気をうかがっていた。お年寄りのドクター・

フォーテスキューもいたわ。どうしてお年寄りなんていうのか、自分でもわからない。それほど年を取っていないのに、そう思わせる、ぼんやりしたところがあるの。ミスター・ドーリッシュもいた。家族ぐるみのつき合いがある割には、そうたびたび立ち寄るわけではないけれど、この日はデイドラが彼に相談したいことがあったの。ドーリッシュは、夫とともに、デイドラが心から信頼している人よ。わたしも彼は信頼できると思う。それからミス・バークリーが入ってきた。編み物を置き忘れたといってね。暗くてじめじめした午後で、風が強かった。誰ひとり、マントルピースの上の二個の壺のことなど気にしていなかったのは確かよ。

説明しておくと、ミスター・クローヴィスが、凝った作りの蓋つき陶器の壺をマントルピースの両端に置いていたの。左の壺には葉巻、右にはパイプ用の刻み煙草が入っていた。当人はしょっちゅう煙草を吸うわけではなかったけれど、お客さま用に置いてあったの。

わたしたちの誰も、壺にほとんど用はなかった。ドクター・フォーテスキューは、刻み煙草をそんなふうに扱うなんてもってのほかだといっていたわ。湿気のない陶器の壺に入れておいたら、乾いてしまって吸えたものじゃないって。わたしはよく知らない。紙巻き煙草なら、吸うと不安が軽くなる気がするから、ずっと吸っているけれど。ドクター・フォーテスキューとミスター・ドーリッシュ以外の人たちは紙巻きしか吸わないの。ドクター・フォーテスキューは乾いた刻み煙草なんてと鼻で笑っていたし、パイプを吸うミスター・ドーリッシュも、自分が死の家と呼んでいる場所で刻み煙草に手を出す気にはならないでしょう。

エシーが編み物を取りに顔を覗かせた日、わたしも、ここは死の家だと感じたわ。わたしのいうこと、意味が通ってる?」フェイは話をやめて尋ねた。「それとも、いつものようにとりとめのない話をしているだけだと思う?」

「脇道にそれなければ、ちゃんと筋が通っているよ」ガレットは答えた。「進めてくれ! 善良なエシーが何か訊きに来たんだったね。それからどうなった?」

フェイは不愉快そうに口を歪めた。

「ミスター・バークリーが口述をやめて、『あそこに、エステル、そうだ、マントルピースの上にあるのは、編み物のように見えるがね。持っていきなさい』といったの。ミス・バークリーは『それだわ』といって、いそいそと近づいた。何かが割れる音がして、みんな飛び上がったわ。エシーが編み物に手を伸ばそうとして、右側の壺を払い落としてしまったのよ。

壺は炉床で粉々になり、刻み煙草が一ポンドばかり絨毯の隅に散らばった。その煙草の中から、それまで隠れていた、宛名を書いて封をした長封筒が突き出していたの。わたしは鉛筆とノートを手に、暖炉のそばの椅子に坐っていた。だから『A・ドーリッシュ殿』という宛名が読めたわ。ミス・バークリーが『お父さまの筆跡だわ、お父さまの筆跡だわ』と叫んで、這いつくばって取ろうとした。でもドクター・フォーテスキューが先回りして封筒を取り上げ、宛名を読み上げて、『あなた宛のようです』とミスター・ドーリッシュに告げた。『わたし宛なら受け取ったほうがいいでしょうね』と、あなたがマコーリーみたいだといった男性がいうと、

『誰かさんが誘惑に駆られないように?』とドクター・フォーテスキューが返した。『わたしは、受け取ったほうがいいといったまでです。ペニントン、あなたが同意してくださるならね』ドーリッシュはそういった。エシーは相変わらず『何が入ってるの、何が入ってるの?』と叫んでいた。ミスター・バークリーは物柔らかで落ち着いた様子だった。ほんの一瞬、とても険悪に見えたけれど、口から出たのは『もちろんだ、アンドリュー』のひとことだけ。

エシーは封筒を引ったくろうとした。ミスター・ドーリッシュは『失礼』と封筒をポケットにしまい、自分の車に向かった。でもその夜、新たな遺言状の内容を公開するために戻ってきたの。

ペニントン・バークリーは『老いぼれの悪魔めが』といったわ。亡くなったお父さまのことよ。『そんな悪ふざけを企んでいたのか』彼はただそういった。でも、最悪の事態はそこから始まったのよ。緊張、憂鬱、あなたにはせいぜい半分くらいしか想像がつかない恐ろしい自殺願望が、まさにそのときから始まった。それから幽霊がうろつきはじめ、ミセス・ティフィンとミス・バークリーが幽霊を目撃すると……」

列車が高速でカーブを曲がるのに合わせて、ふたりの体も傾いた。甲高い汽笛の音が背後に流れていく。

「ああ。悪名高き幽霊か!」ガレットが口を挟んだ。「十八世紀から来たワイルドフェア判事だろう! きみも見たのか? それで、ミセス・ティフィンというのは?」

「料理人よ。わたしは何も見ていないし、見たいとも思わない！」

フェイはぱっと立ち上がり、個室から逃げ出そうとするように向きを変えたが、片手を座席の背もたれにかけて気を鎮めた。しかし肩越しに振り返ったダークブルーの瞳は真剣で、ピンクの口許は震えていた。

「ああ、ガレット、誰かが幽霊のふりをしているのはわかっているわ。少なくとも、わたしはそう思ってる。だとしても、悪いことには変わりないでしょう？　人を怖がらせようとする、誰かの恐ろしい、邪悪な敵意。それに、新たな遺言状が気の毒なミスター・バークリーに与えた影響。彼は笑い飛ばそうとしていたけれど、およそ無理だった。それからリボルバーを買ったのよ」

「ペニントン・バークリーが？」

「そうよ！　火器所持許可を申請するときには、泥棒に備えてというしかなかったようだけれど、泥棒なんてまったくの口実よ。目の前に幽霊が現れたら、実体のないその体に穴を開けてやるんだと断言していた。二二口径の小さなリボルバーにすぎないわ。それでも、誰かが化けているかもしれない幽霊を撃とうなんて、考えないほうがいいんじゃない？」

「ああ、もちろんやめるべきだ。故意かどうかは関係なく、頭や心臓に当たれば、小さなリボルバーにだって人を殺すことができる。被害者の体を部屋じゅうに撒き散らす四五口径と同じようにね。一九五七年の殺人に関する法律によれば……」

「殺人？　わたしたちが恐れているのは別のことよ！　わたしもデイドラも気づいている。あまり話したがらないことからも、デイドラのほうがよくわかっているはずよ。ミスター・バークリーは、くよくよさせてはいけないの。甥のほうは、よかれと思っているようだけれど。あの人の精神状態は、幽霊のように手に負えなくて、異様で、不合理だわ。でも、理性をなくしたり不合理になったからといって、感受性が鈍いとは限らない。とにかく——これ以上は我慢できないわ！　次々にいろいろなことが起こって、これだけ人が死んでもまだ足りないの！」

感情的になったフェイは何も耳に入らないようだ。青と白のサマードレスにしなやかな体を包み、顔を半ばそむけている。夕日の名残が髪と顔を染め、美しかった。思わず抱き締め、こんな馬鹿げた話は忘れようといいたくなるほどに。だが、またしても邪魔が入った。

足音が通路に響いた。列車の前方から近づいてくる。明らかに食堂車を探しているふたりの男の足音で、その印象は続いて聞こえてきた声によって裏づけられた。

「とにかく」まぎれもないニック・バークリーの大声がした。「まともな食事にありつけるよう願いたいね。それにしてもガレットのやつ、どこへ行っちまったんだろう？」

「まず望めませんね」と、これも聞き違えようのない声がした。「英国鉄道の配膳部に、食通がほとんどいないことを考えれば。ミスター・アンダースンのほうは……」

「おっと！　まったく、このいまいましい列車ときたら」

「転ばないでくださいよ、ニコラス。窓際の手すりにつかまって。荷物を持ってきたポーターの話だと、ミスター・アンダースンはご婦人に呼ばれて別の席へ行ったそうです。ところで、おいしい食事が出たら、それこそ奇跡でしょうね。しかし、高名なご友人が、六月にボーンマスへ向かう知り合いに出くわすのがそんなにありそうもない話でしょうか？　きっとすぐに合流しますすよ」

ふたりは引き戸の前を通り過ぎていった。アンドリュー・ドーリッシュが先に立ち、帽子を取った頭を堂々ともたげて歩いている。ニックは一、二歩遅れ、列車の揺れに大げさによろめきながらついていった。声が高まり、ふたりは脇目も振らずに歩いて、車輛の後方へ消えた。フェイは身を縮め、一瞬片腕で目を隠したが、振り返って安堵のため息をついた。

「見られなかったわ！　全然見られなかった！」

「ああ、そうだな。列車内を通り抜けようとする人間は――きみは気づいているかな？――決まって通りすがりに個室を覗くものだ。車輛の一番後ろの個室を除いてね」

「もうその機会は来ないわ！　ガレット、あの人たちのところへ行って。立派ないいわけもできたじゃない。今の話を聞いていなかった？　わたしは昔の知り合いで、ボーンマスへ向かう途中だってことにするのよ。そしてあなたは、たった今別れてきた。これでどう？」

「昔の知り合いなら、もっと違った態度を取りそうなものだ」

「ふざけないで！　本当に！　緑樹館で恐ろしいことが起こるかもしれないの。これまでのどんな誤解よりも、お互いにとって悪いことが。今ここで別れて、今夜、赤の他人として会わない限りね。こうして頼んでいるのよ。聞いてくれない？　お願いだから」

ガレットは返事をしなかったが、頭の中には口汚い言葉がはっきりと書き連ねられていた。それでもフェイは目を合わせようとはしない。苛立ちよりも怒りを感じて、彼は引き戸を開け、肩から通路へ出て、ふたりのあとを追った。

ニック・バークリーは列車の揺れを大げさに見せていたわけではなかった。次の車輛に通じるドアは、隙間風のせいで、ノブをもぎ取らんばかりにひねるまで開かなかった。それからガレットは、前方の話し声を聞きながら、食堂車へ足を速めた。

フェイの話は、どれも馬鹿げたことに違いない。それでも、彼女が途中までしか話していない、もしくは口にしていない問題の裏には、何やら不吉な含みがあった。いわゆる女の勘、直感の難点は、当人が認める以上に真実を当ててしまうことだ。〈悪魔のひじ〉の家に、いったい何があるというのだろう？

5

宵闇が空を覆いはじめていた。それを衝いて、車が飛ぶように走っている。

五、六年前のダークブルーのベントレーのセダンは、左折して駅の構内を出ると、ミル・レーンと呼ばれる道へ曲がり、生垣に挟まれたなだらかな上り坂を滑るように走った。ハンドルを握っているのはデイドラ・バークリー。その隣にアンドリュー・ドーリッシュが、ブリーフケースを膝に坐っている。彼が明らかにデイドラを信頼しているのに劣らず、デイドラも彼に絶大な敬意を抱いていることから、この事務弁護士は父親のように尊大なそぶりを見せるので、ガレットとともに後部座席にいるニック・バークリーは、ときおり片手で笑みを隠さなければならなかった。

「何度も申し上げるようですが、ニコラス……！」ミスター・ドーリッシュがいった。

ガレットと連れのふたりが、予想通り大したことのない食事から戻ったときには、フェイ・ウォーダーの姿は消えていた。たぶん、列車を降りるまでどこかに隠れていたのだろう。彼女を見ることは二度となかった。途中、ウィンチェスター駅とサウサンプトン・セントラル駅に停車しただけで、列車は九時三十五分きっかりに、ブロッケンハースト駅に到着した。

プラットフォームでは、次第に濃くなる夕闇の中、茶色の髪にハシバミ色の瞳の、野外活動が好きそうな若い女性が、黒っぽいスラックスとオレンジ色のセーターという恰好で待っていた。彼女は肩の力を抜こうとし、ガレットがすぐに気に入った率直な態度を見せたが、それでもニックが大股で近づくとびくっとした。

「ペンおじさんの奥さんかな?」

「ええ。デイドラよ。その挨拶からすると、あなたが誰だか疑う余地はなさそうね」

「違いない」ニックは差し出された手を握り、ほほえもうとする彼女に笑みを返した。「エシーおばさんに写真を送ってもらったので、見誤るはずはないと思っていた。問題は、何とお呼びするかってことだ。〝ミセス・バークリー〟とは呼べないし、〝デイドラおばさん〟はやりすぎだ。おじと結婚した以外に何の縁もない人を、どう呼べばいい?」

「ただの〝デイドラ〟はどう? それではだめ?」

「こっちのことも〝ニック〟と呼んでくれるなら、それでいい」

「ありがとう、ニック。覚えておくわ」

「わたしが口出しするまでもなく、うまい具合に挨拶も済んだようなので」アンドリュー・ドーリッシュが割って入った。「あとはこちらの紳士を紹介するだけです。電話でペニントンに話しておいた、ミスター・ガレット・アンダースンです」

「ああ、あなたが?」デイドラは、ほっとしたようにニックから目をそらし、大声でいった。

「まさか、あのガレット・アンダースン？　あれを書いた――」

「差し出がましいようですが、ミス・デイドラ」事務弁護士がまた口を挟んだ。「確かにミスター・アンダースンは『アンクル・トムの大邸宅』に関わっています。その罪があるといってもいい。ですが、彼が『アンクル・トムの大邸宅』そのものを書いたわけではありません。そう訊かれたら、躍起になって否定するはずですよ。ところで、ご機嫌いかがです？　それに、緑樹館のほうは？」

「あまりいい状況とはいえないわ。でも！　もし二代目のニコラス……いえ、ニックだったわね、ごめんなさい……本当に、あなたがいった通りのことをしてくれるつもりなら……」

「ちくしょう、本気に決まってるだろう！」ニックが怒鳴った。「あなたの魅力をもってすれば、デイドラおばさん、この世でほしい物は何でも手に入るさ。書類は明日、用意できると聞いている。署名欄にサインする前に信用してもらうには、どうすればいい？」

「信用しているわ、ミスター・バークリー。前から信用しています。本当にありがとう。でも、このことも信じてほしいの」デイドラはニックの目をひたと見つめた。「わたしは人の財産などほしくないわ。形ある財産は。では、ついてきていただけますか、みなさん。こちらです」

駆け足のような軽快な足取りで先を行くデイドラに続いて、三人は木の階段を上り、別のプラットフォーム上の橋を渡ると、駅の構内で待っているベントレー目指して下りていった。

ニックのスーツケースとガレットの小旅行用の鞄が、車のトランクに積み込まれた。デイドラはガレットとニックに身振りで後部座席を示すと、前方左側のドアをアンドリュー・ドーリッシュのために開けた。エンジンはすぐにかかった。車がミル・レーンに入り、広々とした田園地帯でスピードを上げるにつれ、灰色と白と赤の村が背後に飛び去っていく。弁護士がもったいぶった様子で口を開きかけたのを、ニックが遮った。

「それで」彼は前置きなしに切り出した。「その人騒がせな幽霊話というのは、いったい何なんだ？　そもそも、ワイルドフェア判事とやらは何者だ？　今も顔を出し、この世に舞い戻ってくるのは、十八世紀にどんな悪事をやらかしてのことか、それともどんな目に遭わされたからなのか？」

「何度もいうようですが、ニコラス」ミスター・ドーリッシュが、首を伸ばして後ろを見た。「その幽霊なるものの由来については、ほとんど、いや、まったくわからないと繰り返すしかありません。何かご意見は、ミスター・アンダースン？　あなたの古物研究が役に立つのではないでしょうか」

「ぼくは古物研究で」ガレットは答えた。「十八世紀の記録を深く掘り下げたことがありません。しかし、サー・ホレース・ワイルドフェアのことは、以前『国内人名辞典』で調べたことがあります」

「それで、いかがでした？」

「死後の性癖に関しては、参考になりそうなことは何も書いてありませんでしたよ。生前のことなら、かなりの記載がありました。サー・ホレース・ワイルドフェアは、文芸黄金時代で最も残忍にして頑固な人間でした。つまり、すぐに人を吊るしたがる、気難しい判事だったそうです」

「荒っぽい時代でしたからね」ミスター・ドーリッシュがもったいぶった口調でいった。「その上、荒っぽい法が罷り通っていた。判事の座にある者が、その荒っぽさに感化されても、驚くには当たらないでしょう?」

「でしょうね。けれど、この判事が最も反感を買ったのは、彼がさほど荒っぽさを発揮しなかった事件のためと思われます」

「というと、ミスター・アンダースン?」

「一七六〇年、サー・ホレースが判事の座に就いて間もなくのことですが、非常に裕福な地主の息子が、殺人の容疑で法廷に引き出されました。喉を掻き切るという、とりわけ残忍な殺人で、被害者は地主の息子が色目を使っていた十二歳の少女でした。ワイルドフェア判事は、いつものように被告人や被告人側の証人を容赦なく責める代わりに、相手側を激しく攻撃しました。被告人には同情しながら、検察側を怒鳴りつけ、検察側の証人を脅したのです。かくして、震え上がった陪審員たちは、非難の嵐の中で無罪の評決を下しました」

「その評決には」ニックが口を出した。「誰も納得しなかったわけだ」

「そう。ジョージ三世が即位したばかりの頃で、ホイッグ党とトーリー党の争いは激化しつつありました。トーリー党員で王権派だったサー・ホレース・ワイルドフェアは、すでに政敵からの激しい攻撃にさらされていたのです。民衆は往来で彼をののしり、馬車には犬の死体が投げ込まれました。判事が賄賂を受け取っていたとの噂は、おそらく本当でしょう。慎重な『人名辞典』でさえ、『その疑いが濃厚』と書いています。二年後、ますます攻撃が激しくなる中で、何ひとつ立証されないまま、彼は判事の座を退き、折しも完成したばかりの緑樹館に隠棲しました。館を建てた金は賄賂だったかもしれないし、そうではなかったかもしれません」

「オーケー、わかった。ほかには？」

「ニック、表向きの話はこれでおしまいだ。彼は一七八〇年に館で息を引き取った。そのときの状況はわからないし、彼のこともそれ以上はわからない。ついでにいえば、きみのいうように、今になって『顔を出す』理由もね」

「わたしには少しわかるわ」デイドラがいった。「それから、あなたたちにとってはどうでもいいことかもしれないけれど、彼の顔のことをどうこういうのはやめてもらいたいの！」

「落ち着いて！　少々先走っているんじゃないか？」ニックが鋭くいった。「穏やかに頼むよ、血のつながりのない、愛するおばさま！」

「わたしは神経質なほうじゃないわ。神経質だと思ったことはない。でも、わかるでしょう、誰もが少し取り乱しているし、それに――」

デイドラはしばらく何もいわなかった。

あたりには夜の帳が下りつつあったが、遠くのもの以外は、まだ輪郭がはっきり見て取れた。車は、ヒースの野原や荒れ野の中、なだらかな道を滑るように走っていく。目にするものはニューフォレストの森の名残くらいしかなかった。道端で草を食んでいるポニーたちは、車が通りかかっても頭も上げない。開いた窓から露に濡れた草のにおいが流れ込み、風がデイドラの髪をなびかせた。ハシバミ色の目が振り返ったが、感情は読み取れなかった。ガレットは、デイドラが自分のことを何もかも知っているのを思い出した。フェイが話したせいだ。だが、誠実そうなこの女性は、知っているという気配を露ほども感じさせない。

「ミスター・アンダースン、判事は一七八〇年に亡くなったといいましたね？」

「ええ」

「当時の人たちが、敵を執念深く追いかけたというのは本当なのね？」

「現代でもあることですが、ミセス・バークリー」

「そうでなければいいけれど！　そうでなければ！」

「そうでなければ？」ニックが訊いた。

「ペンが——夫が——一七八一年か八二年に匿名で発行された小冊子を見つけたのです」デイドラは依然として、ガレットに向かって話していた。「『呪われた死者』と題した、判事の経歴をまとめた小冊子でした。中身は、読んだこともないほど悪意に満ちた攻撃です。サー・ホレース・ワイルドフェアは、家庭では公の場よりもさらにひどい男だったそうです。小冊子の著者によれば、彼は息子のひとりを罵倒している最中に、卒中の発作を起こして息を引き取りました」ここでデイドラは、ミスター・ドーリッシュを見た。「あなたは、判事が荒っぽさに感化されていたといったわね。どうやら、晩年の彼は何らかの皮膚病にかかっていたらしいの。小冊子には、こんな証言があります。病気のせいで、判事の顔はぞっとするありさまになり、それ以来、家では目の部分に穴を開けた黒い絹の頭巾をかぶっていたと。これこそが、彼への裁きではないかしら?」

ニックは身を乗り出した。「賄賂を受け取ったことに対する?」

「賄賂を受け取ったことや――そのほかいろいろよ」デイドラは曖昧にいった。「でも、そのことを考えると……!」

彼女は急にアクセルを踏み込んだ。ベントレーが解き放たれたようにスピードを出す。アンドリュー・ドーリッシュが抗議の声をあげると、賢明なデイドラは感情を抑え、車の速度も抑えた。

「ああ、もう大丈夫」彼女はミスター・ドーリッシュにいった。「みなさんご存じのように、わたしには分別があるわ。ただ、幽霊だか、幽霊のふりをしている人間だかわからないけれど、そのことを考えるとついかっとしてしまうの。長い法服と頭巾姿の、忌わしい者のことを考えると。まだ一度も見たことはなくても、そんなものを見かけ、通路を追いかけられ、隅に追いつめられて、それがわたしの顔を間近に見ようと頭巾をむしり取るところを想像すると……」

「馬鹿馬鹿しい！」ニックが口を出した。デイドラの左肩あたりの背もたれに左手をかけ、穏やかにいう。「取り乱してはいけないときに取り乱していることを除いても、反論する材料がある。この話はよくできた幽霊話の決まりや習わしにまったく反している。あまりにも生き生きとしている」

「生き生きとしている？」

「その通り。長い法服？　そいつは鬘もかぶっているのかな？　ワイルドフェア判事の幽霊が、アーミンの毛皮と緋色の服をまとって威風堂々と館を闊歩しているなんて話を、本気でするつもりか？」

「まさか！　馬鹿なこといわないで！　もちろん、そんな気はないわ！」

「じゃあ、何がいいたい？」

「判事の服は――また小冊子の受け売りだけれど――古ぼけた黒の法服だったそうよ。生前、威圧的に見えるように家の中でも着ていたらしいわ。とにかく、ミスター……いえ、ニック、目撃された幽霊が着ていたのは、その服だったの」

「じゃあ、現実的な話をしようじゃないか。誰が目撃した？　いつ？」

「料理人のミセス・ティフィンがそれを見たのは、先代のミスター・バークリーの二通目の遺言状が見つかってから間もなくの晩だといっていたわ。一階の玄関ホールで、月明かりに浮かび上がっていたそうよ。幽霊はそこに立って、彼女を見ると、壁の中に消えた。エステルは、ある日の夕方に目撃しているわ。やはり一階の玄関ホールで、場所は違っていたみたい。威嚇するように近づいてきたものの、向きを変えて、しばらく前から鍵がかかっていたはずのドアをすり抜けた。哀れなエステルの話を鵜呑みにするわけにはいかないけれど！」

ニックは事務弁護士の腕を叩いた。「それは全部、本当なんだろうな？」

「目撃者が嘘をついていないことは保証します」ミスター・ドーリッシュはいった。「自分が見た、あるいは見たと思ったものについて、説明しようとしていたのは間違いありません。ですが、混乱し、怯えきった女性の証言には……」

「ああ、確かに問題がある。デイドラ、ほかにそいつを見た者は？」

「わたしの知る限りではいないわ。

『呪われた死者』の悪意に満ちた文章によれば」デイドラは目の前の道路を見たまま続けた。

「判事の幽霊が最初に現れたのは、彼が亡くなって間もなくだったそうよ。というのも、彼は世間を、とりわけ家族を憎んでいたから」

「ワイルドフェア判事というのは、亡くなったじいさんにちょっと似ている気がするな」

「ニコラス！」アンドリュー・ドーリッシュはショックを受けて抗議した。「いい加減になさい！　わたしは誰とでも冗談を楽しむことができますが、趣味のよさだけはおろそかにしてはいけません。今のはひどすぎる。不当で、狭量で、あなたにふさわしくありません！」

「どこが不当だ？　ふたりとも嫌なじいさんだと、誰もが口を揃えるさ。クローヴィスのほうは、少なくとも正直な人だったが。それは認めよう」

「ニコラス、わたしは決して、そんな――」

「何かいったかい、デイドラ?」

「その幽霊の振る舞いはたとえ幽霊にしても首尾一貫しているとは思えない、といおうとしたのよ。ほら、『大英帝国の幽霊屋敷』みたいな題名の本はたくさんあるでしょう。ペンも一冊持っているわ。一八九〇年代の出版で、著者はJ・T・エヴァズリとかいう人よ。もともとは先代のミスター・バークリーの本だけれど」

「それで、愛するおばさま?」

「ええ!」デイドラはちらりと振り返った。「その幽霊は十八世紀の終わりにかけて出現しているわ。J・T・エヴァズリの記録では、ヴィクトリア時代にも何度か目撃されている。それから鳴りを潜めたかと思えば、突然エステルとミセス・ティフィンの前に現れてふたりの胆を潰した。なぜ今になってまた出たの?」

「さあ、そこだ」ニックが啓示を受けたように、「わずかに知っていることをガレットに話したとき、おれが口にしたのとまさに同じ疑問だ。十八世紀、十九世紀ときて、それから姿を見せずにいて……いや、待てよ!　親父が何かいってたような……」

「何をだ、ニック?」

「別の目撃談さ。なあ、ブラックストン先生!」ニックは弁護士の耳のほうへ拳をゆっくりと突き出した。「ずいぶん前の話じゃなかったか？　おれの両親がまだ生きていて、おれがほんの小さな子供で、みんなして緑樹館に住んでいた頃の。そのときにも一度、お出ましになったんじゃなかったかな？」

「まったく馬鹿げた話ですが」ミスター・ドーリッシュは頑（かたくな）にいった。「何かが出たとは聞いています」

「いつ？　どんなふうに？　誰の前に？」

「まあまあ、ニコラス！　完璧に答えることはできませんよ。特に日付については、日誌を見ないと何年のことだったかわかりません。日誌はきちんと綴じて保管してあります。仕事上、非常に役に立つのでね。おっしゃる通り、ずっと昔の話です。わたしが父の手ほどきで弁護士の仕事を学んでいた、ほんの駆け出しの頃のことです。詳しいことは覚えていませんし、書き留めておいたのも、ただ……」

「その先は、法律家の大先生？　そこでやめないでくれ！」

「……目撃したのがほかならぬミスター・バークリーだったからです。わたしの父に、電話で苦情をいってきたのです」

「先代のミスター・バークリーが、何かを見た？」デイドラが割って入った。「ペンは何もいわなかったわ」

「おそらくペニントンも知らなかったのでしょう。ともかく、覚えている事実をお話しし、その年の日誌が見つかったら、日付などを補うことにしましょう。

　ミスター・バークリーは、緑樹館の立派な図書室を受け継いだものの、本を開いたことはほとんどありませんでした。そのくせ『大英帝国の幽霊屋敷』は読んでいた。ミス・デイドラ、図書室にある西向きの、床から天井まである窓のことは、指摘するまでもありませんね。ニコラス、あなたはその窓を覚えていますか?」

「あの家には四半世紀近く足を踏み入れていないが、覚えている気がする」

「ほかの西向きの窓と同様、ヴィクトリア朝様式の上げ下げ窓で、庭に張り出してジョージ朝様式の屋敷の外観をいくぶん損ねています。その窓の向かい側、芝生を六十フィートばかり隔てたところに……何がありましたか?」

「広くて薄暗い庭があった」ニックが答えた。「高さ十二フィートのイチイの生垣がある、十文字の小径が通っている。庭への入口のひとつは、図書室の中から見て左手の窓の向かいだ」

「ちょうど今のような、穏やかな黄昏時」と弁護士が続けた。「ミスター・クローヴィス・バークリーは、その左手の窓に向かって立っておられました。晴れた日にはほとんどの窓を開けていて、この窓もやはり開いていました。本人があとになって認めたところでは、その日は終日、気分が不安定だったそうです。その理由は、今となっては忘れてしまいましたが。彼は窓に向かい、深呼吸をしていたのでしょう。そのとき、何かが庭から出てきました。その姿形については何も語ろうとしませんでしたが、庭から現れ、芝生を横切り、今にも危害を加えんばかりに不意に突進してきたそうです。繰り返しますが、われわれには何も語ろうとしませんでした」

「ああ、いわないだろうな」ニックがだしぬけにいった。「だが、そいつを見て震え上がったことを祈るよ。ああ、心底震え上がってくれていたら！」

「わたしも同感よ」デイドラが小声でいった。「こんなこと、いってはいけないでしょうけれど」と、声を張りあげる。「わたしも同感よ！」

「その言葉遣いですがね、ニコラス」ミスター・ドーリッシュが厳しくいった。「品がよくないし的を射てもいません。ミス・デイドラ、あなたまで賛同するとは」彼は庇護の翼を広げたかに見えた。「あきれ果てるとしかいいようがありません。いいえ、ニコラス、あなたのお祖父さまはそれほど動揺していませんでしたよ。電話で力説されていましたが、怖さよりも怒りが先に立っているようでした。一目散に逃げ出したことや、多少なりともショックを受けたことは事実です。しかし、幽霊など信じていなかった。そうはいっても、まったく恐怖を感じず、何世紀もの間伝わってきた迷信にとらわれずにいることが、誰にできましょう？　『これで終わりではない……』と、ささやく声が聞こえるようです」

「そうだな」相手が言葉を切ったところで、ニックが相槌を打った。「よくよく考えて、答えが出せるか試そうじゃないか。おれとしては、ギディオン・フェルという御仁に来てもらって、一緒に考えてほしいんだがな。とにかく、自分たちでできることをやってみよう」

全員が考えを巡らせていたのかもしれないし、そうではなかったかもしれない。いずれにせよ、一同はしばらく口をつぐんでいた。坂の上の十字路を過ぎると、車はボーリューの村を下っていった。ここのシトー修道会の修道院は、大憲章よりも古い歴史を誇っている。道は再びなだらかになり、右手にきらめくボーリュー川、左手にボーリュー修道院の名残と、クラシックカーを展示したモンタギュー自動車博物館のきわめて現代的な建物を見ながら、車は村をあとにした。宵闇と心地よい夕風の中、背の高い木のふもとをさらに何マイルか走る。

やがてデイドラが車のライトをつけ、不意にミスター・ドーリッシュのほうを向いた。

「どんなときも、お行儀よくしていなくてはならないの？　いつも、いつも、いつも？」

「それが賢明かと思われますが」

「ニックにはこれ以上、幽霊のことにも、幽霊に関する本のことにも触れないでもらいたいわ。『呪われた死者』だの『大英帝国の幽霊屋敷』だのには。わたしはペンの妻ではあるけれど、本にはあまり興味がないの。たぶんフェイなら、わたしよりもいろいろ知っているでしょう。ところで、フェイはどこへ行ったの？」

「フェイ！」ニックが背筋を伸ばして叫んだ。「どういうわけか、その名には聞き覚えがある。失礼だが、デイドラ、フェイの居場所の前に、フェイとは誰なのかを教えてくれないか？」

「フェイ・ウォーダー。ペンの秘書よ。今日はペンにいわれてロンドンへ本を買いに行ったの。みなさんと同じ列車で戻ると思ったけれど、そうではなかったようね」

「ああ、乗っていなかったようだ。ミス・ウォーダーは、ペンおじさんの秘書になって長いのかな？　ひょっとすると、ブロンドか？」

「ええ！　フェイはブロンドで、とても感じのいい人よ。本だとか、それを書いた作家のことばかり考えている。この家に来て、まだそれほど経っていないわ。でも、フェイは昔からの友達で、ずっと前から知っているの。去年の夏、ローマで彼女にいったのだけれど……」

「なるほどね！」ニックはわざとガレットのほうを見ないようにして考え込んだ。「すべての道はローマに通ず、か。しかも、去年の夏だって？　紳士ではないが友達思いのおれとしては、その女性の名にどうして聞き覚えがあるのかは訊かないでおこう……」

ああ、そのほうがいい！　ガレット・アンダースンは少し意地悪く思った。

「それはそうと、どのあたりまで来ているのか知りたいんだが？」

車は十字路に差しかかると左に曲がり、右手に電話ボックスのある雑貨屋の前を通り過ぎた。

「エクスベリーです」ミスター・ドーリッシュが、道端に立つ金属の標識を指して断言した。

「そろそろ――少なくとも、あなたの質問をまともに受け取って答えるならば――〈悪魔のひじ〉と緑樹館に着く頃ですよ」

「まともに取ってもらって結構、わが友ブラックストンどの」

「では、目的地まであと一マイル強です。もうひとつ提案させてもらえば、ニコラス、このまま黙って考えごとをしているほうが、無難で上品なのではありませんか？」

デイドラがまたアクセルを踏み込んだ。相変わらず牛が草を食み、遠くにちらほらと家が見える広い草地が、夢の中の風景のように繰り広げられる。道はいったん窪んで左に向かって上り坂となり、木々に包まれた岬の低地へ出た。岬を過ぎ、〈レープ・ハウス——私有地〉と書かれた低い門柱をくぐると、ようやく海が見えてきた。

右手のずっと下のほうで、レープ・ビーチの曲線に沿ってソレント海峡のかすかなきらめきが夕空に映えていた。すがすがしい西風が吹き、波が白く寄せる。夜の静けさの中、うなりをあげるエンジン音にかぶさるように、小石の浜に打ち寄せる波音が聞こえていた。沈黙を破ったのは、アンドリュー・ドーリッシュだった。

「どうです、ニコラス？　そろそろ見覚えのある場所に来たのではないですか？」

「ああ、そんな気がしてきた」ニックは右、すなわち南のほうへ手を伸ばした。「あそこに見えるのはワイト島かな？」

「ワイト島です。近そうに見えますが、三マイルは離れています。このずっと先の、レープ・ビーチの端から直角に突き出している岬のあたりに、木々の間から緑樹館の屋根が覗いているでしょう。もうじきあなたの生まれた家に到着しますよ」

「そうよ！」デイドラが妙な口調でいった。「よく考えたことはなかったけれど、あなたは自分の家に帰ってきたのよ、ニック」

「自分の家だって？」ニックは大声をあげた。

「ええ！　さっきは先代のミスター・バークリーのことを悪しざまにいっていたわね。同じか、似たようなことをわたしもいったわ。でも、あなたは彼に感謝すべきじゃない？　家も何もかも、遺してくれたのだから！」

「おれの家といえるのは、東六四丁目のアパートメントか、四八丁目とマディソン・アヴェニューの角にある懐かしきウィリス・ビルのどちらかだ。この先にあるじめじめした古い家、角を曲がるたびに首の後ろを隙間風が撫でるあの家は、自分の家だったこともなければ、今後そうなることもない。あんなところはほしくないと、何度いったらわかってもらえるんだ？」

「だからといって、何も変わらないでしょう？　あの家はあなたのもの。それに引きかえ、かわいそうなペン！……」

「もうおやめなさい！」ずんぐりとした体型なのに、ミスター・ドーリッシュはそびえ立っているように見えた。「お言葉ですが、ミス・デイドラ、ペニントンは無一文で冷たい世間に放り出されたわけではないのですよ。この若者の、気前のよい申し出を抜きにしても」

「ほしくもないものを相続したら、気前よくもなれるというものよ。そんな施しを受けて、感謝しなくちゃならないの？　それに、その申し出は本心から？　ペンのことを考えると……」

鬱蒼（うっそう）と木の茂る岬が、おぼろげに姿を現してきた。デイドラがハンドルをぐいと右に切る。車は一気にスピードを落とし、でこぼこ道を走り両頭に紋章をデザインした石造りの門柱の間を通って、並木とシャクナゲに縁取られた幅広い砂の私道を進んだ。百ヤードほど前方に、長方形の大きな石造りの屋敷が、北を正面にして建っているのがぼんやり見えてきた。

「覚えておかなければならないのは」デイドラが声を張りあげた。「何といっても、わたしはペンの妻だということよ！　かわいそうなペン！　二二口径のリボルバーを持った、あの人の姿が頭から離れない。スモーキング・ジャケットのポケットにリボルバーを入れて歩き回っている姿が。じっと考え込んでばかりいるの。ちょうど、ミスター・ニック・バークリーが」彼女は苦々しく吐き出すようにいった。「わたしたちにそうすべきだといったようにね。そして、わけのわからない独り言ばかりつぶやくの！」

「リボルバーはよくなかった」ミスター・ドーリッシュがいった。「買うのを許すべきではありませんでした。まして使い方を教えるなんて。しかし、彼が自分自身を傷つけると、本気でお考えですか？　あるいは、常々口にしているように、幽霊らしきものを威嚇するために発砲したり、ほかの者を撃ったりすると？　むろん、ありうる話ですが……」

「いいえ、ありえないわ！」デイドラは叫んだ。「そんなことはないとわかってる！　ペンはぼんやりしているように見えて、とても分別のある人よ。確かにあまり丈夫じゃないし、くよくよ悩むたちだわ。でも、他人が思うよりずっと道理をわきまえている。それに、あの人にはできない。わたしが手を打っておいたから。どちらにしても実行はしないでしょう。今もみなさんを図書室で待っているわ！　だから絶対にそんなことは――」

彼女は言葉を切った。さほど大きくはないが、宵闇を切り裂くような鋭い音が、誰の耳にもはっきりと聞こえた。続いて、デイドラの左のふくらはぎが、どうにもならない痙攣を起こしたらしい。足がクラッチから滑り、車は減速して停まった。

「みなさん」ニック・バークリーがいった。「お楽しみはもう始まっているようだ。客を喜ばせようと革製の大鞭が鳴らされたのか、はたまた二二口径が火を噴いたか。ほかにもいくつか考えられるが、これ以上は聞くまでもないだろう」

後部座席の右側のドアをさっと開け、勢いよく降りかけた彼は、かがんだ姿勢のままふと動きを止めた。一瞬、誰も動かなかった。

「ああ、何てこと！」デイドラがいった。

ニックが車から飛び降り、ガレットが続いた。アンドリュー・ドーリッシュは山高帽をつかみ、ふたりよりは落ち着いて反対側のドアから降りた。車は屋敷から五十フィートほど離れたところに停まっていた。ニックは走り出したが、正面玄関近くの木立のトンネルを抜けると、また足を止めた。ほかのふたりが急いであとを追った。

正面に明かりはひとつも見えなかった。屋敷は二階建てで、その上に小さな窓をうがった腰折れ屋根が載っている。屋根裏は使用人室に当てられていた。十八世紀の白枠の窓が並び、擦り減った数段の石段が、屋敷の正面玄関に通じている。砂を敷いた私道は左、すなわち東の方向に曲がり、さらに家の左手を越えて南へ延びている。それを目にしたガレット・アンダースンの胸に、四半世紀ぶりに不安な気持ちがよみがえった。ニックも屋敷をじっと見ていたが、不意にあとずさりをした。

「落ち着け、ガレット！　落ち着くんだ！」

「『落ち着け』とは、どういう意味だ？　無理やりここへ連れてきたのはそっちだろう。さあ、どうする？　正面玄関から突入するか？」

「いいや、やめておこう。『図書室で待っている』とデイドラがいっていたじゃないか。なあ、ガレット！　おれの記憶が確かなら、おまえは一度ここへ来ている。何か覚えているか？」

「あまり覚えていない。図書室の大きな窓の話になったとき、一瞬何かを思い出した気はしたが、それもどこかへ行ってしまった」

「図書室は」ニックがさっと手を振った。「正面右端の部屋で、角を曲がったところに大きな窓がある。開いていようといまいと、そこから入ろう。とにかく、ここでぐずぐずしている理由があるか？　行くぞ！」

再び彼は猛然と走りはじめた。ガレットとミスター・ドーリッシュは、露で滑りやすくなった平らな芝生の上を急いで追いかけた。ニックに続いて家の横手に回る。

幅の広い、荒石造りの組み合わせ煙突の出っ張りに隔てられて、西向きの特大サイズの上げ下げ窓がふたつ、薄暗い庭に面していた。遠いほうの窓は開いているかどうかわからないが、カーテンは閉まっていた。手前の窓は大きく開かれ、窓枠が完全に押し上げられて、カーテンも開いている。ニックは頭を少しかがめて中を覗き込んだ。

ソレント海峡の入口に当たる西方を、夕日の最後の光が赤く染めていた。それを除けば、十時を過ぎたというのに明かりらしい明かりもない。どこかで風が木の葉をざわめかせていた。ガレットがニックの肩越しに見ると、窓と窓の間の暖炉とおぼしき場所から十二フィートほど奥、大きな書き物机の横の安楽椅子に男がひとり坐っていた。

と、安楽椅子の男が立ち上がり、朗々たる声がした。精神か肉体にショックを受けたのか、わずかに息を切らしているようだ。怒りの響きも感じられる。だが、素晴らしい声には違いない——豊かで、流れるようで、よく響く——使い方を心得ている者の声だった。

「誰だ?」声が質した。「舞い戻ったのか?」

「舞い戻った? たった今着いたばかりですよ! ニックです、ニック・バークリー。ペンおじさんでしょう? 大丈夫ですか?」

「いかにも、ペニントンだ」その声が答えた。「この状況下では、これ以上望めないほどぴんぴんしている。二代目のニックだと? 入りなさい。待っていたぞ。連れはいるのか?」

「わたしがいます、ペニントン」ミスター・ドーリッシュが進み出た。「ほかにもいますが、それはさておき、何があったのです? リボルバーの銃声に似た音がしましたが」

「アンドリュー・ドーリッシュか? 相変わらず鋭いな。まさしくリボルバーの銃声だ」

「ということは!」弁護士は自覚している以上に動揺していた。「少なくとも命に別条はなく、怪我もしていないようですが、なぜ銃声がしたのです? 幽霊らしきものを狙い撃ちしたとか？」

「いいや、違う」ペニントン・バークリーが答えた。「実はな、アンドリュー、幽霊らしきものがこちらに向けて撃ったのだ。空包をな」

6

安堵か？　それとも、これも肩透かしか？　ガレットには何ともいえなかった。

「今……何とおっしゃいました？」ミスター・ドーリッシュが大声でいった。

「そうせっつくな、アンドリュー。明かりがいる」ペニントン・バークリーがいった。「明かりだ！」

人影が、書き物机の向こう側にかすかに見えるフロアスタンドのほうへ回り込んだ。緑色の絹のランプシェードの下で、百ワットの電球から柔らかな光が放たれると、明かりに目が慣れるまでみな目をそむけたり、しばたたかせたりした。ニックはミスター・ドーリッシュに続いて図書室へ踏み込んだ。ガレットもふたりを追う。

とても広い部屋だった。左右は建物の東西にわたっている。正面に当たる北の壁には、ぴったりとカーテンの閉まったジョージ朝様式の窓が四つ。東の壁は、客たちが入ってきたところの反対側にあり、並外れて分厚く見える。そこはアルコーブになっていて、閉じたドアが隣の部屋に通じていた。アルコーブの両側には本がぎっしり詰まった本棚。彫刻と渦巻き模様をほどこしたオーク材の本棚は天井まで届きそうだ。同じように大きくて陰気な本棚が、南の壁のドアの両側にも配されている。そのドアは家を横切る通路に通じていると思われた。中央の大きな書き物机の前に坐れば、ヴィクトリア朝様式の上げ下げ窓に挟まれた、荒石造りの煙突と向き合うことになる。

部屋全体が、擦り切れた絨毯やくたびれたゴブラン織の椅子に似つかわしい、すさんだ、見すぼらしい雰囲気に包まれていた。寒々とした気配が立ち昇ってくるようだ。かすかに、コルダイト火薬の燃えたにおいがする。だが、ガレットの目は、常に部屋の主に戻った。

光沢のある黒い下襟がついた、丈の短い栗色のスモーキング・ジャケットに痩せ細った体を包んだペニントン・バークリーは、よく響く声の持ち主にしてはひ弱すぎるように見えた。痩せこけた顔に、大きな鼻と突き出た頬骨。白髪交じりの髪の房はガラス繊維のように光っている。だが同時に、洗練された振る舞いと男らしい魅力も十分に具わっていた。

「よく来たな、甥よ！」ペニントンが机の後ろからやってきて差し伸べた手を、ニックは握った。「会えて嬉しいぞ、ニック、誰が何といおうとな。『おお、汝、平和のために来れりか、はたまた争いのために来れりか？』（サー・ウォルター・スコットの物語詩『マーミオン』の一節）」

「争いのためでないことだけは確かですよ。今の引用の後半もお忘れなく」

「『それとも、われらの婚礼に踊りに来れりか、ラッキンバーの若殿よ？』か。わたしの知る限り、婚礼はなさそうだな！　それとも、あるのかね？」

「まさか、ペンおじさん。ありえませんよ。ブロッケンハースト駅で迎えてくれたのは、現にあなた自身の奥さんじゃないですか……」

「ええ、ミス・デイドラが親切にも来てくださって」アンドリュー・ドーリッシュが割って入った。「車を出してくれたのはあなたのお考えですか、ペニントン？　それとも奥さまの？」

「デイドラの考えだ。わたしも賛成した。それが礼儀だと思ったのでね。ところで、礼儀といえば――」

ミスター・ドーリッシュに向けたその目は、すぐに四人目の人物に移った。事務弁護士は自分の手抜かりに腹を立てながら、慌ててガレットを紹介した。

「ようこそ、ミスター・アンダースン」主人は心からいった。「ここにいる誰もが、仕事ぶりは存じあげている。『アンクル・トムの大邸宅』とかいう気まずい作品に、辛辣な批評はしないでおこう。もう十分、安っぽいユーモアに耐えてこられたようだからな」

「ありがとうございます」

「それにしても、あの恐るべきマコーリー卿が、家庭内でアンクル・トムと呼ばれていたというのは本当かね？」

「トレヴェリアンの子供たちにはそう呼ばれていました」

「あれほど血気盛んな人物でありながら、生涯女を寄せつけなかったというのも事実かね？　妻も婚約者もおらず、誰にも心を惹かれなかったと？」

「証拠から判断する限りは皆無です」

「とはいえ、ヴィクトリア朝の人々は性の冒険者として知られているだけに――」

またしてもアンドリュー・ドーリッシュが間に入った。

「お話の最中ですが、少しは愛する奥さまのことも考えてはいかがです？　先ほども申しましたが、われわれをブロッケンハースト駅からお連れくださったのですよ。なのに、ただ怖がらせるばかりで！」

「わたしが怖がらせたと？」

「いいえ、何かがです。もう我慢の限界です。まったくいまいましい。いったい、何があったのです？」

「アンドリュー、おまえはときどき、持ってもいない権限を逸脱するところがあるな。古くからの友情や、善意からのことでも、お節介に何もかも目をつぶるわけにはいかん」

「無理強いしたり、差し出がましいことをいったりするつもりはありませんが、そろそろ説明なさってもいいのではありませんか？　黄昏時のかくれんぼですか！　幽霊がリボルバーで空砲を撃ったなどと！」

「今さら証明するまでもないが、このことはわれわれが相手にしているのが幽霊ではない証拠になる。落ち着け、アンドリュー！　悪気はなかったのだ。喜んで説明しよう。だが、その前に」ペニントン・バークリーの豊かな声には、妙に不機嫌な響きがあった。「少しはこの身を案じてくれる者がいないのか？」

「あなたの？」

「そうとも！　不愉快きわまりない目に遭ったんだぞ」彼は左胸に手を当て、痛みに顔をしかめた。「空砲から発射された装薬押さえが当たったようだ。悲劇には至らなかったが、人騒がせには違いない。威嚇しよう、あるいは殺そうという、愚かしい狙いがはっきりと感じられた。ところで、デイドラはわたしの体を気遣ってくれているはずだが、本当にそうなら、なぜみなと一緒にこの場にいない？　何があった？　どこにいる？」

その質問に答えたのは、折しも開いた窓から入ってきたデイドラ本人だった。やや大きめの口を震わせ、目にはまだ恐怖の色があったが、ずっと落ち着いて見えた。

「ここにいるわ、ペン！　みんなのあとから家の脇を回り込んできたの。あなたの話し声が聞こえて、無事なのが見えたから、車をガレージに入れてきたのよ」

「車を回していたというのか？」

「ええ。別の車が私道に停まっていたから。誰の車かわからないけれど。どうしたの、ペン、わたしに何をしてほしかったの？『あなた！』と大声をあげればよかった？　それともマコーリーの時代の女性のように、金切り声を出して気を失うとか？　そうしてほしかった？」

「いいや。もっとも、健全な心の持ち主ならそうするだろうが」

「ねえ、ペンおじさん――」ニックがいいかけた。

今ではひとつだけになった、凝った蓋つきの陶器の壺が置かれた荒石造りのマントルピースの上には、十八世紀の金箔張りの枠がはまった長方形のヴェネチアン・ミラーが掛かっていた。どういうわけか、ミスター・ドーリッシュは、持っていた山高帽でこの鏡を指した。

「それで、ペニントン？　みんな待っています」

「かけなさい」主人はデイドラにいった。「そうしたら話してやろう」

ペニントンはフロアスタンドを回り込んで書き物机のところへ行った。その後ろにはクッションを置いた回転椅子があり、左側にはマントルピースと向かい合って、初めて見たとき彼が坐っていた安楽椅子があった。彼はガレットに話しかけた。

「ここでは、ずいぶん長い時間を過ごしてきたのだよ、ミスター・アンダースン。家の者たちは、ここをわたしのねぐらと呼んでいる。そこで」反対側の東の壁を顎で指す。「あの壁がとても厚いのがわかるだろう？　奥にドアのついた、アルコーブのある壁だ」

「ええ、ミスター・バークリー、それが？」

「あのドアは客間に通じている。壁が異常に厚いのは、二重構造になっているからだ。アルコーブの両側には小部屋が作られている。ヴィクトリア朝様式の上げ下げ窓を取り入れたわたしの祖父が、前世紀の終わり頃にふたつの小部屋を作ったのだ。今立っているところからは、首を横に伸ばさなければ、どちらのドアも見えまい。右側の部屋はいわば書庫で、ここに並べきれない本を収納してある。左はクロークルームだ。湯と水が出る洗面台に、服をかけるロッカー、長椅子もある。わたしは図書室にいることが多いし、遅くまで仕事をすることもしばしばなのでな……」

「仕事とおっしゃいましたか？」弁護士がいった。

「そうだ、アンドリュー。聞いた通りだ」

「例の戯曲のことでしょうか？」

「芝居の準備をしているのだ」あるじは答えた。「それは、精神的な緊張状態で人がどんなふうに振る舞うかを探究するものになる。アンドリュー、仕事というのは必ずしもおまえのように田舎町を駆けずり回ることばかりではない。肝心なのは頭を働かせることだ。じたばたするのとは違う。要は、ここだ」指の節で、こめかみをこつんと叩く。「まあ、こんな話で退屈させたくない。ここまではおわかりいただけたかな、ミスター・アンダースン？」

「よくわかりました」

「この家に使用人は三人いる。ミセス・ティフィンは料理人で、料理以外のあらゆる面で実に豊かな想像力を発揮する。メイドのフィリスとフィービーは、用のないときはそこらでぶらぶらし、用のあるときに限ってつかまらないと決め込んでいるようだ。さて！」

ここで彼は背筋を伸ばした。

「さて！　今日の夕食後、八時半頃だが、わたしはいつものようにここへ来た。ほかの者はめいめい散らばっていた。デイドラはかなりの時間の余裕をみて、車でブロッケンハーストへ向かった。ドクター・フォーテスキューは二階へ。妹のエステルはすでに音楽室へ引っ込んで、ハイファイのステレオでポピュラー音楽のレコードをかけるという、侮辱的な行為に及んでいた。いい音楽を聴きたければ、周りに山ほどあるというのに。魅惑的な音楽が所望なら、ギルバート・アンド・サリバンのオペラがあるではないか。もっとましな世の中なら、ポピュラー音楽のレコードなど無用の長物だ。いや、そんな話はどうでもいい！」

「ごもっとも」アンドリュー・ドーリッシュがいった。

ガレットは一同を見渡した。デイドラは、部屋の南西に斜めに置かれた、もう一脚のゴブラン織の肘掛け椅子に腰かけている。その向こうにある、左側のヴィクトリア朝様式の窓は、灰色がかったくすんだ茶色の地に緑と金の縞が薄く見て取れるカーテンにぴたりと覆われていた。ニック・バークリーは暖炉の前でそわそわと動き回り、小さな禿のある後頭部がマントルピースの上のヴェネチアン・ミラーに映っていた。ミスター・ドーリッシュは片手に帽子、片手にブリーフケースを持ち、鏡の端に目をやってじっと立っていた。

「もう一度いおう」主人が続けた。「ここへは八時半頃に来た。フィリスとフィービーは、今度ばかりは最悪の仕事ぶりではなかったらしく、西向きの窓はいずれも大きく開け放たれていた。そうでなくてはならないし、事実、今もそうなっている。だが左の窓は、今のようにカーテンが引かれてはいなかった。あたりはまだ明るく、物もよく見えた。わたしはこの回転椅子に坐って机に向かい、『タイムズ文芸余録』への投書の文面を考えていた。〈ハケッツ〉で本を買うためにロンドンへ行かせた秘書に口述筆記させるつもりだったが、夕食の時間までに帰ってこないし、知る限りでは、いまだに戻っていないようだな」

「そうなのよ、ペン！」デイドラが相槌を打った。「三時五十分の列車でフェイが戻らなかったから、てっきり九時三十五分ので来ると思ったのに、それにも乗っていなかった。そのことは、ここにいるみなさんが請け合ってくれるわ」

「やれやれ」ペニントンは寛大に、「どこかで道草を食っているのだろう。ニック、ミス・ウォーダーは実に魅力的な女性だ。わたし自身、かわいい妻に首ったけでなければ……」

「まあ、ペン！　自分が何をいっているかわかっていないのね！」

「まさしくその通り。よくよく考えたことはないのでね。だが、わたしが間違っていればアンドリューが真っ先に指摘するだろう。これも本筋ではない、話を戻そう。九時半過ぎには」と、彼は左腕を伸ばして腕時計を見た。「仕事が終わった。わたしはメモを脇へどけた。まだ机に置いてある。あたりは暗くなりはじめていた。わたしは回転椅子を立ち、机の左側にある安楽椅子にかけて、左側の窓と向き合った。じっくり考えごとをしたい気分で、そこから庭に通じる芝生を眺めていた」

再びペニントン・バークリーは背筋を伸ばした。夢見るような表情がその顔をよぎる。それから、自身に語りかけるように、張りのある声を穏やかに響かせた。

「『本物の徳とは何ぞや？』

わたしは物思いにふけりつつ問うた。

秩序なり、と法廷はいい、
知識なり、と学校はいい、
真実なり、と賢者はいい、
快楽なり、と愚者はいう……」

彼はそれきり口をつぐんだ。

「まったく、ペニントン！」ミスター・ドーリッシュが爆発した。「あなたの気まぐれには仕方なく慣れっこになっていますが、いくら何でもやりすぎです。こんなときに詩を引用するなんて——」

「詩だって、アンドリュー？　ペリシテ人（教養のない俗物も意味する）はおかしな考え方をするものだ。今のは詩まがいの韻文だよ。一見もっともらしいが、つまらない韻文だ。気にするな！　証拠がほしいのだろう？　だったらあれを見ろ！」

「何なの？」デイドラが火傷をしたようにびくっとして叫んだ。「何？　どこにあるの？」

「そこだ、わたしはおまえのほうを見ているんだ。その床を。左足の先、窓に近いほうだ」

デイドラはぱっと足を引っ込めた。弾かれたように立ち上がり、ニックとミスター・ドーリッシュの間に立つ。机のそばのフロアスタンドの光は、緑色の絹の層に遮られてそう遠くまで届かないが、その光の端に硬質ゴムの握りの、小さいがずっしりとした、青みがかった鋼鉄製のリボルバーが照らし出されていた。

「なるほど」ミスター・ドーリッシュは身をかがめて、「アイブズ＝グラント社の二二口径ですな」

「以前教えてもらった通り、二二口径用の小銃弾を装塡している」

「そうです。正しい用語をお使いだ。あなたのリボルバーですか？」

「ああ。別の人間が構えていても、自分のものとわかった。どうした、アンドリュー？　拾いかけた手をすぐ引っ込めたな。何か問題があるのか？」

「実は、指紋のことが気になりまして」

「銃から指紋は見つからんだろう。調べてみるといい！」

やつれてはいるが真剣な顔つきで、手を震わせながら、ペニントン・バークリーは机の後ろから出てきた。デイドラが坐っていた椅子の横にもフロアスタンドがあり、こちらには淡黄色の羊皮のシェードがかぶせてある。通りすがりに、あるじはそのスタンドの明かりをつけた。まばゆい光があたりを照らす。強い光を受けながら、ペニントンは床にかがみ、リボルバーを拾った。机の後ろの定位置に戻った彼は、学校の教師か講演者のように振る舞った。

「ところで、ペンおじさん！」ニックが不意にいった。「銃の許可は取ってあるんでしょうね」

「火器所持のことか？　もちろんだ。この国では、弾薬を買うときに許可証を見せなければならないからな」

彼は書き物机の大きな引き出しを開けた。

「今夜より前、最後に見たときには、実弾をすっかり込めた状態でこの引き出しに入っていた。今はどうなっているか、見てみようじゃないか」

彼はリボルバーの回転弾倉を開け、薬室の中央にある金属のピンをつついた。小さな真鍮の弾が六つ、机上の吸取紙の上に転がり出る。あるじはひとつひとつ取り上げて調べた。

「空包が六つで、いいか、一発が発射されている。どこから持ち込まれたのかはわからない。実弾は山ほど買ったが、空包は買っていないのだ。とりあえず、幽霊だの、指紋だの、当初は適切に思えた考えだのから離れよう。しばし注目してもらえるかな？」

「ええ」とミスター・ドーリッシュ。

「惜しむべきわが父の死と、二通目の遺言状の発見に続いて……」

「その遺言ですが、ペンおじさん――」ニックがいいかけた。

「しばし注目してもらえるかと頼んだはずだが？」

「わかりましたよ、ペンおじさん。続けてください！」

「……それに続いて、惜しまれざるサー・ホレース・ワイルドフェアの幽霊が、黒い法服と黒い頭巾に身を包み、四月に二度も姿を現した。知られている限りでは、過去百年近く誰の目にも触れていなかったというのに」

「しかし──」弁護士が不意に叫んだ。

「しかし、何だ、アンドリュー？」

「いいえ、別に！　話の邪魔をして申し訳ありません」

「エステルとミセス・ティフィンが、幽霊らしきものを見ている。その状況は、さほど頭を絞らなくとも説明できそうだ。だが、誰かが幽霊のふりをしているとすれば、ぐずぐずせずに探偵の真似ごとをせねばならん。

　さて、どうすればいい？　警察の仕事について、実務的な知識は持っていない。情報源は、わたしがそれこそむさぼるように読んでいる大量の探偵小説だけだ」

「謹聴、謹聴」ガレットがいった。

「知っての通り、探偵小説では、指紋は決して見つからない。だが、現実は違うはずだ。二百年前、この図書室はサー・ホレース・ワイルドフェアの私室であり、蜘蛛の巣の網の役目を果たしていた。彼はここを、怒りに駆られ、崩れた顔をしてうろつき回っていた。なぜ顔が崩れたのか？　湿疹のような皮膚病か？　はたまた梅毒のような深刻な病気か？　何せ、老いてなお盛んで、若い娘には目がなかったようだから……」

「ペン、やめて！」デイドラが悲鳴に近い声でいった。

「あるいは、一七八一年の小冊子にほのめかされているように、家族の誰かに毒を盛られていいたのだろうか？　ああ、おまえのいう通りだ、デイドラ。そんなことはどうでもいい。問題は（あるいは、わたしが問題だと思っているのは）、現代に現れたまがい物の幽霊は、よくよく用心して図書室に出没したつもりでも、至るところに生身の人間の指紋を残している可能性があるということだ。その考えに熱中して、いくつか調達した。ご覧！」

たっぷり入る引き出しから、彼は次々に品物を取り出し、名前を告げながら掲げては元に戻した。ただし、最後のひとつは戻さなかった。

「この本は、指紋に関する学術書だ。薬局のラベルを貼った〝灰色の粉〟の入った瓶は、指紋の採取に使う。その粉を薄く広げる刷毛（はけ）。これは、説明するまでもないが拡大鏡だ。最後に、主婦が台所で使うゴム手袋が一組。

わたしは一カ月ほど前、調査に取りかかろうと手袋をはめた――こんなふうにな」彼は実際にやってみせた。「こうして伸ばしながらはめるわけだが、この通り、どうしても不恰好になってしまう。手袋をはめ、粉と刷毛と拡大鏡を持って、わたしはこの部屋をくまなく調べた。自分自身の指紋と秘書の指紋はたっぷり採れた。わたしは果敢に突き進んだ。まさしくソーンダイク博士流にな。だが、フィリスとフィービーの指紋を見つけるに至って、急に自分が、無益で馬鹿馬鹿しくすらあるゲームをやっている気がしてきた」

「ペン、いったい何がいいたいの？」デイドラが大声をあげた。「もちろん、図書室はあなたの部屋よ！　でも、誰でも出入りするでしょう。この部屋から誰かの指紋が出たからといって、それが何かの証拠になったり、役に立ったりするの？」

「証拠にも何にもならない。それこそわたしが発見したことだ。あって当たり前の指紋を見つけて、勝利のおたけびをあげても仕方がなかろう」

「なのに」ミスター・ドーリッシュがだしぬけにいった。「それまで、そのことに思い当たりもしなかったわけですか――」

「ああ、そうだ。自分を賢いと思っているくせに、立ち止まって考えようとしない男の末路を見るがいい。わたしの望みはただ、その幽霊本人を、法服も頭巾もひっくるめて捕えることだ。だが今夜まで、やつはわたしの前にだけは姿を見せなかった。そして、いざ姿を現すと……。さて、舞台のお膳立てといこう。引き出しの中の別の証拠品のひとつ、このアイブズ＝グラント社の二二口径用の小銃弾が入った箱に注目してくれ。この通り、引き出しから出さずに箱を開けるぞ。そら、ご覧(ろう)じろ！」

　彼が小さな六発の空包を、吸取紙から引き出しに払い落とすと、小さな音がした。続いて、ゴム手袋をはめた手でぎこちなく、リボルバーの六連発の弾倉にボール箱から出した実弾を装塡する。

「完了(フィニート)だ！」ペニントン・バークリーは、弾倉を戻しながらいった。「これで、今夜あるべき形の銃となった。これを……いや、引き出しにはしまわんよ。文字通り、ひどく不快な痛みを伴う一幕を強調するために、この武器は机の片隅に置いておこう。

さて。ここでもう一度、今が十時少し前だと思ってくれ。わたしは机の横の安楽椅子に腰かけて、カーテンの引かれていない左側の窓に向かっていた。誰か、同じ椅子に坐ってみる気はないか？　おまえはどうだ、アンドリュー？」

「遠慮しますよ。何から何まで再現することはないでしょう」

「確かにそうだ。もちろんデイドラには頼まんよ。落ち着き払った顔は、誤解を招きかねない。しかしだ！　その他の状況を再現するために、明かりを消してみてはどうだろう？」

「いやよ！」デイドラはミスター・ドーリッシュのほうへあとずさりした。「もう外は真っ暗よ。墨を流したみたいに。そのときは、すっかり暗くなってはいなかったんでしょう？」

「ああ、真っ暗ではなかった。物の輪郭がはっきり見えた。目を凝らせば、だが。しかし、わたしは注意して見ていなかった。物思いにふけっていたのでね。すると……」

「ペンおじさん」ニックがいった。「よく幽霊話を聞かせてくれた、あの頃のようですね」

「わたしも同じことを考えたよ。あの頃から、おまえはちっとも鈍いところがなかった。今も変わっていないようだな。さて！　わたしはそこに坐って物思いにふけっていた。何を考えていたかは重要ではない。本当のことをいうと、ひどく気持ちが沈み、動揺していたのだ。実は――」

「銃を手に取らないで、ペンおじさん！　後生ですから……」

「すまない、ニック、無意識に手が動いたのだ。リボルバーには手を触れていない。許してもらえるなら新聞紙をかぶせて、この見苦しい品を視界から消すことにしよう。

わたしは考えごとに没頭していたので、誰かが近づく音は聞こえず、姿も見なかった。何に気を惹かれたのかはわからない。とにかく、わたしは顔を上げ、ふとわれに返った。すると、窓のすぐ内側に何かが立って、こちらを見ていた」

「まことに結構なご説明ですね」ミスター・ドーリッシュがいった。「何があなたを見ていたのです？」

「黒い法服を着て、黒い頭巾か仮面のようなものをかぶった人物としかいえない。確信はないが、目のところに穴が開いていたようだ」

「では、その人物の特徴を細かく聞かせてください。背は高かったですか、低かったですか？　太っていたのか、痩せていたのか？　どうです？」

「思いつく言葉としては、『中くらい（ミディアム）』だけだ。幽霊にかけてつまらない駄洒落をいうつもりはない（ミディアムには「霊媒」の意味もある）。さらに痛感させられたことに」ペニントンは苦しげな身振りをしながら、「その訪問者に対して、わたしはこれまで少々高慢というか、見下した態度を取ってきた。だが、実際に目にすると、そうはいかなかった。それが人間だというのはわかっていた。そう感じたのだ。それでも、飛び上がったり、ぎょっとしたり、正直なところ、これまでの人生で最大のショックを受けなかったといえば、ニックのヤンキー流に倣うならとんでもない嘘つきということになろう。

さらに大きなショックが待ち受けていた。わたしは来訪者を怒鳴りつけた。『何者だ?』だったか、『何が望みだ?』だったか、もっとほかの台詞だったかは思い出せない。そのとき遠くから、車が私道をやってくる音が聞こえた。デイドラがブロッケンハーストから戻ってきたのだと思った。ここからは正確に説明できる。

訪問者の法服の右側には、ポケットのようなものがついていた。彼——あるいは彼女か何か知らないが——は、手袋をした手をそのポケットに突っ込み、リボルバーを取り出した。それが自分のリボルバーだとなぜわかったか、とは訊かないでくれ! なぜ手袋だと確信したかもな! とにかく、アンドリュー、神のお導きのごとく、そう確信したのだ」

「どんな手袋でした? 今、あなたがしているようなゴム手袋ですか?」

「いいや。ともかく色は違っていた。それに、われわれがよくはめる、キッドやスウェードの手袋でもない。灰色のナイロン製の、ぴったりした薄い手袋だ。訪問者の指はもたつくことなく銃の用心金に滑り込んだ。そいつはリボルバーを構え、十二フィートほど先からまっすぐわたしを狙って発砲した。

閃光、轟音、心臓のあたりへの強い衝撃。わたしの頭に何かが浮かんだとすれば、こんな言葉だった。『そうか。わたしを殺しに来たのか』。訪問者はひとこともいわず、リボルバーを絨毯に投げ捨てた。そして再び窓の外に出て、去り際にカーテンを閉めた」

「おそらく」ミスター・ドーリッシュが突然口を挟んだ。「開いた上げ下げ窓を、頭をかがめてぐったんでしょう？　幽霊でないなら、きっとそうしたはずです」

「アンドリュー、アンドリュー！」

「はい？」

「それなのだ！　小柄な人間でなければそうしたはずだ。ただし、やつが頭をかがめた記憶がない。あの窓のカーテンと窓ガラスとの間は、一フィートから一フィート半ある。明言できるのは、やつがその間に入って、カーテンをぴったり閉めたことだけだ」

「それで、あなたはどうしたのですか？」

あるじは左手を自分の左胸にさっと当てた。顔が引きつる。

「自分が無事そこに坐っていることが、にわかには信じられなかった。驚き、動揺していたが、命に別状はなく息もしている。やがて、左手のあたりから、何かが椅子に転がり落ちた。触れただけで正体がわかった。空包から発射された、紙の装薬押さえだ。子供の頃に、ボンファイヤー・ナイト（火薬陰謀事件の主謀者ガイ・フォークスの逮捕を記念して、その人形を焼く行事）で空包を撃ったことがあるのでわかる。距離があったので、わたしに火傷を負わせることも、火薬でスモーキング・ジャケットを裂くこともできなかった。しかし、装薬押さえは威力のない弾丸のように当たったわけだ」

「しつこいようですが、お尋ねする理由があってのことです。実際に、あなたは何をしましたか？」

「立ち上がって、右手の窓に近寄った。そして、いまいましい紙の装薬押さえを、芝生に投げ捨てた」

「右の窓からですね？　左ではなく？　大声で叫ぶとか、追いかけようとは思わなかったのですか？」

「ああ、思わなかった。第一に、あまりにもショックで、腹立たしく、しかも（白状するが）すっかり怯えていたからだ。第二に、車の止まる音が聞こえたのでね。大きな話し声と、ややあって、数人の声と駆けてくる足音が聞こえた。わたしは事を荒立てたくなかった。騒ぎも混乱もごめんだ。とにかく椅子に戻って、おまえたちを待つことにした」

今度はニック・バークリーが口を開く番だった。暖炉のそばを離れて大股で左手の窓に向かい、長いカーテンをぱっと開けて振り返る。

「ペンおじさん、いい加減にしてください！　やつが逃げたのは、本当にこの窓ですか？」

「そうだ」

「でも、窓は閉まっている！　見てください！」

「わが訪問者――あるいは霊界からの客人というべきか――が、去り際に閉めたのだろう。窓の建てつけはいいし、おまえたちが相当騒がしい音を立てていたからな」

「ペンおじさん、いいですか！　そのいたずら者がしばらくカーテンの後ろに身を潜め、あなたが目を離した隙に部屋を出ていったとは考えられませんか？」

「ニック、それはない！　信じてくれ。あの人物から伝わってきた混じり気のない敵意を、言葉で表すのは難しい。わたしは、そいつが戻ってくるのではないかと待ち構えていた。戻ってくるのを恐れてすらいた。何が問題なのだ？」

ニックはおじのほうへ一歩踏み出した。

「何が問題なのかお教えしましょう。ペンおじさん、あなたは夢を見ていたか、おれの長い記者生活でもお目にかかったことのない、とびきり変わった事件に足を踏み入れたかのどちらかですよ」ニックは振り返った。「この窓には、内側から鍵がかかっています」

7

「断じて夢ではない！　それに——」ペニントン・バークリーは言葉を切った。

「間違いなく、鍵がかかっています！」ニックが繰り返した。指差す先にある、金属と磁器の留め金は外側に回され、二枚の窓枠をしっかりと留めていた。「ウィンチェスターの友人が、一八七〇年代初頭に建てられた家を持っていますが、一階の窓はこれと同じ仕組みでした。以前、そいつをからかおうとして思い知らされましたが、この手の窓に細工はできないんです。外に出てから内側の鍵をかけるのは不可能だ」

　ニックはガレット・アンダースンのほうを向いた。

「いいか、ガレット、幽霊——そんなものがいるとすればだけど——が、エシーおばさんやミセス・ティフィンの前に化けて出た老判事みたいに、壁や鍵のかかったドアを通り抜けられるかどうかはわからない。だが、銃を撃ったばかりの生身の人間が、硬いガラスと窓枠の中に溶け込むように消えたり、窓の外から鍵をかけたりできないのはわかる。不可能としかいいようがない。舞台の上ではなく、小道具もなければ、どんな奇術師にだってできない芸当だ」

「どうした、ニック？」おじが訊いた。「みんな、どうしたというのだ？」

ペニントン・バークリーに変化が訪れていた。それまでの彼は、心を奪われ、われを忘れ、催眠術にかけられたような目つきと声で部屋と人々を支配していた。ところが、今やその声には、大人の意見に腹を立てた子供のような、聞き覚えのある妙にすねた響きが混じっている。

「どうしていつも、間違っているのはわたしなのだ？　なぜいつまで経っても、周りの批判から身を守らなければならない？　わたしがいっているのは、いおうとしているのは、まったく嘘偽りのない話で、事実そのものといってもいい。なのに……」

「落ち着いて、ペンおじさん！　誰も嘘をついているとはいっていませんよ！」

「そうなのか、ニック？」

「そうですとも、誓います」ニックは請け合った。「きっと説明できるはずです。それを見つけようとしているんですよ。おれはごたごたを起こしに来たんじゃない。そんな気はこれっぽっちもありません。態度の悪さには目をつぶってもらいたいですが。みんなが考えているように、他人の家にいきなり飛び込んで騒ぎを起こすなんて、とうてい礼儀にかなった振る舞いとはいえないでしょう？」

「またお忘れのようね、ニック」デイドラが澄んだ声でいう。「あなたは部外者ではないし、ここは他人の家でもない。煙草壺からお祖父さまの遺言状が出てきたときから、あなたの家よ。遠慮はいらないわ、ニック！　あなたはどんな騒ぎを起こそうと構わない立場なのだから」

「おや、デイドラおばさん」ニックが返した。「驚きましたね。こんなに驚かされたのは初めてですよ、親切で美しいおばさま。家のことは確かに厄介な問題だが、ずっとその話をしようとしてきた。なのに、ペンおじさんが口出しさせてくれなくて」

「ああ、家のことか！」ペニントン・バークリーは、落ち着いた物柔らかな態度をすっかり取り戻していた。「まあまあ、ニック！　そうかっかするな！　今夜、気が滅入っていたのは認めよう。しかし、このごたごたを解消する、ごく簡単な方法を思いついた」

「ごたごた？」ニックが訊いた。

「方法とは？」と、アンドリュー・ドーリッシュ。

再び場を支配したあるじは、机の後ろを行き来しはじめた。一同が周りを取り巻く。

「ごく簡単な解決法だ。まったく、今の今まで気がつかなかったとは！　わたしはおまえからこの屋敷を買い取ることにしたぞ、ニック。ライミントンやリンドハーストの大手競売会社は相当な値をつけるだろうが、どんなに値が張ろうと買ってみせる。それなら公平だろう？」

「とんでもない」ニックは本気で怒った様子で叫んだ。「この家は差しあげるといっているじゃありませんか、ペンおじさん。実際、もう譲ったも同然です。それを止めることができますか？」

「弁護士でないわたしには何ともいえん。譲ろうとするのは、むろんそっちの勝手だ。それと同じで、親切に礼を返すのを断ることもできまい。それに」ペニントン・バークリーは続けた。「法律家にどう思われるか考えてもみろ。あっちへ行け、アンドリュー！　頼むから、得意げな顔をするのはやめてくれ！　風采は上がらないが、おまえはなかなか頭が切れる。だが、法廷に現れたマコーリーのような得意顔はよせ。何かいいたいことがあるのか？」

現に、ミスター・ドーリッシュは興味深そうに相手を見ていた。

「どうも腑に落ちないのですが」彼は答えた。「家を買うというご提案は、急に閃いたのですか？」

「ああ、そうだ。疑うのか？」

「そうではありません。ただ、今夜もかなり憂鬱そうで、意気銷沈しているご様子だったので。まるで……」

「まるで、何だ？」彼はすかさず切り返した。

「それには、ペニントン、あなたが答えなくては。わたしたちに、ほかにおっしゃることはないのですか？」

「何があるというの？」デイドラが尋ねた。その目は涙をこらえているかのように、どんよりとかすんでいた。「この人を興奮させちゃいけないことはご存じでしょう。ペン、ペン！　こんな騒ぎは体に障るわ。心臓が……」

「この心臓は、デイドラ、何があっても大丈夫だ」

「たとえ空包だって、撃たれたのは笑いごとでは済まされないわ！　ドクター・フォーテスキューに診ていただいたほうがいいんじゃない？」

「ありがたいことだな、デイドラ」彼女の夫はつぶやいた。「ようやく女らしい気遣いを見せてくれたか。どうやら傷になっている。そうだな、ネッド・フォーテスキューに診てもらおう。ところで、こんな些細なことより、アンドリューを悩ませていることがあるようだが」

ミスター・ドーリッシュは、書き物机の大きく開いた引き出しへ、せかせかと近づいた。

「ペニントン、あなたがこの引き出しに集めたがらくたには恐れ入りましたよ。ほとんどは、すでに見せてもらった、指紋を採る粉や刷毛、拡大鏡といった品ですが。弾丸の箱の隣には、チューブ入りの糊まである」

「聞かせてくれ」あるじがわめいた。「チューブ入りの糊が、どうだというんだ?」

「どうもこうもありませんよ。そんなに興奮なさらずに。わたしが考えていたのは弾薬筒のことです」

「弾薬筒?」

「幽霊なるものが発射した弾は」ミスター・ドーリッシュは顔をしかめた。「空包でした。確かに、十二フィート以上離れた場所から発射されています。一方で――」彼は再び考え込むように口ごもった。「弾薬筒から飛び出した紙の装薬押さえはどうなったのでしょう? いったいどこへ行ったのか?」

「さっきいったが、外の芝生に捨てた気がする。朝になれば見つかるだろう。それが世界を揺るがすほど大事なものなら、今すぐ懐中電灯を持って捜しに行ってもいい。それくらい大事なことなのか？」

「いえ、取り立てては。それにしても、銃を手にした墓場からの襲撃者に対して、どんな手を打ったものでしょう？　警察に知らせますか？」

「警察？」ペニントン・バークリーは天井を仰いだ。「絶対にだめだ！」

「こうした事件では、分別に勝るものはありません。本当に、わたしたちに何もいうことはないのですね？」

「『幽霊なるもの』だの『墓場からの襲撃者』だの、わたしが要領を得ない嘘つきであるかのような口ぶりには、ほとほとうんざりだ。さあ、もう一度見るがいい――これで最後だ！」

机の後ろを離れ、ペニントンは大股で左手の窓に向かった。金属と磁器の留め金を拳の側面で押し、水平になるまで動かす。親指を下に、ほかの四本の指を上に置いて内側の窓枠を持ち、そっと上げると、窓は大きく開いた。

「どうだ！　信じようが信じまいが、来訪者が現れたとき、窓はこうなっていた。実際に起こったことだから、そうだったとしかいいようがない。これから知恵を絞って、どうにかうまい説明を導き出さなければ。ニックは説明がつくという意見に賛成してくれるだろう。それに、なぜいつもいつも、このわたしが悪者扱いされる？　なぜわたしだけ信用されないのだ？　黒い法服の亡霊が鍵のかかったドアを擦り抜けるのをエステルが見たとすれば、悪意を持った人間が鍵のかかった窓を巧みに通り抜けたと想像するのも、そう難しくはあるまい？」

「どうしたの？」新たな声が割って入った。「何なの、何なの、何なの？」

全員が振り返った。

部屋の東側から、中肉中背の初老の女が遠慮がちに小走りでやってきた。仔猫のようなしなを作り、豊かな赤毛は見るからに染めたものだ。顔は骨ばり、刺すような目をしているが、決して醜くはない。刺繍をした青い部屋着にあでやかな格子縞のスラックスという恰好は、デイドラ・バークリーやフェイ・ウォーダーにこそふさわしいだろう。左手首からゴブラン織の編み物袋をぶら下げ、右手は〈オルリー農場の最高級蜂蜜〉というラベルを貼った、ほぼ満杯のガラス瓶を振り回している。

「おまえか、エステル」ペニントン・バークリーが、気のない口調でいった。「こっちへ来て、そのまばゆい姿を見せてくれ。また隠れていたのか？」

「隠れていた？」エステル・バークリーが返した。「ペニントンったら、意地悪しなくたっていいでしょう。お気の毒なお父さまが兄さんを躾けることができなくなったのは、本当に――つくづく――残念なことだわ」

「とにかく、何か食べていたのだろう」

「食べていた？」エステルは軽蔑するように、「ビタミンBが必要なのよ。ドクター・フォーテスキューがそうおっしゃるの。蜂蜜はビタミンBの宝庫なのよ。それだけじゃない！　もう十時半よ。過ぎているかもしれないわ。三十分後には、食堂であたしの誕生会が始まるの。それを邪魔するつもりじゃないでしょう？」

「とんでもない、エステル、喜んで誕生会の司会を務め、幸せを祈らせてもらうよ」

「ありがとう、ペニントン。その気になれば親切になれるじゃないの」涙が込み上げてきたのか、まぶたがぴくぴくと動いた。「なのに、隠れていただなんて！」

　それに応えたのはデイドラだった。

「クロークルームにいらしたのね？」デイドラは東のアルコーブを顎で指し、次にアルコーブの左側のドア、最後に暖炉の上の鏡を示した。「クロークルームにいらしたんでしょう、エステル？」

「そこから出てきたのが、鏡に映ったといいたいの？」

「十分ほど前に入っていったところも」

「ああ、デイドラ、哀れな役立たずの義妹には、好きなときに顔を出す権利もないっていうの？」

「そんな！　わたしはただ――」

「それに、お高くとまったペニントンさんの口出しも無用よ！　兄さんに会うために図書室へ来たんじゃないんだから！」

「それなら、図書室でもクロークルームでも、そのほかおまえの小娘じみた空想にお似合いのどんな場所にいても構わんが、このお高くとまったペニントンに、どうしてこの図書室に来たのか聞かせてくれないか?」

「ニックのためよ!」エステルが叫んだ。「ちっちゃなニックのため!」

「やあ、エシーおばさん」ちっちゃなニックが、おばを見下ろしていった。

「よく来たわね! おまえが年取ったおばさんにキスもできないほど大人になってしまったとしても、ニッキー、あたしのほうは、おまえにキスできないほど老いぼれてはいないわ。こっちへおいで!」

編み物袋をぶら下げた左手をニックの首に巻きつけ、背伸びをしたエステルは、まず片方の頬に、続いてもう片方にキスをした。

「ほら、これでいい! そう年寄りでもなければ、魅力がないわけでもないでしょう? われながら、流行には敏感だと思ってるの。ところでニッキー、知ってた? おまえのもうひとりのおばさんになった人をあたしが見たのは、この三十分で一度じゃないと」

「一度じゃない?」

「ええ、そうよ! この人が車をガレージに戻しているのを、たまたま台所にいたとき目にして、駆けつけずにはいられなかったの。帰ってきてくれて嬉しいわ、ニッキー! ここにいるかわいらしい女性が、おまえのことを褒めちぎっていたけれど、それを繰り返して困らせたりはしないからね」

「待ってください、エステル」デイドラが叫んだ。「褒め言葉だろうと何だろうと、意見めいたことを口にした覚えはありません。わたしはただ――」

「そんなふうに見えたのよ。そぶりというのは雄弁なものじゃない？　ニッキー、おまえがペニントンだったら、若くて美人の奥さんをひとりで外国旅行に出せる？　去年はイタリア、一九六一年はスイス、その前の年は北アフリカといった具合に？　もちろん何の問題もないわ！　何せ、ローマじゃカルピの伯爵夫人、ルツェルンではレディ・バンクスと、立派なお友達のお宅に滞在するんだから。そうそう、友達といえば、デイドラに聞いたけど……」

「ミス・エステル・バークリー」デイドラが声を張りあげた。「ミスター・ガレット・アンダースンを紹介します」

「まあ、これはこれは！」エステルは蜂蜜の瓶を高く掲げ、爪先で完璧な一回転をしてみせた。

「本当に嬉しいこと！　一九三九年の初夏に遊びに来てくれたガレット・アンダースン？　あのときの若者ね？」

「こちらこそ、お目にかかれて嬉しいです、ミス・バークリー。とにかく、その本人です」

「ここへ来たことがあったのか？」上の空だったペニントンが、ふとわれに返った。「すまない、どうも思い出せなくてね」

　だが、エステルはお構いなしだった。

「あたしは覚えてる。何だって忘れないの。おまけに、再会したと思ったらまあ立派になって、ミュージカルの台本だの何だの書いてるっていうじゃない！　ガレット、あなたには挨拶だけで失礼して、違う話をさせてちょうだい。今度ばかりは、哀れなエシーのいうことを本気で聞いてもらえそうだから。

兄さんはこう訊いたわね」彼女は続けた。「どうしてあたしがこの薄暗くてつまらない図書室に来たのかと。もちろん、ニッキーを迎えるためよ！　でもそれだけじゃない。思い出を大事にする、真心のある人間なら、それで十分かもしれないけど、それだけじゃないの。あたし、すごい発見をしたのよ。だから、アンドリュー・ドーリッシュに知らせなきゃと思って。これはペンに邪魔されたくなかった。教えて、アンドリュー！　お気の毒なお父さまが亡くなられたとき、残された書類には全部目を通したのよね？」

「わたしの知る限りでは、エステル」辛抱強い事務弁護士がいった。「あの方の書類はすべて調べました」

「あたしのいっている書類は見ていないはずよ。お父さまが書斎として使っていた部屋を知っているでしょう？　通路を挟んだ向かいの」エステルは南東の方向を、荒っぽく、だが曖昧に示した。「昔は家政婦室と配膳室だった部屋の隣よ。大きなロールトップデスクのある部屋。あなたはうちのことを知り尽くしてるけど、その机に秘密の隠し場所があるのは知ってた？」

「秘密の隠し場所？」

「まあ、あたしも知らなかったんだけど。この手のことが大好きだったお父さまにしては、そう手の込んだ隠し場所じゃない。とはいえ、神のご加護があればこその発見なのよ。

夕食のあと」彼女は異常なほど熱を込めて話を続けた。「あたしは音楽室でポピュラー音楽のレコードを聴いていた。時代に遅れるわけにはいかないものね、アンドリュー。でも、ロイスタラーズにもアップビーツにも夢中になれなかった。何かに呼ばれているような、こっちへ来いといわれているような気がしたの。『書斎へ行ってみろ』といわれた気がした。『書斎へ行ってみろ』って。

あたしには霊感があるのかもしれない。これまでにもいろいろあったでしょう？　とにかく、しばらくしてから書斎へ行った。鍵のかかっているものはなかった。これまで鍵がかかっていたことはないの。ところが、机の右側の一番下の引き出しが二重底になっていて、一方の端を押したら、簡単に後ろにずれた。アンドリュー、その中に書類の束がうなるほど入っていて、そこにお父さまの手書きのものが交じっていたというわけ」

「待ってください、エステル！」ミスター・ドーリッシュは次第に苛立ってきていた。「その書類に目を通したのですか？　何か大事なことや、意味のあることを見つけたと？」

「意味があるとかないとか、あたしにわかると思う？　それは殿方の仕事、そっちの仕事よ。大半は、中を見てもいないわ」

「で、書類をどうしました？」

「掻き集めて、台所へ持っていったわ。そのとき、デイドラが車をガレージに入れる音が聞こえたの。でも、彼女は家に入ってこなかった。どこへ行くともいわずにいなくなったけど、図書室へ向かったのはわかった。みんなが図書室にいることもね。それで、あたしは客間のドアから入ったのよ」エステルはそちらを手で示した。「揃いも揃ってペンの話に聞き入っていて、振り向きもしなかった。あたしはクロークルームに潜り込んだ。ドアはぴったり閉めずにね。そして、話を聞いていたのよ、ペン。しっかり聞いたわ！」

ペニントン・バークリーは歩みを止めて、何ともいえない目つきで妹をじっと見た。

「それで、少しは状況がわかった。隠れていたのではなかったのだな、エステル。聞き耳を立てていたわけだ」

「ペン」妹がいい返した。「いつものように、事実をねじ曲げようとしているわね。でも、それがどうだというの？　あたしは構わない。大事なのは、クロークルームの長椅子に置いてある書類の束よ。アンドリュー、あなたが預かっておいたほうがいいんじゃない？　気の毒なお父さまが、あたしたちに知らせたいことがあった場合に備えて。あなたなら持ち出せるでしょう？　編み物袋に入れようかとも思ったけど、かさばりすぎて。でも、そのブリーフケースはいっぱいには見えないわ」

ミスター・ドーリッシュは、帽子を机の上に置いた。

「ブリーフケースは空っぽですよ」留め金を外し、中を見せながら答える。「歯ブラシ、櫛、髭剃り道具といった、ロンドンで一泊するのに持ってきたものだけです。書類は持ち帰り、今晩、目を通してみましょう。ペニントンの意向次第ですが——」

「それがいいだろう」ペニントンはつっけんどんにいった。「おまえがそうしないうちは、エステルが黙ってくれないだろうからな。大したものは見つからないと思うが」

「同感です。まあ、とにかく見てみましょう！」

ミスター・ドーリッシュは、アルコーブの左側の小部屋に向かった。片手に編み物袋をぶら下げたエステルが、もう片方の手に蜂蜜の瓶を持って、ばたばたとあとを追う。弁護士は礼を失しない程度に笑みを浮かべながらも、まだ苛立っている様子で中へ入り、彼女の鼻先でドアを閉めた。間もなく、ぎっしり詰まって膨らんだブリーフケースの留め金を締めながら部屋を出てきた。ケースから書類の一枚——皺くちゃな紙にタイプで何やら打ってある——が覗いている。エステルが駆け寄り、左手でその紙をひったくった。

「あたしが不器用なのは知っているでしょうけど」エステルは叫んだ。両手で紙の皺を伸ばそうとして、危うく蜂蜜の瓶を落としかける。「役に立ちたい一心なのよ。わかるでしょう？」

「書類のことであれだけ取り乱し、大騒ぎしたんです」ミスター・ドーリッシュは、ブリーフケースを叩きながらいった。「そんなことをなさっても、大して助けにはなりませんよ。今持っていったものを返してください」

「でも、これは」エステルは意見するようにわめいたが、ガレット・アンダースンには何のことかわからなかった。「ただの、ピンボール・マシンの領収証よ！　ピンボール・マシンの領収証！」

「何であれ、返してください」

「ええ、ええ！　どれも大事だっていうんでしょう？」彼女は紙を渡し、弁護士がポケットにしまった。「アンドリュー、いつもなら十一時からの誕生パーティに出てほしいというところだけど、早く帰って書類が見たいんじゃない？　車もあることだし。

　そうよ、そんなに驚いた顔をすることはないわ！」エステルは、新たな活力を得たかのように続けた。「息子さんが乗ってきたのよ。今は私道にあるわ。ちょうど音楽室からお父さまの書斎に向かうときに、ヒューが玄関に現れたの。レープ・ハウスの友人に会いに行くところだって。ヒューは、友人が車で送ってくれるだろうから、あなたが使えるように車を置いておくといったわ。それに、ラマス事件のことで大至急会いたい、とも」

「ラマス事件？」ペニントンが不意に口を挟んだ。「ラマス事件とは何だ？」

　ミスター・ドーリッシュは拳を振り上げた。

「そういう名前の愚かな若者が、ごたごたを起こしたのです。ご存じの通り、ドーリッシュ・アンド・ドーリッシュ法律事務所は、家庭の顧問弁護士だけをやっているわけではありません。昨今は税金や生活費がかさみますので、急を要するものや納得のいくものなら、刑事事件も手がけています。わかりました、エステル」彼は鋭くつけ加えた。「これでおいとましましょう！　しかし、そう急かさないでくれませんか。わたしの体ごとおっぽり出さんばかりに迫ってこないでください。もちろん帰りますが、頃合いを見計らって失礼します。それまで……」

「それまで、あなたが時間を無駄にするだけだってことは、はっきりしてるわ。その書類が大切なのは間違いないんだから！　気の毒なお父さまが――」

「またしても」と、ペニントン。「『気の毒なお父さま』か。エステルにとっては、いつまでも気の毒なお父さまのようだ。煙草壺から二通目の遺言状が見つかってからは、気の毒なお父さまのことを聞くのはこれで最後だと思ったが」

「最後なんてありえないわ、ペン・バークリー」エステルは悲鳴に近い声でいった。「この世に優しさというものが少しでもあるなら。兄さんの中には、ひとかけらも残っていないようだけど」

「何がいいたい？」

「聞いての通りよ。あたしに心がなければ、兄さんのことをみんなにいいふらしていたわ！　でも、本当はそんな必要もない。自分でいいふらしているんだもの。ここで空包が発射されたとかいう、馬鹿げた話にしたって……」

「いい加減にしないか。誰かに撃たれたんだぞ！　それも信じないのか？」

「ほかの人がいったら信じるわ。ただし、あたしには何も聞こえなかった。家の奥にいて、壁もあんなに厚いんだから、聞こえるわけがないでしょう。でも、兄さんはしょっちゅう世迷言(よまいごと)をいうから――」

彼女は最後までいえなかった。本棚で埋められた南側の壁のドアは、通路に通じているに違いないとガレットは考えていたが、実際その通りだった。彼が目をやると、ドアが開閉し、ツイードの服を着ただらしない恰好の男が入ってくるのが、ぼんやりとした明かりで見えた。

「お邪魔して申し訳ありません」新来の男は、すぐにペニントン・バークリーに目を向けた。

「お変わりありませんか?」

「入ってくれ、ネッド!」主人は神経症じみた熱心さでいった。「診察が必要な患者がいないのは確かだ。その代わり、別の厄介事が持ち上がってな。ちょっとした災難というか……。ところで、初対面の人たち――ニックとミスター・アンダースン――に紹介しておこう。ドクター・エドワード・フォーテスキューだ」

「お目にかかれて嬉しいです」医師はしわがれ声でいったが、およそ嬉しそうには聞こえなかった。

「実をいうと」ペニントン・バークリーは続けた。「十時頃、ちょうどこの人たちが着いた頃だが、黒い法服を着た人物――幽霊ではなく、たちの悪いいたずらを仕掛けた生身の人間――が、わたしのリボルバーで空包を撃ったのだ。そいつはあそこの窓に取って返し、どうやったのか外から鍵をかけていった」

「あの窓ですか?」ドクター・フォーテスキューは、相手が顎をしゃくった方向を見て訊いた。

「開いているじゃありませんか」

「それは、さっきわたしが開けたからだ。われわれが見たときには、閉じたカーテンの裏で窓が閉まり、鍵がかかっていた。エステルは銃声を聞かなかったといって、わたしの話を信じない。酔っているか、嘘をついていると思っているようだ」

ドクター・フォーテスキューは、虫歯の間から息を吸った。

「銃声は聞こえませんでしたが、今後の調べで、わたしに同じ疑いがかけられないよう祈っていますよ。何といっても、わたしもその人物を見たのですから」

8

「見た？」

「おやおや、裏づけを得たのに、雷にでも打たれたように驚くことはないでしょう。何があったか、詳しく話してくれませんか？」

ニックとガレットを形ばかり紹介したペニントン・バークリーは、先ほどの話を簡潔かつ生き生きと語った。

ドクター・フォーテスキューは落ち着かない様子で聞いていた。背は高く、手足のしなやかな、四十代後半の男だ。細長い頭の上では、まばらな茶色の髪が額の丸みに沿って後退し、物思いにふけるような淡いブルーの目の周りには皺が寄っていた。

「ほう！」独演会が終わると、医師はいった。「なるほど！　密室の問題というやつですね？」あるじから目を離さずに、「しかし、目下のところ興味深いのは、そのことだけではありませんよ」

「何だって、ネッド？　どういうことだ？」

「どちらかといえば、わたしは新参者です」ドクター・フォーテスキューは全員に聞かせるようにいう。「わたしが――何といいましょうか――住み込みの医師としてここへ呼ばれたのは、三月にご老体がお亡くなりになってからです。わたしは想像力豊かな人間ではありませんが、もしそうだったら、ここを病んだ家と呼ぶでしょう。医学的な理由ではなく。この家は、見かけよりもずっと湿気が少ないですし、快適に暮らすためのあらゆるものが揃っていて、わたしは大いに気に入っています。豊富なワインセラー！　掛け値なしに贅沢な浴室！　どの寝室にも湯と水の出る蛇口があって、電気剃刀用のコンセントまで備わっている。ここを気に入る人は多いでしょう。あなたが」彼はニックを見た。「アメリカからいらした相続人ですね？　お話はかねがね伺っていますよ」

「ああ、そういうことになっている」

「家族の不和とやらは片づいたのですか？　あなたのおじさんは上品な方なので、はっきりとはおっしゃいませんが、その問題はどうなるかわからないとお考えです。家族の不和とやらが浮上したとしても、平和的に解決していればいいのですが？」

「解決したとも」ニックがいった。

「『平和的に』という言葉は当たらないわ、ドクター」デイドラが虚勢を張るような身振りでいった。「この人たちの不和は、何とかして相手に物をあげようと争っているだけのことだから。夫とニックほど仲のいい人たちはいないわ。何もかもうまくいっています」

「そうですか、ミセス・バークリー。とにかく、調べたほうがよさそうですね」

さりげなくのんびりした態度とかすれただみ声は、話題の核心を衝くというより周囲をさまよっているようではあったが、それとは裏腹に医師がことさら確信に満ちた態度で前へ出たので、ペニントン・バークリーは攻撃をかわすように手を振り上げ、何歩かあとずさった。

「調べる?」ペニントンがおうむ返しにした。「どういうことだ? 何を考えている? 何のつもりだ?」

「失礼ながら診察させてもらいます。特に、手首で脈を測ります。ときどき、住み込み医師としての義務を怠ってしまいますのでね。本当は、もっと口うるさくすべきかもしれません。ジョン・H・ワトスン医師のようなぼんくらだと思ってもらっては困ります。その顔を見れば、医者でなくても驚きますよ。それに、こんな事実もある――」

「待ってくれ」ペニントン・バークリーがいった。

その言葉が発せられるまでもなく、ドクター・フォーテスキューは動きを止めた。あるじは苛立たしげにむき出しの右手を挙げ、指をじっと見た。それから、丸めたゴム手袋をつかんだ左手を挙げた。

「ときには」ペニントンはいった。「わたしもエステルのように、すっかりぼけてしまうようだ。このいまいましい手袋をいつの間に外したのか、誰か教えてくれないか? わたしはある実演をしようとして手袋をはめ、そのまま忘れていた。アンドリュー、わたしはいつ、これを脱いだ?」

「正直、わたしにも思い出せません」ミスター・ドーリッシュがいった。「何しろ、誰もが思ったより混乱していたようです。（落ち着いて、ミス・デイドラ！）変わったことに気づく暇がありませんでした。あいにく覚えていません」

「おまえはどうだ、ペンおじさん！」

「いいですか、ニック？　わたしが手袋を外したのはいつだ?」

「いいですか、ペンおじさん!」ニックが手を振った。「おじさんは、その手袋がどんなにわずらわしいかこぼしていた。手袋を外して左手に持ち替えたのは、窓を開けに行く直前だった気がする。あくまでも印象で、絶対にそうだとはいいきれないが。ガレット、おまえは？」

「ぼくもミスター・ドーリッシュと同じで覚えていないんだけれども、きみの意見が正しいと思う」

「うまい具合に」ペニントン・バークリーが続けた。「ネッド・フォーテスキューが住みやすさに触れてくれた。この家には、快適に暮らすために必要なものがまだまだ足りない。わたしが当主として残れるなら、申し分なく居心地のいい家にしてみせよう。戦時中、軍がこのあたりを占領していた頃には――緑樹館は手つかずだったがレープ・ハウスは接収されていた――沿岸には電線すら引かれていなかったのだ」

「悪いけど、ペンおじさん」ニックがむきになって反論した。「話がごっちゃになっていませんか？　その頃にだって電灯はあったでしょう？」

「電灯がなかったといっているのではない。電力会社からの送電線が引かれていなかった、といったのだ」

ここで彼は、永遠に目の届かないところへ追いやるかのように、ゴム手袋をスモーキング・ジャケットの左ポケットにねじ込んだ。

「つまりだ、ニック、うちには自家発電装置があった。覚えているかな、しょっちゅう故障しては、間の悪いときに家じゅうが真っ暗になって、修理が必要になった。使用人がいなくても、おまえのお祖父さんは修理ができた。わたしにはできなかったので、ここぞとばかりに冷笑を浴びせられたものだ。こんな話をしたのは……」

「あたしの気を散らしたいからよね?」エステルが飛びかからんばかりに叫んだ。「あたしがいわなきゃならないこと、いうに違いないこと、どんなに止められたっていうつもりのことをいわせないために!」

「落ち着け、エステル。こんな話をしたのは、われわれの問題に関係があるからだ」

「それで?」妹は編み物袋と蜂蜜の瓶を高く掲げて先を促した。「それで、それで、それで?」

「わたしは電気関係の修理はからきしだった。実用向きの才能といえば、錠前破りくらいだな。曲げた針金か、伸ばしたペーパークリップさえあれば」ペニントン・バークリーはエステルを見ながらも、自分にいい聞かせるように話した。「どんな錠でも開けられる。エステル、おまえのたったひとつの才能については、今のところ発揮するのにふさわしい機会がなさそうだから、触れないことにしよう。さて、これを見てくれ!」

ペニントンはつかつかと左の窓に近づくと、暗くなった戸外を身振りで示し、くるりと振り返った。

「頭巾と法服をまとった侵入者はこの窓から出て、内側から鍵をかけた。どうやったのか？　鍵に細工をする程度なら、わたしにも説明できたかもしれない。だが、目の前に鍵はない。さっきもいったように、ここには当時、頑丈な金属の留め金がはまっていた。したがって……」

「もう一度訊きますよ、ペンおじさん」ニックがいった。「窓をよく調べて、その難しさはおわかりでしょう。犯人がカーテンの陰に隠れていて、おじさんの見ていない間に部屋を横切って逃げた可能性はないといいきれますか？」

「いいきれるか？　絶対にいいきれるかと問うのか？　ニック、それこそこの世のどんな質問にもまして難しい。実際、そんなことがあったとは思えない。だがそれでも……」

「ああ、馬鹿馬鹿しいったらありゃしない！」エステルが嚙みついた。「結局、自分がまったくの能なしだってことと、そのくだらない話を鵜呑みにしろってことだけじゃないの」

「くだらない話だと？　ネッド・フォーテスキューが裏づけたと思うが……」

「本当に？　親愛なるドクター・フォーテスキューが断言するなら」エステルは息を荒くした。「とうてい信じられないようなことでも信じるかもしれない。あたしのいいたいことはわかるでしょう。だけど、ドクターは何ていうかしら？」

「ここに本人がいるのだから、訊いてみたらよかろう」

「ああ！」ドクター・フォーテスキューが口を開いた。「そうですね！」

締まりのない体を古ぼけたツイードの服に包んだ医師は、マッサージでもするように掌で顔を撫で下ろし、ニックとガレットに交互に話した。

「ミス・バークリーはわたしを買いかぶっておいでなのです。世の中、確信の持てないことばかりですよ。おまけに、どうにか取り繕ってはいますが、わたしときたら欠点だらけで、しかもその欠点は多方面にわたっているときている。大酒飲みだという噂をまだ聞いておられないとしても、じきにお耳に入りますよ。しかし、酔っ払うことはめったにないし、使い物にならなくなったことは一度もありません。今夜は一滴も口にしていないことは、ミス・バークリーその人が証明してくれるでしょう。

お聞きになっているかどうかわかりませんが、夕食後、わたしたちは思い思いの場所にいました。わたしの寝室は、この図書室よりずっと小さいですが、ちょうど真上の、西の端に当たります。部屋には正面の北向きの窓がふたつと、西向きの窓がひとつあります。八時半頃だったと思いますが、わたしは寝室へ向かいました。夕食の終わりに、ミスター・バークリーが親切にも上等の葉巻をくれましたし、読む本が溜まっていたもので」

「学術書ですか？」アンドリュー・ドーリッシュが、気取った者同士の会話のようにいった。「『英国医学ジャーナル』でも読みふけっていたのでしょう？」

「いやいや。医学ジャーナルなんかじゃありません。テレビに出てくる医者ほど仕事熱心ではありませんからね。実は、探偵小説を読んでいたのです」

再び医師の視線はニックとガレットの間を行き来した。

「今となっては、いかにもふさわしい本に思えます。もっとも、現実には人が死ぬことはなかったし、これからもありそうにない（とにかく、そう願いましょう！）ですが。寝室で葉巻を吸い終え、小説の第五章に差しかかっていたわたしは、心から満ち足りた気分ではありませんでした。夕食のとき、新しい相続人がやってきたらひと悶着ありそうだというほのめかし――というより、気配があったものですから。どんな悶着なのかは、誰も口にしませんでした。わたしは気の置けない立場の人間ではありませんし、それも当然でしょう。

ひとつ、つまらない邪魔が入りました。葉巻を吸い終えて、小説の中では犯罪が起こり、捜査が始まった頃、私道をやってくる車の音が聞こえたのです。わたしは『まさか、ミセス・バークリーが戻ったなんてことはないはずだが？』と思いました。旅行用の携帯時計を見ると、九時十五分でした。ミセス・バークリーが迎えに行った列車は着いてもいないはずです。

好奇心に駆られて、わたしは正面の窓から外を見ました。確かに車が入ってきて、こちらにおられるミスター・ドーリッシュのご子息、ヒュー・ドーリッシュ青年が運転していました。彼は玄関先に出てきたミス・バークリーとしばらく話し、家の横手に車を置くと、歩いて帰っていきました。

それから……」

ドクター・フォーテスキューはわずかに残った髪をくしゃくしゃにしながら続けた。「わたしは窓を閉め、カーテンを閉じ、明かりをつけました。弱まりつつあった日光を遮るためではありません。このあたりはソレント海峡に近いため、寒くなってきたからです。この恰好を見れば、寒気を感じていたことがおわかりでしょう。

さて！　わたしはまた腰を据えて読書に戻りましたが、なかなか物語の筋を追うことができませんでした。頭に浮かぶのは、ミセス・バークリーが客人を連れてブロッケンハーストから戻ってくることばかり。それに、わたしは何者なのか、むしろ何なのかということです。腰巾着の居候。確かに厚遇されていますし、なにがしかの尊敬すら受けていますが、それでもやはり、パトロンの食卓につかせてもらっている、腰巾着の居候には違いありません」

ペニントン・バークリーが背筋を伸ばした。

「何をいう」彼は抗議した。「まったくもってくだらない！　そんなふうに感じていたとは思ってもみなかった！　自分のことを用なしだと考えているなら……」

「しかし、事実を直視しなければなりません。全員が事実を直視する時が来たのです」

「まだそんなことをいい張るか――」

「ええ、いわせてもらいます。いいですか、真面目に考えてみれば」ドクター・フォーテスキューはいった。「この家でのわたしの役割は、いったい何でしょう？　義務をまっとうし、人前で見苦しくない体裁を保つことです。義務をまっとうすることはでき、実際そうしてきました。ですが、見苦しくない体裁を保っていたでしょうか？　あのときは、それが疑わしく思えたのです。

椅子を立ったのは十時近かったでしょう。洗面台の上の小さな明かりを除いて、寝室の明かりを消しました。それから、洗面台の横に電気剃刀のコンセントを差し込みました。髭を剃る必要がありそうだったので、剃りはじめたのです。ここでお尋ねしますが」彼はまっすぐニックを見た。「あなた方がこの家を目指して私道をやってきて――間もなく通り過ぎたとき――二階に明かりが見えましたか？」

「明かりなんて、どこにも見えなかったな」ニックがいった。

「ミスター・アンダースン、あなたは？　何かつけ加えることはありますか？」

「いいや、何も。明かりはまったく見なかったと思います」

「見なかったはずです。わたしの寝室のカーテンは、いずれミス・バークリーからも聞くと思いますが、戦時中の灯火管制用の分厚い生地でできているのです。それを閉めれば明かりは見えません。そろそろ、このつまらない話を終わりにしましょう。

わたしは髭を剃り終えました。その間、物音は何も聞こえませんでした。厚いカーテンを引いた閉じた窓の向こうから、耳許で電気剃刀を使っている男に何かが聞こえたとすれば、潜在意識に届いたものにほかならないでしょう。どうした加減か、わたしは剃刀を脇に置き、洗面台の上の明かりを消して、暗闇の中を手探りで西向きの窓に向かい、カーテンを開けて外を見たのです。

　この家の西側に面して、大きな庭があります。背の高いイチイ並木の遊歩道というか小径があって、イチイの垣根に囲まれています。庭の入口は四つ、それぞれ東西南北に当たります。そのひとつ――今はどの窓からも見えますが――は、この図書室の左手の窓の真正面です。

　さて！　わたしは、この部屋のふたつの窓の間の真上に当たる、自室の窓から外を眺めました。まだすっかり暗くなってはいませんでした。わたしと庭の間には、平らな芝生が六十フィートほど広がっています。そこに、何かが見えたのです。それは……」

「それは？」ペニントン・バークリーが促した。「そこでやめないでくれ、ネッド。何を見た？」

　沈黙が訪れた。

「黒い法服を着た人影です」ドクター・フォーテスキューは答えた。

「何と描写すればいいかわかりません」医師は続けた。「何より、人影はこちらに背を向けていたので。どちらかといえばゆっくりした歩調で、家のほうから庭の入口へと向かい、わたしが見ているうちに庭にたどり着きました。そのとき、下の見えないところから、かすかに声がしました。『かかってこい！』と叫んでいるように聞こえました」

「ああ、聞こえたんだな」ニック・バークリーがじわじわと前に出た。「あれやこれやで家の横手に回るのがだいぶ遅れてしまったが、『かかってこい！』といったのはこのおれだ。その続きは、先生？」

「わかりませんか？　わたしは窓を開けました。蝶番で開閉する窓で、小さなドアのようにさっと開き、ほとんど音もしません。どのみち、みなさんはそれどころじゃなかったでしょう。三人の人物——あなたとミスター・アンダースン、そしてわれらが友ドーリッシュ——が、われ先に回り込んでくるのが眼下に見えました。続いて聞こえてきた声には、この家の尊敬すべきあるじの声も交じっていました。舞台や映画の俳優にでもなれば、ひと財産築けただろうと思える声がね。その声を聞いて、深刻な事態ではないと判断しました。それでも……。

わたしは窓を閉め、カーテンを引いて、明かりをつけました。それから、坐って気を揉んでいました。特に悪いことが起こるはずはない。しかし……。わたしはしかるべき間を置こうと、できるだけぐずぐずしてから（ご存じのように）階下へ行き、何があったのかと訊いたのです。

以上、つけ加えることはほとんどありませんが、ひとつだけ。黒い法服を着た人物に関することです。最後に見たとき、そいつは庭の入口にいました。ミスター・バークリー自身の説明では、その訪問者から敵意を感じたことが強調されていました。それについては何ともいえません。想像で物をいうわけにはいきませんからね。想像はえてして命取りになります。したがって、印象を述べるにとどめますが、それも間違っているかもしれません。しかし、みなさんが駆けつけ、ミスター・バークリーが右手の窓まで来たとき、黒い法服の人物はおどけたように腕を振り上げ、勝利の踊りを踊るかのような足取りを見せてから、まっすぐ庭に消えていきました。わたしの話はこれで終わりです」

「おれとしては」ニックは、誓いを立てるように片手を挙げて断言した。「ああ、おれとしては、善良なる諸君、もう十分だ。ドクター・フォーテスキュー、あなたは空想家ではないかもしれないが、大したお話でしたよ。『ほーほー、幽霊がやってくるぞ！』というところだ。どうです、エシーおばさん？　ペンおじさんの冒険をどう思います？」

「くだらないたわごとよ、ニッキー！　ひとことだって信じられない！」

「ドクター・フォーテスキューを信じられないと？」

「ペンのいうことは信じられないといったのよ。誰かに撃たれたなんて、本人がいってるだけじゃないの！　全部、兄さんがあたしたちを怖がらせるためのでっち上げで、それを筋の通った話に思わせるように自分で撃ったとしたら……」

「反論させてもらえば、エステル」兄は指摘した。「わたしの説明は、誰が聞いても、当のわたしにさえ、筋の通ったものとは思えない。それに、空包はどこから来たのだ？　銃には空包が装塡されていたが、わたし自身は買った覚えがない」

「兄さんがそういってるだけ、兄さんがそういってるだけよ！　本当に買ったかどうか、あたしたちにどうしてわかるの？　みんな、聞いてちょうだい」エステルは懇願した。オーケストラの指揮をするように、ゆっくりと蜂蜜の瓶を振っている。「知っての通り、あたしには霊感があるの。頭はよくなくても、霊感があるし、何があったか、たぶん説明できるわ。

もちろん、ペンの話はみんな作りごとよ。いつか罰が当たるわ。そうでしょう？　兄さんは何も見ていない。嘘をついてるのよ！　霊が戻ってくるなんて思っていないはず。でも、現に何かが戻ってきて、ずっと兄さんの様子をうかがっているわ。ドクター・フォーテスキューが外の芝生で見たのは、それだというのがわからないの？」

困り果てた医師は、うんざりして顔を撫でた。

「マダム」彼はいった。「わたしは黒い法服を着た人物を見ました。見たのはそれだけで、お話しできるのもそれだけです。この馬鹿げた幽霊話を聞くのは初めてではありませんが――」

「あなたは自分のことを、地に足のついた現実的な人間だと思ってる。でもね、本当はまるで違うの。あなたはほかの人には見えないものが見える人なのよ。寒気を感じていたといったわね。わたしがこの目で老判事を見たときもそうだった（そういうものなのよ）。そして今、このあたりには恐ろしいほどの冷気が漂っているわ」

一瞬ためらってから、エステルはずっと開いていた右手の窓に直行した。編み物袋と蜂蜜の瓶に邪魔されながらも下の窓枠を引き下ろし、窓に鍵をかけ、カーテンをさっと閉める。それから左を向くと、急いで暖炉の前を横切り、左の窓に向かった。その前に、ペニントンが立ちはだかった。

「どいてよ、ペン。こっちも閉めるんだから」

「いいや、だめだ。下がりなさい、エステル！　その窓に触るんじゃない！」

「まだ外にいたらどうするの？　用心したほうがいいわ、ペン！　今にも中に入ってきて、兄さんに襲いかかるかもしれない。お願いだから通してちょうだい」

「絶対に通すものか。馬鹿げた騒ぎは、もうたくさんだ」

「馬鹿げた？　兄さんは、これを馬鹿げてるというの？」

「ああ。おまえが地獄の底から悪霊を呼び出すのを手をこまねいて待つつもりもないし、グレンダワー（シェイクスピア『ヘンリー四世』に登場する、虚言癖のある人物）の例を見てもわかるが、そもそも来るはずがない」

「ああ、なんて愚かなの！　愚かで、野蛮で、鈍感だわ！」

「いや、エステル、おまえのとりとめのないおしゃべりの中にも、わずかながら筋の通ったところがあるかもしれない。理性を働かせて、そいつを見極めようではないか。ここで何が起こっているにせよ、それは過去に端を発しているはずだ」

自制心も、論理も、分別さえも、暖炉の横で対峙する兄妹のヒステリックな感情の前では形なしだった。

「過去！」エステルが叫んだ。「兄さんが気にしてるのはそれだけじゃないの？　この家だって！　本だって！　きれいな顔をした若い娘に惹かれるのを別にして、過去のことばかり。兄さんの秘書は、とてもいいお嬢さんのようね。デイドラがいうのだから、そうに決まってる。でも、兄さんがどんな目つきであの娘を見るか、どうしたいと思っているか、あたしたちが気づかないとでも思ってるの？」

「でたらめだ」ペニントン・バークリーはきっぱりといった。「わたしをサー・ホレース・ワイルドフェアになぞらえるつもりか？」

「誰にもなぞらえるつもりはないわ！」

「あの男だけはごめんだ。確かにわたしも年を取り、世の中にいささかうんざりしている。だがそれ以外は、悪意も含めて、あの男と共通するところはない。それでも、この家で起きていることの元をたどれば、二百年前に行き着くのだろう。幽霊などいない。しかし、多くの家と同じようにこの家にも、耳打ちのようにはっきりと人の心に訴える独特の雰囲気がある。とある小冊子――おまえもデイドラも、おまえに中傷されたミス・ウォーダーも読んでいないもの――では、判事は家族の誰かに毒を盛られたとほのめかされている。そのせいで、今日に至るまで精神的な毒気が残っているのだ」

「兄さんはほかにも嘘をいったでしょう？」

「嘘？」兄が声を張りあげた。「いったい何のことだ？」

「ああ」エステルがまくしたてた。「しらばくれるのも当然ね。兄さんは、今年になってミセス・ティフィンとあたしが目撃するまで、ヴィクトリア朝の時代からこのかた幽霊は一度も現れなかったと何度もいっていた。でも、ほかにも見た人がいる。お父さまがずっと前に見ているの。兄さんだって知っているはず。だから、これも嘘ってことになるでしょう？　兄さんがあたしに意地悪しなければ……」

「おまえには親切にしているとも、エステル。誓って、親切にしようと心がけている。天国の父が、判事のだろうが誰のだろうが、幽霊を見ていたとは少しも知らなかった。それが本当なら、あの父のことだ、そいつを怒鳴りつけて冥界へ追い返しただろう。それで、意地悪というのは……」

「何もかも」エステルは急に悲劇口調になった。「物事がいいほうへ向かおうとした矢先に起こって、あたしを悩ませる！　誕生会まであと十五分もないじゃないの。食堂でケーキを囲んで楽しみ、家族で仲よく過ごす時間まで！」

「エステル、今夜はもう、おまえの愛情は十分すぎるほど見せてもらったよ」

「心から兄さんを愛してるのよ！　心から！」

「だったら、頼むから涙を拭いて、わめくのをやめてくれ。何より、誰かの頭をかち割らんばかりに蜂蜜の瓶を振り回すのをよしてくれ。気をつけろ、エステル！　気をつけるんだ――」

そこで、異様な衝突が起こった。

むやみに振り回したせいだろう、ガラス瓶の側面がマントルピースの荒石にぶつかった。瓶の口が粉々になり、二オンスばかりの濃厚な蜂蜜が、ゆるやかに、だが力強く飛び出すと、ペニントン・バークリーのスモーキング・ジャケットの左胸に張りつき、どろりと流れ落ちた。

あるじは、やつれた無表情な顔で、微動だにせず立っていた。

「べたべたする！」彼は「べたべたする！」と繰り返し、やはり感情を表さないまま目を閉じた。「一、二、三、四、五、六、七、八！」

エステルは動じなかった。マントルピースの縁に、口の割れた瓶を置く。瓶自体は、ひびが入ったことを除けば何ともない。彼女は炉辺に散らばったガラスのかけらを、慌てて蹴った。

「ああ、ペン、怒らないで！　心からすまないと思ってるわ。でも、そもそも兄さんが悪いのよ。クロークルームに替えのスモーキング・ジャケットがあるでしょう？　一着はあったはずよ」

「正確には二着ある」

「じゃあ、さっさと着替えなさいよ。そんなに怒らないで！　あたしの誕生会で司会をやってくれるんでしょう？　約束を忘れたか、端からそんなつもりがなかったというなら別だけど」

「いいや、忘れてはいない」ペニントンは右のポケットから出したハンカチで蜂蜜を拭っていたが、すぐに苛立たしげにあきらめ、ポケットに戻した。蜂蜜は布地に染み透り、見苦しいことになっていたが、もう滴り落ちてはいなかった。

「ちゃんと覚えているとも。ところでエステル、おまえのいった時間だが、ずいぶん違っているぞ」腕時計に目をやる。「まだ十時四十分にもなっていない。とにかく、約束は忘れていない。お楽しみ会の司会を務めさせてもらおう。それに、わたしができなくなっても……」

「できなくなっても？」

「十八世紀の幽霊が、おまえの予言通り窓から急に忍び込んで、わたしを連れ去ったとしても

「……」

「ペン、やめて！」

「ニックがいる。正式な家長として、わたしの代わりに司会を務めてくれるさ。では、着替えてくる。潔癖すぎると思われるかもしれないが、こんな恰好を見られるのは嫌でたまらない。蜂蜜で汚れただけでなく、虫に集られているような気がする。これも失礼極まりないと思われかねんが、全員、図書室から出ていってくれ。それから、十一時までいったん別れる前に、妹にひとつ言っておきたいことがある」

「ペン、あたしのほうこそ訊きたいことがあるわ」バスとバリトンの中間である兄の声に対し、妹の力強いコントラルトが、広い図書室に響き渡った。「あたしと兄さんの心の安らぎのために答えてちょうだい！　あの金髪の秘書、本当にどうするつもり？　結婚するの、ペン？　そんなところまで行ってるの？　今の妻は追い出して、あの娘と結婚するの？」

「勘違いもはなはだしいぞ、エステル。ミス・ウォーダーのことは何とも思っていない。向こうも同じだろう。わたしの心を悩ませているのは別のことだ。わたしを深く激しく悩ませつづけ、やむことがない」

「へえ？　それは何なの？」

「毒だ！」ペニントン・バークリーはいった。「あの罪深い男に毒を盛った家族とは、いったい誰なのか？　そして今、その真相を見極めることが、われわれのためになるのか？」

ガレット・アンダースンが目を上げたのは、まさにその瞬間だった。

部屋の向こうで、掛け金のかちりという音がした。ドクター・フォーテスキューが入ってきたのと同じ、東西を横切る通路に通じるドアが、またしても少し開いた。そこに立っていたのはフェイ・ウォーダーで、どういうわけか、顔にはまぎれもない恐怖の色が浮かんでいた。

その日の夕方、列車の中で見たときの恰好——青と白のサマードレスに、ストッキングなしで青い靴を履いている——の彼女は鼈甲（べっこう）のシガレットケースをいじっていた。やがて、不意にあとずさりした。歴史は繰り返す。だが今度は、煙草は飛び出さなかった。ケースごと彼女の手から滑り落ちたのだ。絨毯の上に落ちて蓋が開き、フィルターつきの煙草が、真鍮の細い金具に留められて並んでいるのが見えた。彼女は背を向け、ドアをばたんと閉めて走り去った。

「フェイ！」デイドラ・バークリーが叫んだ。「いったい……いったい何が……」

そういうなり、デイドラは動いた。フェイのあとを追い、ドアを閉める。ガレットも動いた。フェイの姿を目にし、彼女が自分にとっていかに大切かを知って、ほかのことは考えられなくなった。もはや、他人のふりをして会うという茶番などガレットの頭になかった。ただ、彼女のあとを追う理由ができたことだけはわかっていた。

うつろな声で、ガレットは呼びかけた。「シガレットケースを落としましたよ！　シガレットケースを——」

体裁を繕っても意味がない。彼はケースを拾い、蓋を閉めた。見回すと、ニックの嘲（あざけ）るような視線にぶつかった。ガレットは、ふたりを追って通路へ駆け出した。

9

毛足の長い絨毯を敷きつめた広い通路は、薄明かりの下、ぴたりとカーテンを引いたもうひとつの大きな窓に向かって西に延びていた。建物のこちらの翼の北側には、細長い部屋がふたつ並んでいるらしい。図書室と客間だ。図書室を出たガレットの目の前には、閉じたドアが三つ。客間と図書室に対応する広さの、通路の南側の三部屋に通じるものと思われた。

デイドラ・バークリーは、張りつめた様子で不安げに、通路を隔てた真ん中のドアの前に立っていた。守るように手をノブにかけている。ガレットは彼女に駆け寄った。

「フェイは！」彼はいった。「フェイはどこです？」

「ここにいます。このビリヤード室に」

デイドラのハシバミ色の瞳は、もう冷静でも率直でもなかった。ほとんど恐慌状態でガレットの腕をつかみ、先ほどのエステルのように早口にまくしたてる。

「見ての通り、こちら側には部屋が三つあります。左側の、通路の突き当たりの窓に一番近い部屋は音楽室。右は先代バークリーの書斎だった部屋。その向こうは――」デイドラは東のほうを手で示した。「ご覧の通り、中央ホールに至る通路です。さらに東には、ここと同じような通路。その正面側には居間と食堂、後方には配膳室（バトラーズ・パントリー）と家政婦室などがあります。もっとも、第一次世界大戦以降、執事（バトラー）も家政婦も置いていないけれど。まあ、そんなことはどうでもいいわね。ガレット——ガレットと呼んでも構いません？」

「ええ、もちろん！」

「あなたはニックの親友なんでしょう？」

「ええ。なぜ知っているんです？」

「そして、あなたはフェイの——いいえ、これもどうでもいいことね。とにかく、わたしの後ろはビリヤード室です。それも、ただのビリヤード室じゃない。先代のミスター・バークリーは、ここにピンボール台をふたつ置いていました」

「老クローヴィスが、ピンボール台をふたつ？」

「ええ！　ピンボールが大のお気に入りだったの。ときおりビリヤードでも遊んでいましたが、そのほかには目もくれなかった。本格的な商用の機種を、ロンドンの遊技場に卸しているところから取り寄せていました。台を据えつけると、誰でも遊べるように、台の脇にペニー銅貨が入ったボウルまで用意したんです。あの方が声をあげて笑うのを見たことはないけれど、ペニー銅貨を投入口に入れ、ピンボール・マシンで高得点が出ると、確かに笑みを浮かべていました」

「フェイの話はどうなりました？」

「彼女はたった今ここに駆け込みました。ドアに鍵はかかりません。そもそも鍵がないのです。あなたはフェイのことを聞いていないのね？　彼女に何があったか、知らないんでしょう？」

「ええ、知りません」

「だったら、そろそろ知っておいたほうがいいわね。ありとあらゆる思いがけない出来事が降りかかったの。さっき夫のペンがあんなことをいったのは、偶然とはいえ最悪だったわ。でも――ああ、どうしたらいいの！　たぶん、彼女にとって、あなたに打ち明けるのが一番だわ。あなたなら、彼女に優しくできるでしょう。どうかあとを追って、話を聞いてあげて。できるだけ穏やかに。フェイに優しくしてくれるわね？」

「やってみましょう」

その途端、あらゆることがいっぺんに起こった。

別の女性の声がした。「失礼ですが、奥さま」中央ホールのあたりから、年の頃は十八、九、鈍感そうだが身なりは小ぎれいな、なかなか魅力的な娘が顔を出した。デイドラのほうはしゃんとしていて、暗い色のスラックスとオレンジ色のセーターという服装は、小ぎれいという以上のものを感じさせる。娘が近づくと、デイドラはさっと振り返った。

「どうしたの、フィリス？」

「奥さま、玄関に紳士がふたりお見えです」

「こんな時間に？　どなた？　何の用？」

「それが、奥さま！」メイドはうろたえて、「おひとりは、たいそう大きな、太った紳士で、どこもかしこも風をはらんだ帆のように膨れ上がっています。お名前は、フェルさまとおっしゃいました」

「フェル？」ガレットは、あまりにもめまぐるしい展開に戸惑いながら、「ギディオン・フェル？　ドクター・ギディオン・フェルか？」

「はい、そうです」答えたフィリスは、デイドラに向かって早口でいった。「もうひとかたはもっとお若くて、太ってはおられません。わたしは下がって、台所に向かう途中のフィービーに廊下で合図しました。フィービーは『紳士じゃなくて、私服刑事よ』といいましたが、わたしには判断がつきません、奥さま！　ふたり目のかたは、スコットランド人かと思いますが、話しぶりはそれらしくありませんでした」

「フィリス」ガレットはいった。「名前はエリオットじゃないか？　エリオット副警視長だろう？」

「エリオット！　やっぱりスコットランドのかたなんですね！　でも、何と申し上げたらよいかわからなくて、太ったほうの紳士には、この家には病人もいないし、第一お医者さまはもういらっしゃいますとお伝えしました。でも、そういう意味のドクターではないとおっしゃるんです、奥さま。旦那さまに呼ばれてお見えになったということでした」

「ペンに呼ばれた？」デイドラが訊き返した。

そこへ、またしても邪魔が入った。フィリスが姿を現した直後、図書室へ通じるドアが開いたかと思うと、聞き耳を立てているような沈黙が続いた。そして、デイドラが最後の言葉を発したところで、図書室からどやどやと人が出てきた。

最初に出てきたのはドクター・フォーテスキューで、ぎこちない足取りで通路を横切ると、デイドラが音楽室と呼んだ屋敷の南西の部屋へと姿を消した。それからエステルが、仔猫のような足取りでせかせかと横歩きしながら出てきて、ビリヤード室のドア近くにいたデイドラとガレットの横で足を止めた。そのあとにアンドリュー・ドーリッシュとニックが続き、最後のニックが図書室のドアを閉めた。

「失礼ですが、エステル」デイドラが声を張りあげた。「本当にペンが、ギディオン・フェル博士とかいう人を呼んだのですか？」

「おやまあ、何ですって！　呼んだのが兄さんであろうとなかろうと、フェル博士にはぜひお目にかかりたいわ。おふたりはどこにいるの、フィリス？」

「ミス・エステル、玄関にいらっしゃいます。わたし、申し上げたのですが――」

「客間に通せばよかったのに。まあいいわ、あたしがお通しするから。あのね」エステルはデイドラに向かって話を続けた。「ペンは、あの高名な博士とちょっとした知り合いなの。少なくとも、手紙をやり取りする仲よ。そう、例の文学談義ってやつ！　フェル博士はサウサンプトンのポリゴン・ホテルにお泊まりだそうよ。昨日の『エコー』紙に記事が載ってたわ。サウサンプトン大学のウィリアム・ルーファス・カレッジに、誰かがシェリダンの『恋がたき』の手稿と称するものを寄贈し、フェル博士はその真贋を確かめるために来たとか。『恋がたき』ですって！　またまた十八世紀が出てきたわねえ」

「いやまったく」彼女のそばでせわしなく動いていたミスター・ドーリッシュが相槌を打った。

「運がよければ、いつかは十八世紀と永遠に決別することができるでしょう。ところで、この書類に目を通すようにとの仰せですので、わたしはそろそろおいとまします。車は私道にあるのでしたね？」

「ガレージのすぐ外よ。ヒューがどうしてもと、レインコートを置いていったわ。雨なんか降らないといったのに。さてと、フェル博士をお迎えしなくちゃ。博士に話があるの……」

「そうですね」ニックの声が響き渡った。「話があるのはあなただけじゃありませんよ、エシーおばさん。ペンおじさんに図書室を追い出されたのは好都合だった！　おれもフェル博士に会いたくて仕方がない。事件を解く手助けをしてくれそうなのは、この世でフェル博士ただひとりだから。嘘だと思うなら、ガレットに訊いてみるといい！　ガレットは博士と旧知の間柄だから、紹介してくれるでしょう。ほら、行くぞ――」

「いいや、行かない」ガレットは相手を遮った。フェイの姿を思い出すと、ほかのことは何も考えられなかった。「きみたちだけで行って、自己紹介したらいい。向こうも喜ぶだろう。ぼくのことは、しばらく放っておいてくれ。別の用事があるんだ」

「行って、ガレット！」デイドラのささやきは、低く激しかった。「中へ入って！　必要なら、わたしがここを守ります。悪い冗談やしたり顔の批評から、気の毒なあの子を救いたいの。さあ！」

ガレットはノブを回し、部屋の中へ滑り込んでドアを閉め——足を止めた。

広々とした部屋で、オーク材の鏡板をめぐらせ、ゴム製の敷物が敷かれていた。ジョージ朝様式の開き窓が三つ。窓は閉まっていたがカーテンは開いていて、芝生や木立、さらには灌木（かんぼく）の茂みを抜けてレープ・ビーチへ通じる石段などが見下ろせた。白く打ち寄せる波頭の上には、闇の中にうずくまるようにぼんやりと光る、雨の先触れの潤んだ半月が昇っていた。

閉め切った室内は息苦しく、カバーをかけたビリヤード台の上の、覆いをした天蓋の内側に明かりが点っていた。それ以外の明かりといえば、左手の壁に寄せてあるピンボール・マシンの、垂直に立ったガラスのパネルからうっすらと洩れてくる——かすかな、色とりどりの——光だけだった。フェイは肩で思いを伝えながらピンボール台の横に立っていたが、台には目もくれず、しばらくはガレットにも目を向けなかった。やがて顔を上げ、ガレットのほうを見た。

部屋の息苦しさにガレットの肺は詰まり、フェイの表情に心臓をつかまれた。

「フェイ……」

「追いかけてきたのね？　わざわざ追ってきたのね！」

「ああ、もちろんだ。いつだってきみを追いかけているのがわからないのか？」

「そうしてほしいと思ったこともあるわ。でも、今は追ってこないでほしかったと思ってる。こんなことをしたって仕方がないわ、ガレット！　こんなことをしたって！」

「この世の終わりだと考えたって仕方がない。ニックならこういうだろう。『もうやめるんだ、お嬢さん。馬鹿げた振る舞いはたくさんだ』とね。そんな台詞はぼくには無理だ。ピンボールでもやろうか」

「嫌よ！」

「やってみようよ。見ててごらん！」

台と垂直に立ったパネルには、赤い文字で〈アフリカン・サファリ〉と書かれていた。白い日よけ帽にカーキ色のシャツというハンターの人形が、ジャングルとおぼしき黄緑色の草むらを、ライフル銃で狙っている。ピンボール台の横にはスツールが置かれ、ペニー銅貨を山盛りにした陶器のボウルが載っていた。ガレットは銅貨を一枚取って投入口に落とし、ばね仕掛けのハンドルを半分引いた。ばねによって、小さいがずっしりした金属のボールが六つ転がり出て、ひとつが台の端の走路に落とし込まれた。

ガレットは、目いっぱいハンドルを引いた。

「昔、煙草に法外な税がかけられる前は、二万五千点かそこらで煙草が五本もらえたものさ。さあ、どうなることやら」

ハンドルを離すと、ばちんと大きな音がした。

ボールが走路を飛び出し、弧を描いた。金属に生命が吹き込まれたように、台全体が身震いする。幻影のような標的が、激しく明滅しながら画面をよぎった。ボールが回転してぶつかり、けたたましくベルが鳴り、さまざまな色のライトが光るのに合わせて、ジャングルから出てきたライオンが襲いかかり、宙を跳び、撃たれた。ボールは弧を描き、狂ったようにベルを鳴らし、色とりどりの明かりをつけた。ボールが消える。ガレットは、パネルの下方に赤い数字で示された最初の得点を確かめた。

「六千点か。とにかく、ライオンはやっつけたぞ。お次はサイ、川にはワニもいる。そいつらも仕留めようか？　それとも、同じやり方できみのふさぎの虫をやっつけようか？」

「こんなことをしても仕方がないといってるでしょう！」フェイはハンドバッグを脇に抱え、二歩下がった。「惨めだといっても、どれほど惨めかあなたにはわからない。本で読んだりして、わかった気になっているだけ。あなたにはわからないわ、ガレット！　誰にも理解できない。実際に関わり、巻き込まれないうちはね」

「関わった？　何に巻き込まれたというんだ？」

「殺人事件よ」

フェイはハンドバッグを脇に押しつけ、さらにあとずさりした。

「本当は殺人じゃなかった。でも、殺人だと思っている人もいるわ。わたしがやったって。今にもわたしは逮捕されるかもしれない。そういえば、今夜、私道でわたしのすぐ前を歩いていたわ」

「待ってくれ。何の話だ？　私道に誰がいたって？」

「フェル博士とミスター・エリオットよ！　私道に通じる入口に、車が停めてあった。わたしはサウサンプトンからのバスを降りて、足音が聞こえないように芝生を歩き、裏口からこっそり入ったの。ミスター・エリオットは犯罪捜査部では三番目の地位よ。その上は警視長と、副警視総監しかいない。フェル博士は――そうね、あの人には何でも打ち明けられそうな気がするけれど、ミスター・エリオット以上に怖いところがあるわ。

一度、ミスター・エリオットが振り向いて、まともにこっちを見たの。面識はなくても、写真を見ているかもしれない。問題は、あの人たちがここにいることよ。すべてが明るみに出て、あなたまで騒ぎに巻き込まれてしまう。どのみち、明るみに出るのは避けられないでしょう。どういうわけか、わたしのことがミスター・バークリーの耳に入った以上は。図書室で聞いたでしょう？　『毒だ！』と彼はいった。『あの罪深い男に毒を盛った家族とは、いったい誰なのか？　そして今、その真相を見極めることが、われわれのためになるのか？』って。よく覚えていないけれど、そんな内容だった。彼が何の話をしていたかわかる？」

「ああ、わかるとも。サー・ホレース・ワイルドフェアのことさ。この家を騒がせている、十八世紀の判事だ」

「いいえ！　そんなはずがないわ！　彼がいったのは、ミスター・ジャスティン・メイヒューのことよ。サマセット州バーンストウ近郊の、ディープデーン館の」

「フェイ、きみときたら、ずいぶん突飛なことをいうんだな。サマセットの何とか館に住んでいるミスター・ジャスティン・メイヒューというのは、いったい何者なんだ？　それが誰だろうと、ペニントン・バークリーは彼のことなんかひとこともいわなかった」

「わたしはおかしくなっているのかもしれない。ときどきそんな気がするの。確かなのは、いずれそのことが暴かれ、必ず明るみに出て、わたしと一緒にあなたまでひどい目に遭うということだけよ！」

今では、彼女は窓の列のそばまで退いていた。その向こうでは、ソレント海峡に月が昇っている。フェイの姿――アーチを描いた細い眉の下の、間隔の広いダークブルーの目、肩から腕にかけての曲線――を間近に見ると、別の時、別の場所で見た月と、それが照らし出したいくつもの場面がまざまざとよみがえった。

「きみに関係のあることで、ぼくに迷惑がかかるかもしれないなんて、本気で思っているのか？　ところで、ぼくはきみに、愛してるといったかな？」

「ああ、そういってくれたらと思うわ！　何度でもいってほしい！　でも、いわないで。お願いだから、わたしに触れないで！　馬鹿なことをしてしまいそうだし、そうなったらもっと悪いことになる。聞いて、ガレット！　そのまま大人しく話を聞いてちょうだい！」

「話って？」

「法にのっとって改名する前、わたしはサットンという苗字だったの。フェイ・サットン。今から一年以上前、一九六三年の三月のことよ。サットンという名が、どれほどありふれているかわかる？」

「そんなにありふれた名前とは思わないが」

「そうかしら。ロンドンの電話帳を見れば、サットンが四段を占めている――トリントン・パークのA・サットンから、スタンホープ・ガーデンズのサットン＝ヴェイン、グレート・ポートランド・ストリートのサットンフィッシュまで。わたしの知る限り……」

「それに、カンバーウェルのサットンイェンにコウニー・ハッチのサットン＝ツークだろ？　笑ったらどうだい、フェイ？　そのほうがいい。ほら、笑って！」

「ねえ、笑いごとじゃないのよ」

「そうとも！　サットンと呼ばれているからって、腹をよじって笑い転げることはない。いい名前だと思うよ。それがいったい何だというんだ？」

感情がこの上なく高ぶっていた。フェイは突然、彼のそばを離れた。ゆっくりとビリヤード台に近づき、その上にハンドバッグを放ると、とても真剣な顔で振り返った。

「わたしは一九六二年の初めにサットンの名前で求人広告に応募し、引退した株式仲買人ミスター・メイヒューの秘書になったの。バーンストウは西南地方の小さな村で、バースから六マイルほどのところにあるわ。ミスター・メイヒューはミスター・バークリーより年上で、やはり物思いにふけりがちな人だったけれど、それを除けばあまり似たところはないわね。ミスター・メイヒューとわたしは、とてもうまくいっていた。夏には、結婚してくれとまでいわれたわ」

「とてもうまくいっていたということは、きみは彼の……彼と？……」

「まさか！」フェイはぞっとしたように目を見開いた。「前にもいった通り、わたしは清教徒じゃないわ。そんなふりをしたこともない。でも、その答えは絶対にノーよ！」

「結婚してくれといわれて、何と返事をしたんだ？」

「もちろん断ったわ。ミスター・メイヒューは妻に先立たれ、成人した息子と娘がいた。でも、年齢はそれほど問題じゃなかった。変わり者で、正直、あまり好きになれなかったの。本人のことも怖かったし、結婚というものに、わたしはいつも怯えていた。ずっとひとりで生きてきたから。わたしが何をいっても、あの人は耳を貸そうとしなかった。わたしに有利な遺言状を書いてやる、結婚したほうがいいの一点張りだった。あの家も居心地が悪くなってきたわ。そんな十月のある朝、彼が睡眠薬の過剰摂取で死んでいるのが見つかったのよ」

フェイは口調を変えずに続けた。「ミスター・メイヒューは癌を患っていた。検死審問でそれがわかったの。医者から告知され、手術に同意してもいた。手術を受ければ助かったかもしれないのに、自ら命を絶つことを選んだのよ。彼はわたしに有利な遺言状を書いていた。でも、署名はしていなかった。世間では、署名していないことをわたしが知らなかったという噂が立ったわ。最悪なのは、睡眠薬がわたしのもので、わたしの部屋にあった瓶から持ち出されたものだったことよ。ああ、ガレット、この話がどこへ行こうとしているかわかってきた？」

「ああ」

フェイは感情のままに声を張りあげた。

「あの噂！　恐ろしい、いつ終わるとも知れないひそひそ声！　担当の刑事！『それでは、もう一度ご説明いただきましょうか――』。それから検死審問の、あの検死官！『確かに、ミス・サットン――』」

「検死審問の評決は？」

「精神の均衡を欠いた上での自殺ということだった。でも、それが何の足しになる？『お嬢さん、これは検死審問の評決にすぎません。新たな証拠が見つかれば、いつでも覆してみせますよ』。それに、あの人の息子と娘も！『どうしてまだこの家にいるんだ？　年寄りに肘鉄を食わせておきながら、なぜ仕事を辞めなかった？』ですって。どこへ行けというの？　どうしろと？」

「落ち着くんだ、フェイ！」

「『うまいこと忘れさせることができると思っていたんだな。プロポーズしたことなど忘れたと思っていたわけか？　遺言状に署名していないとは思わなかったんだろう』。どこへ行っても報道陣がカメラを向けてきた。マスコミの呼び物記事だったのよ。ガレット、あなたは見たことがないの？」

「六二年の十月だろう？　前にいったと思うが、イギリスにいなかった。ニューヨークで『アンクル・トムの大邸宅』というひどい代物を観ていたんだ」

「ひょっとしたら、思ったほど大きな扱いじゃなかったのかもしれないわね。自分が見たくないものは、決まって恐ろしく感じるから。でも、その当時は、おかしくなってしまうんじゃないかと思った。ほとんどおかしくなりかけていたわ。理性を保っていられた理由はただひとつ、そんなものが慰めといえるかどうかわからないけど、わたしは写真写りが悪いことよ」

「写真写りが悪い？　きみのいいたいのが――」

「お世辞は結構よ。頼むからお世辞はやめて！　わたしは写真写りが悪いといいたいだけ。あるいは、マスコミが例によって、一番醜くて恐ろしげに写っているのを使ったかね。それでも、誰かに気づかれるのが怖くて、近隣住民の半分を毒殺した女のようにカメラを忌み嫌うのが癖になったのよ。

　この悲劇をいつまでも引きずるつもりはないわ、ガレット。それから何があったかはわかるわね。パリであなたに、おばが亡くなってささやかな遺産が入ったといったのは、まぎれもない事実よ。母の旧姓はウォーダーで、おばというのは母の妹なの。遺産を受け取るには、ウォーダーに改姓する必要があったのよ」

　カバーをかけたビリヤード台の横に立っていたフェイは、そのへりに沿って一心に指を滑らせていた。台の上の明かりが、彼女のつややかな髪を照らし、生き生きとした肌の色を引き立てている。そのずっと向こう、ビリヤード室の西壁にくっつくようにして、もう一台（明かりの点っていない）ピンボール・マシンが置かれていた。フェイはそちらには目も向けず、再びガレットに向き直った。

「もちろん、遺産はほしかったわ。でも、捺印証書による改姓という公的な手続きが怖かったの。それにマスコミも！　決して悪意はないといいながら、ネタをつかんだと思ったら最後、どこまでも無慈悲になれる人たちだもの。改姓を望むフェイ・サットンと、警察が殺人容疑で逮捕したがっていた——今もしたがっている——バーンストウのディープデーン館にいたフェイ・サットンとが結びつけられるのが怖かったのよ」

「やっていないことは自分でわかっているはずだ。証拠がなければ、警察だって手出しできないさ」

「証拠が何だというの？　問題は、そのことを考えるのが、人生にどんな影響を与えるかよ」

フェイは彼に駆け寄った。差し伸べる両手にガレットが触れたのも束の間、彼女はビリヤード台に引き返した。

「ええ、確かに杞憂だったかもしれない。遺産が少なすぎてマスコミの目に留まらなかったか、単に彼らがネタをつかみ損ねたんでしょう。カメラもフラッシュもなかった！　五月には外国へ旅行し、あなたと出会った。これまでで一番幸せな十日間だった。でも、パリであなたと一緒にいたときでさえ、ずっとあのことが頭にあった。外国へ行く前に、デイドラがミスター・バークリーの秘書という仕事をくれた。仕事が始まるのは帰国してから――」

「フェイ、もういい！　きみはとてもつらい目に遭ってきた。でも、もう終わったことだ。忘れればいい」

「終わってはいないわ。決して終わらないのよ！　ガレット、今夜、何があったの？」

「それがわかればね」

「でも、何かが起きているんでしょう？　さっきもいった通り、わたしは私道でフェル博士とミスター・エリオットの後ろにいた。ふたりは幽霊とか、壁を擦り抜けるとか話していたわ。わたしは裏口からそっと家の中に入った。それから、ご希望の本が手に入ったので中央ホールのテーブルの上に置いたとミスター・バークリーに伝えるために、図書室へ行ったのよ。彼がわたしのことを何も知らないのは間違いないわ。読んでいる新聞といえば『タイムズ』に『デイリー・テレグラフ』、サウサンプトンの地方紙『エコー』くらいだし、それだってたまに目を通す程度だもの。なのに、わたしがドアを開けた途端……」

「彼がきみのことを知るはずがない！　あの言葉は、デイドラがいうように、まったくの偶然だ」

「デイドラがいったのはそれだけじゃないわ。わたしはその場を走り去った。とんでもない失態をさらしたものね。デイドラが追いかけてきた。わたしがここに隠れようとしたとき、彼女はだしぬけに、壁を擦り抜けるだとか——空包だとかいい出したのよ。ねえ、教えてちょうだい！」突然、フェイは身を硬くした。西側の壁に手をさっと向ける。「今度は何、ガレット？あの音は何なの？」

10

ガレットは西の壁を指差した。

「隣は音楽室だとデイドラはいっていた。エシーのハイファイのステレオが置いてあると。少し前に、みんなが図書室から転がるように出てきたとき、ドクター・フォーテスキューが音楽室へ入っていった」

「ドクター・フォーテスキューだったの？　それで、この音は？……」

「聞こえているのは、ギルバート・アンド・サリバン・メドレーのLPだ。少し前に『軍艦ピナフォア』から始まって、今は『ミカド』がかかっている。こんな具合に続くんだろう。大音量の出るハイファイだし、ドクターが音量を上げたようだ。部屋を揺さぶらんばかりじゃないか？　ドアは閉まっているし、壁が厚いから、歌詞はほとんど聞き取れないが」

「まあ、いいわ。ギルバート・アンド・サリバンなら害はないもの。それで、今夜何があったの、ガレット？　教えてちょうだい」

「きみに話して何かの役に立つならね」

「いつかは耳に入ることよ。それに、どんなことであろうと、ほかの誰かよりあなたの口からない。教えて！」

部屋の息苦しさは、今もガレットの喉を締めつけていた。南側の窓に近づき、開け放つ。すがすがしい風が吹き込んだ。小石の浜にひたひたと打ち寄せる波の音が聞こえてくる。それに引きかえ、これからしようとしている話はきれいごととはいいがたい。なるべく手短に話そうと心がけながら、ガレットはブロッケンハースト駅に着いたところから始めた。フェイの名が出てくるところは、ごく軽く触れるだけにした。それでも時間がかかり、ＬＰレコードがシンバルを打ち鳴らす壮大なクライマックスを迎えても、まだ終わらなかった。

フェイはじっと耳を傾け、ときおり彼に駆け寄っては、また離れた。

「最後にひとつ聞かせて、ガレット。出来事全体の中で特に興味を惹かれるところはある？」

「ああ、そうだな。リボルバーを持った闖入者というペニントン・バークリーの話は、何があってもぼくは信じるが、そうなると……」

「そうなると？」

「誰かが幽霊のふりをして空包を発射したとして、そいつは何がしたかったのだろう？　リボルバーの弾倉を取り出して調べない限り、空包を装填した銃と実弾が入っている銃は、まったく見分けがつかないはずだ」ガレットは指摘した。

「そうね。それがどうかしたの？」

「その〝幽霊〟は、空包なのを承知で、相手に警告や脅しを与えようとしただけなのかな。それとも本気でミスター・バークリーの心臓を撃ち抜こうとしたのか。空包は何のために、誰が仕込んだのだろう？　ミスター・バークリー本人でないとすれば――」

「あの人じゃないわ」フェイは、ますます熱を帯びた口調でいった。「ほかのことはともかく、それだけはいえる。デイドラが空包を買ってきて、銃に込めたのよ」

「デイドラが？」

「ええ。彼の精神状態がずっとあんな調子だったから（そのことは、もう知っているわよね）、自殺するんじゃないかと彼女はとても心配していた。わたしならリボルバーを盗み出して捨ててしまうでしょうが、彼女にそんな大胆なことはできなかったの。デイドラは何もいわなかったけれど、わたしにはわかる。リボルバーがなくなっただけなら、彼はガスオーブンとか、どこか――毒とか、別の手段を考えるに決まってる。だから、実弾の代わりに空包を込めたのよ」

「そういえば」――ガレットは思い出していた――「ペニントンが自分や他人を撃たないよう、あらかじめ手は打ってあるといっていた。どんな手かは教えてくれなかったが。でも、デイドラがそういった直後に銃声がして、万事休すと思ったんだ」

フェイは、窓辺にいたガレットに近づき、その前に立った。ガレットはいつものように、このときも、彼女がつけているほのかな香水を意識した。

「ガレット、聞いて！　悲劇には至らなかったけれど、そうなっていたかもしれないし、これからそうなるかもしれない。さっき、この出来事で特に興味を惹かれるところはあるかと訊いたでしょう。そうしたらあなたは――ごめんなさい！――男性が飛びつきそうな探偵小説じみた返事をした。でも、わたしがいいたかったのはそれじゃない。あなたにもわかるはずよ。頭のいいあなたのことだから、わかるはずだわ！」

「何のことだ？」

「一年前」フェイは、ガレットの上着の下襟を撫でながら答えた。「わたしはここへ来て、ミスター・メイヒューと似ていなくもない人の秘書になった。自分の不幸のことばかり考える癖のある、裕福な世捨て人がまたひとりというわけよ！　ディープデーン館にもましていざこざの絶えない田舎屋敷があるなんて！　歴史は繰り返すと思わなかった？　また同じことが起こるんじゃないかと？」

「ある点についてはね。きみとペニントン・バークリーの間に何かあるのか？」

「いいえ、決してないと何度でもいうわ！　仮にわたしが実際よりも彼に好意を抱いていたとしても、彼のほうは、自分のことを考えていないときはデイドラのことで頭がいっぱいなのよ。それに彼は、自分の健康状態を気にしすぎていると思う。本当は、心臓に悪いところなんて、ひとつもないんじゃないかしら」

「じゃあ、結婚を申し込まれてはいないんだな？」

「とんでもない！　関心があるそぶりを見せられただけでも、サー・ホレース・ワイルドフェアに追いかけられたみたいにこの家を逃げ出したところよ。それにしても、汚らわしいと思わない？　あの嫌な女のほのめかしを、あなたも聞いたと思うけれど」

「エシーのこと？」

「ええ、もちろんミス・バークリーのことよ！　今夜、列車に揺られながら、わたしが何もいわなかったから、あなたが彼女のことをどんなふうに想像するだろうと思っていたわ。あの人にもひとつだけ才能があるのよ。他人の筆跡を、本人が自分の筆跡だと断言するほど見事に真似るの。たぶん、悪気はないんでしょう。他人のことに口出しするのも、自分に目を向けてもらいたい一心からよ。でも、あの人のことはどうでもいいわ！　ミスター・バークリーと違って、厳密には変わり者とはいえないもの。彼のことをどう思う？」

「いい人だと思ったよ。きみの名前を、甘やかすような目つきで会話に上らせるまでは、すっかり好きになっていた。そのあと彼は、エシーの攻撃から身を守る羽目になってしまったが、とても立派にこなしていた。ふたりしてあまり意味のないやり取りをして、やがてその場は落ち着き、彼も好人物に戻ったように見えた。だが、何よりあの目つきときたら！……」

「ガレット！　まさか、妬いてるんじゃないでしょうね！」

「ああ、妬いているとも。実際、きみが目を向けた――あるいは、きみに目を向けた男の首を、片っ端から絞めてやりたいくらいだ。これればかりはどうしようもない。きみの魅力のせいだ。人には堅物といわれても……」

「ガレット、ねえガレット、あなたが堅物だなんて、いったい誰がいったの？　そんな人がいたら、わたしがそうじゃないことを教えてあげるわ」

「だったら――」

「いいえ、だめよ！　放して、いけないわ！」

「こうしてキスに応えてくれているのに、どうしてだめなんだ？」

「あなたがちゃんと見ようとしないからよ！　見ることを拒んでいるから！」

　このときには、フェイは手前のピンボール・マシンまであとずさりしていた。台を背に、顔を赤くし、胸を上下させている。隣の音楽室から力強い音のうねりが押し寄せてきた。ドクター・フォーテスキューが、一度目のギルバート・アンド・サリバンでは飽き足らず、同じレコードをかけ直しているのは明らかだ。だが、フェイはまるで意に介さなかった。

「ガレット、よく考えてみて！　覆面と黒い法服を身につけた男の話をしたとき、あなたは決まって『闖入者』という言葉を使ったわね。それは違う。一番ふさわしくない言葉よ。だって、あれは闖入者ではないし、わたしたちはお互いにそのことを知っているもの。あなたたち四人――あなたとデイドラ、ニック・バークリー、ミスター・ドーリッシュ――は、ベントレーでブロッケンハースト駅からやってきた。闖入者が誰だろうと、あなたたち四人じゃない。違う？」

「ああ、その通りだ！」

「だったら、いったい誰なの？　料理人やメイドの可能性がないとしたら、残るのは三人だけ。ミス・バークリーか、ドクター・フォーテスキューか、わたしよ。そうなったら、世間の人たちは何というかしら？　わたしだというに決まってる。それがどんなに馬鹿げているかは、いわれなくてもわかってる。でも世間は、わたしがやったと決めつけるはずよ！　実際は、わたしはこの場所に近づきもしなかった。バスを一本逃して、次のを待っていたんだから。それを誰が証明してくれる？　いったん警察が乗り出したら――」

「警察が乗り出すとは、どういうことだ？　呼んでもいないのに！」

「もう来ているじゃないの、ミスター・エリオットが。わたしが何を怖がっているか話したでしょう。サマセットの事件のことで、警察はまだわたしに不利な事実を握っている可能性があるかしら？　今もわたしを追っているなんてことが？

デイドラにも心配をかけたわ。デイドラはいい友達よ。彼女もミスター・バークリーも、ハンプシャー州の犯罪捜査部に知り合いの警視がいるの。ウィック警視、だったと思う。デイドラに、正直な意見を聞きたいといわれたから、こう答えたの。『ディー、頭がどうかしちゃったの？　警察に行ったりしないわよね。後生だから、警察のそばに寄りもしないと誓ってちょうだい』って。彼女はそうすると誓ってくれて、しばらく経ってから、警察には話していないといった。わたしはそれを信じたわ。

ところが、今夜の出来事ですべてが変わってしまった。混乱と惨めさ、終わることのない恐ろしい疑惑に逆戻り。その人が本当はどんな人間なのかなんて関係ない。要は、他人がどう考えるかよ。たくさんの人がわたしをどう思っているか、想像がつくでしょう。わたしは――テレビではどんな言葉を使うのかしら――そう、はめられたのかもしれない。でも、あなたには悪いことをしたわ、ガレット。どうか許して！　わたしの馬鹿げたごたごたで、あなたをわずらわせたくない」

「そのごたごたが何であろうと、きみに関係のあることなら、ぼくにも同じくらい関係がある。砂糖菓子のように素敵なきみに恋してしまったのだから。しかし、くどいようだが、きみはいたずらに気を揉んでいる。万一疑いをかけられても、バスの車掌がいるじゃないか。いつだってきみのアリバイを証明してくれる。過去の事件のほうは、もう忘れられているさ」

「こっちもくどいようだけれど！」フェイが叫んだ。「あのことはまだ忘れられていないし、今後も決して忘れられることはない。こうなったら、誰もが臆測を巡らせるでしょう。そうに決まってる。あなたのお友達のニックも、それほど頭がいいのなら、きっと勘ぐるわ」

「何の話かな」別の声が問いただした。「お友達のニックが、勘ぐるとか勘ぐらないとかいうのは？」

通路へのドアが開いていた。ニック・バークリーが、少し乱れた髪でドアの前に立ち、ふたりを見ていた。

「どうなんだ、おふたりさん！」彼は続けた。

フェイはすぐに平静を取り戻し、ビリヤード台からハンドバッグを取り上げた。

「あなたがミスター・ニコラス・バークリーね？　そう、ガレットとわたしは初対面じゃないの。ガレットはあなたに、誰にもいわないという約束で打ち明けたのね？　わたしが友達にそうしたように。でもこうなったら否定できないわね」

「やはりきみが謎のミスXなんだな？　そうだと思ったよ」ニックはガレットを見た。「おめでとう。おまえのブロンド好きが、完全に証明されたってわけだな。だが、おれとしては少々いいたいことがある。おまえが隠しているらしいことについてね」

「こっちもいいたいことがある」ガレットが応酬した。「明らかに、きみが隠していることで」

「じゃあ、お互い――」ニックは言葉を切った。「何だ、隣のあの騒ぎは？」

「ドクター・フォーテスキューが、またギルバート・アンド・サリバンのメドレーをかけているんだ。今聞こえている『軍艦ピナフォア』から始まって『ミカド』、最後は警察隊による大迫力の合唱になる――」

「よし、話はあとにしよう」ニックは西の壁のほうを向いた。「うるさいぞ、いい加減にしろ」と怒鳴る。

ドクター・フォーテスキューの耳に届いていないのは明らかだった。高まる音楽に交じって、かすかに溌剌（はつらつ）とした歌声が聞こえてくる。声の主であるピナフォア号の艦長は、決してレの音を張りあげない、礼儀正しさのお手本といえた。ニックはこめかみに青筋をわずかに浮かせ、あきらめきったように見えた。

「お互い、質問はあと回しだ。おれはたった今、フェル博士に洗いざらい報告した。あの人なら、不可能を解き明かすことができるだろう。見ろよ、ガレット、もう十一時だ！　エシーおばさんは誕生パーティのことでしきりにわめいているし、ペンおじさんのほうは……とにかく一緒に来て、手を貸してくれ」

「何に手を貸せというんだ？」ガレットは、ニックについてドアへ引き返しながら訊いた。

薄暗い明かりが点るひとけのない通路は、カーテンのかかった西側の窓から中央ホールを経て、やはりカーテンのかかった東の窓で終わっている。ニックは通路に目を走らせ、左の少し先にある図書室の閉ざされたドアを指差した。

「ペンおじさんに追い出された十時四十分に、おれはあのドアを閉めた。それからおじさんが差し錠をかけた。ちょっと待っていてくれ！」

ニックは図書室のドアへ駆け寄り、ノブをつかんだ。

「ペンおじさん！」ニックは呼びかけ、ノブを離すと、拳で鋭くドアをノックした。「もうひとつ覚えているのは」肩越しに続ける。「差し錠がふたつあったことだ。ひとつはてっぺん近く、もうひとつは足許。おれの鮮やかな推理では、おじさんが部屋を出ていないということは、まだここにいる。しかし、どこに？　ペンおじさん！」

通路はもはや無人ではなかった。ニックのほかに、ビリヤード室のドアの前にはガレット、ガレットのそばにはフェイがいて、音楽室のドアが開いていた。やや猫背で、しなやかな手足のドクター・フォーテスキューが、一歩出てきてためらっている。その背後から音楽が流れ出し、通路を満たした。だが、船乗りの歌のテンポは失われ、新たな盛り上がりに向けて力を溜めるかのように、抑えた調子になっていた。旋律も、高まる前の一瞬、夢のようにしばしたゆたっていた。

小鳥が川辺で鳴いていた
「柳よ、柳よ、柳さん……」

同時に、通路のずっと東の、先ほどガレットが食堂だと教えられた部屋から、デイドラが顔を出した。

「何かあったの?」彼女は問いかけてきた。「ペンはどこ?」

「わからない」ニックが叫び返した。「それをいうなら、エシーおばさんは? まだわめき散らしているのかな?」

「ここにはいないから、何をしているかはわからないわ。どこかへ消えてしまったみたい」

「彼女が——どうしたって?」

「消えたといったの」デイドラが前に出た。「あなたが、この家の主人という権威に物をいわせて客間を追い出してから、エステルはいつもの彼女らしさをすっかりなくしているようだったわ」

「ちくしょう！　おれは決して――」

「でも、そうしたのは確かでしょう。フェル博士を独り占めしようと、エステルを客間から追い出した。それに、そんなに声を張りあげないといけないの？」

「恐れながら」ドクター・フォーテスキューが額をさすりながら割って入った。「何やら聞こえたような気がしたので……。この音楽のことで、お叱りを受けたのでしょうか？」

「いいや」ニックがいった。「人に意見できる立場じゃないのでね。思う存分やってくれ。いまいましいステレオの音量を最大限にしておけばいい。それにしても、ペンおじさんがうんともすんともいわないのは、この上なくゆゆしき事態だ。どう思う、ガレット？　何かアドバイスは？」

「そんなものないよ。きみはまさか――」

「いいや、そんなこと考えちゃいない！　それに、このドアはすこぶる頑丈だ。たった今、頭に浮かんだ考えを実行に移すのは、無謀もいいところだ」

「そうだな。だが、図書室と客間の間にドアがあったんじゃないか？」

「ああ、そうだ！　あったとも！　ちょっと待っていてくれ！」

悪魔に追い立てられたかのように、ニックはネクタイをひるがえし、通路の右手にある客間に通じるドアに突進した。ドアをぱっと開ける。金色と白に引き立てられたダークブルーの十八世紀の客間を背景に、一瞬、懐かしい姿がガレット・アンダースンの目を捉えた。途方もなく太った赤ら顔の男が、二重三重になった顎の上に山賊髭を垂らし、幅広の黒リボンがついた眼鏡をかけている。ニックがドアを閉めた。再び彼の叫び声と、木のドアを拳でどんどん叩く音が聞こえてくる。ちょっとというにはやや長い間を置いて戻ってきたニックは、立ち止まってガレットを見つめた。

「やられた」ニックはいった。「図書室と客間の間のドアにも、差し錠がふたつあるんだ。どちらも図書室の側からかけられているらしい。さて、どうしよう?」

音楽と合唱が、ひとかたまりになって襲ってきた。

見よ、死刑執行長官を!……

「おれに文句をいうのはやめてくれ!」ひとことも発していないガレットを、ニックが怒鳴りつけた。「頼むから、そう焦らないでくれ! 芝生に面した特大の窓がふたつもあるのに、ドアを壊す必要がどこにある? 窓のひとつは鍵がかかっている——エシーおばさんがかけたんだ——が、もうひとつは、おれたちが部屋を出るときには大きく開いていた。さあ、行くぞ。あなたもご一緒に、ドクター・フォーテスキュー。手を借りずに済むかもしれないが、いつ必要になるかわからないのでね。何をぐずぐずしている？　行くぞ！」

　ニックは通路の西端にある窓に駆け寄った。そこから芝生に出られる。ガレットは、怯えて身を寄せてきたフェイの手を握るだけの間を置いて、ニックのあとを追った。ドクター・フォーテスキューがそのすぐあとに続いた。ニックはカーテンを開け、細長い窓が閉じてはいるが留め金が締まっていないことを確認すると、窓枠を押し上げた。全員が素早く芝生に飛び出して、右手の図書室へ向かった。

　湿った風が吹きつけてくる。雲に覆われつつある夜空に、半月が浮かんでいた。家の近くに茂みなどないはずなのに、どこもかしこも深い藪に囲まれ、ちくちくやられている気がするとガレットは思った。

　図書室の中から見て左手の窓は、外から見れば右手になる。ガレットが最後に見たとき、窓は開け放たれ、カーテンも開いていた。カーテンは今も開いたままだが、窓は閉められ、鍵がかかっていた。彼らの目には、留め金がきっちりはまっているのが見えた。

「もうひとつの、エシーおばさんが鍵をかけたほうは？」ニックは、ガレットの耳許すれすれでわめいた。「そっちも閉まっているか？　見てきてくれ」

　ガレットはすぐさま組み合わせ煙突を回り込んだ。月明かりはとても淡かったが、閉め切ったカーテンを背に、もうひとつの窓も閉ざされ鍵がかけられているのは見て取れた。ガレットはその場でぐずぐずせず、すぐに最初の窓のところにいる人々の許へ戻った。図書室の中は、ひと目見るだけで十分だった。

窓から十二フィート以上離れたところ、その晩、初めて会ったときに坐っていた安楽椅子のかたわらで、ペニントン・バークリーが絨毯の上に仰向けに倒れていた。ふたつのフロアスタンドに照らし出されている。左胸の傷口から大量の血が流れていた。右手は弱々しく絨毯を引っかいている。左脚の近くには、彼自身のリボルバーが転がっていた。

「これは、間違いなく――」ドクター・フォーテスキューがいいかけた。

「そのようだな」ニックがうなった。

風に吹き飛ばされた木の葉が、ニックの顔をかすめた。彼は何かに襲われたかのようにひるんだが、尻込みはしなかった。スポーツジャケットを脱ぎ捨てて右の拳に巻きつけ、窓の留め金のすぐ下を突き破った。ガラスが砕け、破片が飛び散る。ニックはジャケットで保護した右手を、ガラスに開いた穴に差し入れた。留め金を探り当てて回し、外から窓枠を押し上げる。

こうして三人全員が中に躍り込んだ。

「ガレット！　隠れている者がいないか見てくれ。ドアの差し錠が本当にかかっているかどうかも。もし差し錠がかかっていたら……そして、誰も隠れていないとしたら……ああ、ちくしょう！」

疑問の余地はなかった。通路へのドアも、客間に通じるアルコーブのドアも、小さいがしっかりした差し錠で固く閉ざされていた。ぐったりとしたあるじの体にかがみ込んでいるニックとドクター・フォーテスキューに、ガレットはそのことを告げた。

アルコーブの、客間に向かって右側の小さいドアが開いていて、戸棚とそう変わらない広さの小部屋に通じていた。窓はなく、ほこりの積もった棚に本がずらりと並んでいる。ガレットは天井からぶら下がった裸電球を見つけてスイッチを入れたが、目に入ったのはさらにたくさんの本が床に積み上がった光景だけだった。

左手のクロークルームは戸棚より大きいが、壁にはめ込まれた洗面台、枕と毛布の置かれた長椅子、体育館などによくある金属製のロッカーでほぼいっぱいだった。ロッカーのドアは閉ざされ、鍵穴に小さな鍵が差し込まれていた。

「誰も隠れていない」ガレットはいった。「それなのに、クロークルームにも書庫にも、窓は一切ない」

ニックは背筋を伸ばした。非常時になると有能で落ち着き払って見えるドクター・フォーテスキューは、ペニントン・バークリーのかたわらに膝をついていた。あるじの右手の痙攣(けいれん)は治まっていた。

「ひとことでいえば」ニックがきっぱりといった。「出口という出口には鍵がかかっていたわけだ」震える息を吸う。「何てことだ！　かわいそうなペンおじさん……かわいそうな……おじはこの世を去ってしまったんだろう？」

「いいえ」ドクター・フォーテスキューがぱっと顔を上げた。「亡くなられてはいません。運がよければ、特に問題なく回復するでしょう。出血が多すぎる」

「多すぎる？」

「心臓をまともにやられたにしては、ということです。今はショックと貧血で気を失っています。もちろん軽く見てはいけませんが――」

「スモーキング・ジャケットを着替えている！」ニックが大声をあげた。「エシーおばさんが蜂蜜をぶちまけたやつじゃない。ちょっと見は同じだ。どちらも赤い厚手の生地で黒の縁取りがあるが、こっちには飾りボタンがついている。それに――」

「ええ、同じものではありませんね。よろしければ、ミスター・バークリー、こちらの所見を述べましょう。ただちに行動しなくてはなりません。さて、蜂蜜のしみはありませんが、火薬の焦げ跡はあります。凶器をじかに胸に押し当てた接射創に近い。心臓というのは、大方の人間が考えているより上にあるのです。もちろん、ご自分でやったのでない限り……」

「自分でやった？」ニックはうつろな声で疑わしげに繰り返した。「何てことだ、あなたには、おじが自殺しそうに見えたのか？」

「いいえ、まったく。しかし、想像で物をいうのは避けるべきではありませんか？」

「わかった。これからどうする？　病院に電話するか？」

「それには及びません。足を持ってくだされば、わたしが肩を持って寝室へ運べます。そっとですよ！　ミスター・アンダースン、通路へ出るドアの差し錠を外してもらえますか？」

いわれるまま、ガレットは小指を曲げ、慎重に差し錠を抜いた。ドアを開けると、エリオット副警視長の顔が目の前にあった。エリオットは、痩せた強靭な体つきの五十代半ばの男で、がっしりした顎と思いやりの感じられる目をしていた。

「電話だ」彼はガレットにいった。「この際、礼儀作法は抜きにしよう！　ここに電話はありますか？」

「ロンドン警視庁のお方なら」ニックがわめいた。「電話は中央ホールにある――というか、以前はそこにあった。いいかい、レストレード君、何者かがまたしてもペンおじさんに発砲したんだ。だが、どうやって？　いったいどんなふうにやってのけたんだ？」

実際に答えがあったとしても、相手の返事はふたりの耳に入らなかった。エリオットがきびすを返して立ち去ると、ニックとドクター・フォーテスキューは、死体のように重いペニントン・バークリーの体をぎこちなく持ち上げた。夜のしじまに向かって開け放たれたドアの向こうから聞こえる音楽と大合唱は、レコードの終わりに差しかかってますます高まっていた。

悪漢が悪事に従事せず
ちょっとした悪だくみを練るのをやめてしまえば
無邪気な楽しみの大きさは
正直者のそれに等しい

心に抱く思いを努めて押し殺し
警察官の職分を果たす――
ああ、考えれば考えるほど
警察官とは悲しきものよ

11

「おっほん!」ギディオン・フェル博士が咳払いをした。

彫刻と金めっきをほどこした木製シャンデリアの上で、本物の蠟燭の代わりに電気式の蠟燭が点っているほかは、ダークブルーと白と金色の客間は、二百年の間ほとんど変化が見られなかった。絨毯は、それよりも新しいはずの図書室の絨毯より減りが少ないように見える。家具は装飾的な中国風のチッペンデール様式。大きな音を立てて時を刻む十八世紀の箱型の振り子時計は、夜中の一時まであと十分を示していた。

デイドラ・バークリーはせわしなく歩き回り、やはり行きつ戻りつしているエリオット副警視長にときおりぶつかった。現代の目からすれば邪魔っけな十八世紀のカードテーブルを挟んで、フェイ・ウォーダーとガレット・アンダースンが腰を下ろし、互いをそっとうかがっている。ニック・バークリーとドクター・フォーテスキューは、近くの椅子に納まっていた。白い大理石のマントルピースを背に、吸いかけの葉巻を右手の指の間に挟み、大きな体を揺すりながら立っているのは、ギディオン・フェル博士だ。

かつては白いものが幾筋か交じる程度だった、大きなモップのようなもじゃもじゃの髪が、近頃ではすっかりくすんだ灰色になって片耳を覆っている。山賊髭は、幾重にもなった顎まで届きそうだ。眼鏡の奥で赤ら顔が上気していた。黒いアルパカの服をだらしなく着て、葉巻を持っていないほうの手を撞木形ステッキの握りにかけ、つながれた象のように体を揺らしている。だが、意識がぼうっとするようなこんな真夜中でさえ、サンタクロースやコール大王（ザマザーグースに歌われている老王）のような精神は失われていなかった。

「おっほん！」フェル博士はまた咳払いをした。時計を身振りで示す。「時刻を見るがいい、諸君。夜更かしはわしの悪い癖だが、それにしても、途方もなく遅い時間だ。じきにエリオットともどもお詫びをいって、おいとませねばならん。その前に要点をまとめさせてくれ」

「要点をまとめる？」弁舌を振るいたくてうずうずしている様子のエリオットがいいかけたが、望まれているかどうかはともかく雄弁術を得意にしているフェル博士に一蹴された。

「わしらがここに来たのは」フェル博士はガラガラ声で続けた。「十時四十分になるかならずの頃合いだ。フィリスという娘に足止めされたと思ったら、三人の人物がわれ先にわしらを迎えた――ひとりは、もったいぶったところのある事務弁護士で、口数は多いが中身は乏しい。それからミス・エステル・バークリーと、ミスター・ニコラス・バークリー」

「ちょっといいですか？」ガレットがいった。

「え、ああ、もちろん。何かね？」

「あなたが二箇所で携わっているお仕事のことです。聞くところでは、サウサンプトン大学のウィリアム・ルーファス・カレッジに、真贋の不明なシェリダン『恋がたき』の手稿が寄贈されたそうですね。あなたは手稿を鑑定するよう頼まれた。それに間違いありませんか？」

「さよう」

「なるほど！　それで、本物でしたか？」

「いいかね、アンダースン」フェル博士は葉巻の煙に咳き込みながらも愛想よく答えた。「きみもそろそろ、学究的な物の見方というやつをわかってもよさそうなものだ。まだ手稿を見てもおらんから、本物かどうか見極めようがない。何せ、紛失してしまったのでな」

「もうひとつのお仕事のほうは――」

「こうして、ぶしつけに押しかけていることか？　いやはや！　実は今日の午後になって、主任教官が手稿を自分の机に置いてきたのか、どこかでうっかり落としてしまったのか思い出せないらしいという知らせを受けたとき、ミスター・ペニントン・バークリーから『生死に関わる問題で』来てほしいという短い手紙が届いたのだよ。まあ、そのこと自体、奇妙な感じはしたのだが」

「なぜです？」

「ミスター・バークリーとは」フェル博士はいった。「手紙をやり取りするだけの間柄でな。ほとんどは口述し、秘書にタイプで打たせた手紙だった。そうではないか、ミス・ウォーダー？」

「ええ！」フェイはフェル博士よりもエリオットに目を向け、神経質にいった。「ミスター・バークリーはよく手紙を書きますが、たいていは口述筆記でした。でも、たまにはご自分でお書きになります」

「わしが受け取った手書きの書簡は、それが二通目にすぎない。よってわしが」フェル博士は理屈っぽくいった。「どんなに疑わしいと主張したところで始まるまい。もっとも、ひとつふたつ、彼らしからぬいい回しはあったがね。そして、いやまったく、わしの疑惑は当たっていたのだ！

さて、要点をまとめよう。わしらはここへ来て、三人の出迎えを受ける。弁護士のミスター・ドーリッシュは、ひとしきり人を煙（けむ）に巻く言葉をまくしたて、息子が置いていったレインコートを着て、彼の言葉によれば『書類の山』に目を通すため、車でライミントンへ発つ。お次は？　ミス・エステル・バークリーが、いささか的外れではないかと甥にやんわり指摘されるまで、長々ととりとめのない話をする――」

「あの人、走って出ていったでしょう？」デイドラが叫んだ。「エステルは自分の部屋に閉じこもったきり、出てこないんです。ヒステリーの気があって。ときどき疑問に思うのですが……」

「何です、ミセス・バークリー？」エリオットが鋭く先を促した。「疑問に思うというのは？」

「わかりません」デイドラは肩をすくめた。「今夜は本当に、恐ろしい夜でした――みなさんもそう思いません？――正直、どう考えたらいいかわからないくらい」

「だからこそ、何より必要なのは」とフェル博士。「みなが知っている事実を明らかにすることだ。差し支えなければ、これからは現在形を使うのはやめよう。ミス・バークリーの話を引き取って、ミスター・ニコラス・バークリーが、筋の通った話を詳しく聞かせてくれた。家族の歴史。幽霊、もしくは幽霊に扮した何者かのこと。そして、ミスター・ペニントン・バークリーが、自分のリボルバーから発射された空包で攻撃された、あるいは攻撃されたと主張していること」ここでフェル博士はニックを見た。「きみが一部始終を説明している間――」

煙草に火をつけていたニックは、立ち上がって博士の言葉を遮った。

「おれが話している間」彼は代わって話し出した。「ガレットなら、証言を裏づけてくれそうだと思った。ガレットはビリヤード室で――とにかく、ビリヤード室にいた。あいつを引っ張り出しに行った理由はもうひとつある。もう十一時になっていたからだ。エシーおばさんは、ここを飛び出すまで、時間通り誕生パーティをするんだと息巻いていたのでね」

「誕生パーティは始まらなかった」フェル博士は、もうもうと煙を吐き出した。「二度と始まることはなかろう。さて、われらが友人アンダースンを捜して誕生祝いに連れていこうと、きみがここを出た直後、二十分間で二度目となるギルバート・アンド・サリバンのレコード演奏が始まった。

屋敷の内にも外にも、二発目の銃声――今度は実弾で、ミスター・ペニントン・バークリーを至近距離から撃ったもの——を聞いた者がいないことからして、レコードの演奏中に発射されたのは明白と思われる。確証はないがね。何事によらず、確かだとはいえん。証拠に基づいてあえて推測するなら、最初のレコード演奏の間に発射されたのだろう」

「同感です」ドクター・フォーテスキューが、ニックと同じように立ち上がりながらいった。「出血量も時間的に一致します。しかし、わたしのせいでしょうか？」彼は迷惑そうなそぶりを見せた。「確かに、責任は大いにあるでしょう。ですが、ステレオ演奏に夢中になり、殺人未遂犯がその間を選んで発砲したからといって、責任を負わなければならないのですか？」

「いいや、そんなことはない」フェル博士は軽くぜいぜいいったあと、空の暖炉に葉巻を投げ捨てた。「その話を持ち出したのは、わしらの頭上を覆う曖昧さの雲を強調するためにすぎん。何が起こったのか、聞かせてもらえまいか？　わしらは、というよりエリオットは、図書室を調べた。要塞のようにがっちりと鍵がかかっているのを、とくと見せてもらったよ。そして二時間近くかけて、客間で目撃者諸君に質問し、わかりきっている事実を延々と論じた。今の状況さえはっきりすれば……」

「わたしの立場ははっきりしています」エリオットが割って入った。「実は、マエストロ、先ほどからずっとそのことをいおうとしていたのです」

エリオットは薄茶色の髪の頭を、頭突きでもするように低くしたが、威厳を取り戻して背筋を伸ばした。

「わたしに捜査の権限はありません。このお宅とも何ら関わりがない。黒い法服の幽霊に狙われたのか、別の何者かの仕業かはわかりませんが、ミスター・ペニントンが撃たれたとき、わたしは自分にできる唯一の手を打ちました。以前からよく知っている、サウサンプトン州警察のウィック警視に電話をかけたのです。その結果、どうなったと思います?

みなさんの耳にも入れておいたほうがいいでしょう。ウィックは夏風邪をひいて臥せっており、ほとんど口もきけない状態でした。ですが、遅くとも午後にはここへ来ると約束してくれました。それまで、頼りになる部下を半ダースほど寄越してもいい、というのです。しかし、実行するかといえば、しないでしょう。この上は彼が到着するまでわたしが代わりを務め、骨折り仕事をするしかありません。許可を得るのに、ロンドンの本庁へ電話しましたが、危うく許可が下りないところでしたよ。

さて、みなさん」エリオットは、大股で行きつ戻りつしながら続けた。「みなさんには、ウィックがなぜそんなにも意固地になるのかおわかりですか? わたしのせいではありません。フェル博士がここにいることが耳に入ったからです。何せマエストロは、この手の事件が三度の食事より好きときている。フェル博士とはかれこれ三十年のつき合いになります。ときに敬服したり、それにもましてのしったり。だがこの人には、特別な才能がある。警察の仕事に役立つことはそうないのですが、いざ必要となればかけがえのない能力です。もちろん、ありふれた犯罪では……」

「ありふれた犯罪では」ニック・バークリーが、霊感に打たれたように言葉を挟んだ。「まったく役に立たないんだろう。博士が勝利を収めるのは、百ある事件のうち最後のひとつ。お目にかかったのは今夜が初めてだが、噂はよく聞いていますよ。狙わずして獲物を仕留める寄り目の射手。真っ暗な海に送り込まれたそそっかしいダイバー。その特別な才能は、誰も理解できないおかしな事件においてのみ発揮されるというわけだ」

「ああ、アテネの執政官よ！」フェル博士がうめいた。

それから長々と鼻を鳴らし、胸を張って重々しく切り出した。

「いやはや」博士はニックに向かって、「きみにはまったく面食らうよ。その隠喩も、とうてい適切とはいいがたい。そりゃあ、わしのような体型の人間が飛び込み板の端でバランスを取るところを想像すれば、下の海はさぞかし暗く見えるだろう。確かに寄り目になることもしばしばで、やぶにらみになるのはいうまでもない。だがな」ぞっとさせる効果を上げるため、ここで博士は両の目を寄せてみせた。「わしの目がこんなふうに寄っているときは……」

「はい？」とエリオット。

「直感が働いているのだ」

「ほう？　それで今は、どのような直感が働いているのです？　この事件に光が見出せたとでも？」

「これだけはいえる」フェル博士は答えた。「すべてが闇に包まれているわけではなさそうだ、となる。たどるべき捜査の糸口はふたつあり、両方が、やがてある一点に収斂するはずだ。ひとつ目は、いわばピーター・パンの側面だよ」

「いわば、何ですって？」

「ピーター・パン、すなわち、大人になりたがらない、癪に障る子供の問題だ。ふたつ目は、これ以上わけのわからない言葉できみらを苛立たせないために、フック船長の側面とは呼ばないことにしよう。平たくいえば、この家にはあまりにも世間を知らない人物がいるということだ。一方、あまりにも世知に長け、要領のよすぎる人間もいる。このふたりに接点はあるだろうか？　わしらはすでに多くの情報を手にしているが、情報はもっと必要だ。今回は運よく被害者本人の証言を聞くことができる。遅かれ早かれ話ができるだろう。ペニントン・バークリーは命を取り止めたし、このまま生き永らえれば――」

「失礼ですが」デイドラ・バークリーがだしぬけにいった。「ただでさえ悪い状況を、さらに悪いようにいわなくてもいいのではありませんか！　『生き永らえれば』とは、どういう意味です？　夫は死にかけているわけではないんでしょう？　ドクター・フォーテスキューのお話では――」

「ミセス・バークリー、わたしは大いに望みがあるといいました」ドクター・フォーテスキューは、ますます迷惑そうに見えた。「しかしご存じの通り、こういったことは予断を許しません。しかるべき反応もありませんし。鎮静剤を投与しましたから、今は眠っておられるはずです」

「でも、みなさんが――」

「奥さま、どうか、そう心配なさらずに。十中八九、回復しますよ。フェル博士の真意は、ほかのところにあるようです」

「ほかのところ?」

「まったくかけ離れたところです」お抱え医師はきっぱりといった。「ミスター・バークリーは命を狙われたのです。リボルバーがもう少し上を狙っていたら、心臓を撃ち抜かれていたでしょう」

「おわかりでしょうが、ミセス・バークリー」エリオットが口を挟んだ。「われわれは、二度とこのようなことを許すわけにはいきません。ウィック警視の指示で、ご主人の寝室に警官の張り番をつけます。ミスター・バークリーが回復するか、何が起こったのかわれわれが把握するまで。この予防措置に同意していただけますか?」

「同意します! でも――」

「でも、何です?」

「よかれと思ってやったんです」デイドラは叫んだ。「わたし、何もかもお話ししました。今しがたの証言で、空包を買ってペンのリボルバーに入れておいたことも認めました。もう少しで命取りになるところだった、実弾での二度目の試み――あれが自殺ではなかったと断言できます?」

「なぜ自殺だとおっしゃるのです、ミセス・バークリー? 今夜のもっと早いうちなら、被害者が早まったことをする理由があったかもしれません。しかし、新たな相続人に会い、家を失うことはないと保証された今、自殺する理由はどこにもないではありませんか」

「ええ、わかっています! でも、よかれと思ってしたことなのに、何もかもが悪いほうへ向かっている気がして。まるで全部が全部、わたしのせいみたいに」

フェイ・ウォーダーがカードテーブルから立ち上がった。

「ねえ、ディー」彼女はいった。「あなたらしくないわ。今、理性を失っているのはあなたのほうよ。しっかりして。彼は空包で傷ついたんじゃない。実弾で怪我をしたのよ。それに、快方に向かっているのだから、くよくよ考えることはないわ、ディー。あなたのせいじゃない。そんなはずないでしょう?」

「ええ!」デイドラは肩をそびやかした。「本当に自分のせいだと思っているわけじゃないわ、フェイ。良心が感じるまま口にしただけ。ほかに質問はありますか、ミスター・エリオット? フェル博士、あなたは? なければ、もう休ませていただいていいかしら。大変な一日でしたから」

「そうでしょうね、ミセス・バークリー」エリオットが同意した。「これ以上お引き止めしません。フェル博士とわたしは、もう一度図書室を見せてもらいます。夜が明けたらまたお伺いしますので」

ドクター・エドワード・フォーテスキューも訴えた。

「用がお済みでしたら、副警視長、わたしも下がってよろしいですか？」

そういってエリオットに目をやると、相手はうなずいた。しなやかな手足の背の高い医師は、戸口に立っているデイドラのほうへよたよたと歩いていった。

「とにかく寝かせてもらいたい」彼は続けた。「フランスには、『眠っていれば腹は空かない（キ・ドール・ダイン）』ということわざがありましたね？　こんな状況では『眠っていれば忘れていられる（キ・ドール・ウーブリ）』と変えたほうがよさそうです」

「失礼だが」フェル博士が顔を上げて質した。「眠りに就き、大事な用を忘れ去ることが、今の状況に役立つとお考えかな？　それほど良心を悩ませることがあるのかね？」

「頭を悩ませることは多々ありますが、良心を悩ませることなどこれっぽっちもありません。どのみちわたしは、国民医療制度とは縁がないのです。しかし、熟睡するわけではありませんよ、ミセス・バークリー。朝までに何度か、患者の様子を見に来ます。では、おやすみなさい、奥さま。おやすみなさい、みなさん」

彼は会釈して立ち去った。デイドラはさまざまな感情に引き裂かれているかのように、ドアのあたりでためらっていた。

「お客さまの部屋ですが」彼女はいった。「ニック・バークリーは〈緑の間〉と覚えてください。忘れたときは、ニック、二階の裏手側の南東の角です。ミスター・アンダースンはその隣の〈赤の間〉、または〈判事の間〉と呼ばれる部屋になります。判事が誰かはもうご存じね。荷物は部屋に運んであります。ろくなおもてなしもできませんが、非常時ですからお許しください。ミスター・エリオット！　フェル博士！　使用人は休ませましたので、お帰りの際はご自由に。このあたりでは家に鍵などかけませんので。では、わたしは失礼します。行きましょう、フェイ」

「いや、申し訳ないのですが」口を開いたのはエリオットだった。「ミス・ウォーダー――ミス・ウォーダーでしたね？――には、しばらく残っていただきたいのです。お互い、話したいことがあるでしょうから。もう一度かけてもらえますか、ミス・ウォーダー？」

「ええ、そうしろとおっしゃるなら」フェイはいかにも誠実にいった。「でも、これ以上お役に立てるとは思えません。わたしがその場にいなかったのはご存じでしょう？　ロンドンへ本を買いに行っていたんです。サウサンプトンに用事があったので帰りが遅くなり、ここへ着いたのはあなたやフェル博士と同じ頃でした。ほかにどんなお話をすればいいんです？」

「とにかく、おかけください」

箱型の振り子時計が一時を打った。深夜の送電停止にでも遭ったように明かりが薄暗くなった気がしたのは、ガレットの思い過ごしだろう。だが、不吉なものとされる東風の音がさらに高まったのは、思い過ごしではなかった。

「さて、フェル博士と図書室内を捜索するのに」エリオットはガレットのほうを向いた。「友人のアンダースンも同行したいでしょう。あなたも来ますか、ミスター・バークリー？」

「行くに決まってる」ニックはいった。「この事件では、苛々と爪を嚙んだり、焼けた鉄板の上で踊らされたりする気分を味わわされているのだから。だが、真面目な話！　証人が犯行現場についてくるのを許すほど、この国の警察が寛大だとは知らなかった。人を見たら容疑者と思え、ではないのかな？」

「わたしはあらゆる人間を疑ってかかりますし、正直にそう認めていますよ」

「それで？」

「ただし、本気で疑っていない人物もいます。ガレット・アンダースンは前からの知り合いですし、空包だろうと実弾だろうと、あなたのおじさんを撃つ理由も考えられません。そしてもうひとり、容疑をかけられない人物がいる。あなたです。あなたにも、おじさんを撃つ動機はない。ですが、それが決め手ではありません。証拠の示す限り、おじさんがいつ撃たれたにしても、あなたはフェル博士とわたしと一緒にこの客間にいたのですから。アリバイを証明したければ、われわれに証言を頼みさえすればいい」

「待ってくれ、レストレード君。おれはアリバイを立証するのに誰かに頼ったりはしない。そんなものはどうでもいい！　おれがいいたかったのは――」

「図書室へ行くということですが」フェイが声を張りあげた。「わたしにも同行しろとおっしゃるんですか?」

「いいえ」エリオットは手帳を取り出した。「ミス・ウォーダー、気分を害されるようでしたら、来なくて結構です。ただし、遠くには行かないでくださいよ。呼べば聞こえるところにいてください」

「どうして?」

「あなたのためです。その件については、今にお話ししますから。では、マエストロ……」

「え、ああ?」

寄り目になって集中し、あえぎ、うめき、独り言をつぶやきながら、フェル博士は豚革の葉巻入れを取り出した。葉巻を抜くと端を嚙み切り、見事な弧を描いて暖炉へ吐き出す。それからまた、撞木形の握りのステッキで危なっかしくバランスを取りながら、のっしのっしとやってきた。

「こういうことかな、エリオット。わしの耳が確かなら、図書室へ行って殺人未遂事件の手がかりを『捜索する』といっておったようだが。結構。もうひとつ提案させてもらおうか」

「道理にかなったものでしたら。何です?」

「それが終わったら、殺人未遂のことは忘れようではないか。ミスター・バークリーがいみじくもいったように、殺人未遂事件などどうでもいい。そこから離れるのだ！　おまえさんは物事を正しい方向から見ようとばかりしておるな?」

「普通は、それが賢明なことでしょう」

「エリオット、この事件の場合は、そいつは疑わしい。正しい方向からひと通り調べたら、今度は間違った方向からじっくり眺めてみようじゃないか。そして、間違った方向からよくよく見れば」フェル博士は、低く重々しい声でいった。「わしらのやぶにらみの目にも、真実が見えてくるかもしれん。アテネの執政官よ！　図書室はどっちかね？」

12

四人――フェル博士、エリオット、ニック、ガレット――は、図書室の大きな書き物机の周りに集まった。ふたつのフロアスタンドが、机の横と左の窓の端から、交叉するように光を投げかけている。血はほとんどペニントン・バークリーの服に吸収されていたが、絨毯にも醜悪なしみが散っていた。机上の吸取紙には、開いたままの引き出しから取り出したがらくたに囲まれて、アイブズ＝グラント社製の二二口径リボルバーが載っていた。

手帳を持ったエリオットは、怒りを募らせている様子だった。

「被害者が死に至らなかったために」エリオットは説明した。「ウィック警視は十分な措置を講じませんでした。当然やっておくべき現場の写真撮影やスケッチ、専門家チームによる指紋採取などを。ああ、いかん！　すでにお節介を焼いていながら、またこれだ。たとえば、このリボルバーです。引き出しの瓶にあった〝灰色の粉〟を刷毛(はけ)で広げますから、結果をご覧ください。ほら、銃にはペニントン・バークリー本人の指紋しかありません」

ニック・バークリーは銃に手を伸ばしたが、すぐさま引っ込めた。「つまり、最初に現れた黒い法服の人物はナイロン製の手袋をしていたと、ペンおじさんがいったことを指しているのか？　そうなのか？」

「いいえ。この類の銃の握りは、素手で触っても汚れ程度にしか跡がつきません。かなり前にニューヨークで証明されたのですが、リボルバーやオートマチックの場合、銃身や弾倉を持たない限り指紋は残らないのです。利口な連中なら、そんなことはしないでしょう。さて！」

エリオットはニックをまじまじと見た。

「あなたは——ほかの方々も——おじさん自身が、以前たくさんの指紋を採取したと語ったといいました。それは事実でした。この引き出しには光沢加工されていないカードの束が入っており、それぞれスタンプ台を使って採った右手の指紋とおじさんが手書きしたラベルが貼ってあります。まったく」エリオットは、そのことを疑う者がいるとでもいいたげに噛みついた。

「これらは『タイムズ文芸余録』への寄稿の下書きと同じ筆跡で、夫人にも確認してもらいました。指紋カードの一枚は『わたし』、もう一枚は『ミス・ウォーダー』、もう一枚は『エステル』、あとの二枚は『フィリス』と『フィービー』です」

「それで？」ずいぶんと寄り目が解消されたフェル博士が、机を見て促した。

「『わたし』というラベルのカードには、両手の指紋が見られます。これと同じ指紋——ペニントン・バークリー本人のもの——は、リボルバーの弾倉や銃身の至るところに残っています。彼は四、五人が見ている前でこの銃に実弾を込め、机の上に置いて『サザン・イヴニング・エコー』紙をかぶせました。この部屋に入ることさえできれば、銃を取り被害者を撃つことは誰にでもできたわけです。ただし、本人が一時的な錯乱状態に陥り、自分に銃を向けた可能性もあります。確かにミセス・バークリーには、自殺の線は薄いと断言しました。しかし、今ある証拠だけで、そういいきれるでしょうか？」

「いいきれんな」とフェル博士。「自殺でないことはほぼ間違いない、としかいえん。指紋についていえば……」

「ああ、指紋ですか」エリオットが、ほとんど怒鳴り声でいった。「あたりはみなさんの指紋だらけですよ。わたしが指紋を調べた痕跡からおわかりでしょう。ですが、ミスター・バークリーもいった通り、何の証拠にもなりません。どのみち、大半はずいぶん古い指紋か、単なる汚れでした。右手の窓についているミス・エステル・バークリーの指紋——これははっきりしています——を除いて、この机以外で見つかった新しくて鮮明な指紋はひとつだけです。そこから、ある疑問が出てきます。左の窓を閉め、鍵をかけたのは誰なのか？」

「えっ？」

「あれほど大騒ぎになった窓を、誰が閉め、鍵をかけたのか、です。ご覧ください！」

問題の窓では、下の窓ガラスにニックの拳が突き破った大きな穴が、夜風に向かってぽっかり口を開けていた。片手に手帳、片手に拡大鏡を持ったエリオットは、床に散らばったガラスの破片を踏まないように近づき、拡大鏡で指し示した。

「これも（粉の跡が見えますか？）ペニントン・バークリーの指紋です。くっきりした鮮明な両手の跡――四本の指が上、親指が下――が、留め金を挟んで窓枠の中央についています。この家は掃除があまり行き届いていないようでして、粉を使わなくてもほこりで指紋がわかります。ペニントン・バークリーは、犯人に襲撃される前後に自ら窓を閉めたのでしょうか？　もしそうなら……」

「馬鹿馬鹿しい！」両の拳を振り上げて、ニックが異議を唱えた。「あんたのいうことは、まったく的外れだ。何でもかんでもごっちゃにしている。いいか、グレグスン君――」

「お待ちなさい！」エリオットが鋼（はがね）の自制心を発揮していった。「二時間以上にわたって、レストレードだのグレグスンだのアセルニー・ジョーンズ（いずれもシャーロック・ホームズシリーズに登場する警部）だのと呼ばれるのは一向に構いません。実際、この家の弁護士がブラックストンやサー・エドワード・コーク（一五五二―一六三四。英国の法学者）と呼ばれて喜ぶ以上には気に入っていると思いますよ。ですが、限度というものがあります、ミスター・バークリー。ユーモア感覚に流されて、自分を見失わないように」

「ユーモア感覚？」ニックがわめいた。「ユーモア感覚といったか？　何てこった、こっちは今までにないほど真剣だってのに」

「だったら、何がいいたいのです？」

「だから、いってるだろう！　わからないのか？」

「はあ？」

「ペンおじさんは窓を閉めたんじゃない。開けたんだ。指紋の残ってる場所に手を置いてね。おれたちがカーテンを開けて、窓が閉まり鍵がかかっているのを見つけてからのことだ。留め金に指紋はなかっただろう？」

「ええ。汚れだけでした」

「そう、ありっこないんだ！　留め金は拳の側面で外したのだから。全部その手帳に書いてあるだろう。ペンおじさんが窓を開けたのは、実弾が発射される前だ。おじさんがここで倒れているのを見つけたあと、客間でそう話したはずだ。よく確かめてくれ」

エリオットは手帳をパラパラとめくった。ガレット・アンダースンは、副警視長がニックの説明の要点を読み上げるのに、注意深く耳を傾けた。目撃者は客間で個別に事情聴取されたため、ガレットはニックの証言自体は聞いていないが、内容はそれ以前に図書室でニックが証言したことと寸分違わなかった。

「なるほど」エリオットがいった。「おじさんはゴム手袋を脱いでいたが、いつ脱いだかは覚えていなかった。彼は窓に駆け寄り、素手で開けた――ここにその証拠があります――その後、エシーおばさんには一切、手を触れさせなかった。そうですね？」

「とにかく、おれの印象はそうだ。何度いわせれば気が済むんだ？」

ガルガンチュアを彷彿（ほうふつ）させる、間の抜けた悩ましげな表情が、ギディオン・フェル博士の顔をよぎった。

「なあ、エリオット！」フェル博士は、ますます間の抜けた表情になった。「その指紋、やけにくっきりしていたのだな？　全然かすんでいなかったのではないか？　ほこりの上の汚れはどうだ？」

「そうなのです！　窓枠には、問題の指紋のかなり外側に手の跡があります。手袋をはめた手で触れたような跡が」

「もっと大きいのは見当たらんかね？　手袋をはめた手の跡より、ずっと大きな汚れが？　窓枠を拭った痕跡のようなものは？」

「そのようなものはありません。ご自分の目で確かめてください！」

フェル博士はのっしのっしとやってきて、拡大鏡を手にすると、近視の人がやるように窓に向かって目をしばたたいた。顔を上げたときには、悩ましげな表情がいっそう深まっていた。

「鮮明な指紋だ」博士は絞り出すような声でいった。「鮮明な指紋、厚く積もったほこり、しかるに、大きな汚れはひとつもない。おお主よ！　バッカスよ！　エリオット、ここからどんな結論が導き出されるか、わからんかね？」

「おわかりになったのですか？」エリオットは拡大鏡を奪い返した。「ありがたいことに、わたしにはさっぱりです。ただでさえひどい状況が、さらに悪化しかねませんからね」

「なぜ悪化しかねんのだ？」

「マエストロ、何者かが窓を閉め、鍵をかけたのですよ。手袋をした殺人未遂犯の仕業かもしれませんが、どうやって外から留め金を回したのでしょう？　実は、窓はこの件に関係ないのでしょうか？　自殺ではなく他殺だったとして、殺人犯が上下に差し錠のかかったドアを擦り抜けて、出たり入ったりしたのでしょうか？　これはもう、理性の手には負えない問題ですよ。このこんがらかった状況を、考えれば考えるほど……」

「いかんよ、エリオット！」

「何がです？」

「自ら深みにはまって、物事を混乱させてはいかん！　年を取って、ますます引退前のハドリー警視のような口のきき方をするようになったな」

「かもしれません。無理もないでしょう。今ならハドリーの気持ちがわかります。わけのわからないたわごとに、ひたすら耐えなければならなかったのですからね。さあ、結論を聞かせてくれるのですか、それとも、どうとでも取れるご神託に逃げますか？　もしも後者なら（わたしはそうだろうと思っていますが）、ほかに意見のある方は？　どうです、ミスター・バークリー？　アンダースン？」

　フェイのことを頭から締め出そうと部屋を行き来していたガレットは、南の壁に並んだ本棚のそばで立ち止まった。

「ぼくの頭に浮かんだ考えは、真面目に論じるにはいささか突飛で、とりとめがないので」

「突飛さでは、誰の意見もいい勝負です。遠慮しないで。どんな考えです？」

「どこかで聞いた話ですが、密室事件のほとんどは三つの説明のどれかに当てはまるそうです。時間が間違っていたか、場所が間違っていたか、被害者がひとりきりではなかったという可能性です。この事件では、時間の捉え方が間違っていたと考えてみたらどうでしょう」

「時間？」

「いつペニントン・バークリーが撃たれたか、です。実弾が彼の胸に当たったのが、たとえばぼくたちの考えている時刻より一時間早い十時だったとしたら？　彼は何らかの理由で、それを知られたくなかった。そこで（どうやったかは知りませんが）どうにか出血を隠した。そして歩き回り、みんなに話しかけ、長いこと経ってからついに倒れたというわけです。もちろん、突拍子もない説に聞こえるのは承知の上ですが……」

エリオットは見るからに、手帳を床に叩きつけたい衝動と戦っていた。

「突拍子もない説に聞こえる、ですか」彼は鋭くいい返した。「実際その通りです。あの血をみんな――ショックや怪我、その他もろもろひっくるめて――隠しておくのは、ドアや窓に細工するより不可能でしょう。ドアと窓に関わるトリックはこれまでにも解明してきましたが、もうひとつのほうは論外だ。あらゆる証拠から考えて、今の筋書きはありえません。被害者は十時四十分から十一時までの間に、スモーキング・ジャケットを着替えていることを思い出してください。至近距離から撃たれたときに着ていた、火薬の焦げ跡と血のついたジャケットは、今は彼の寝室にあります。それより前、あなたがたと話していたときに着ていた、蜂蜜の染み込んだジャケットは、ゴム手袋をポケットにねじ込んだ状態でクロークルームにかかっています。そして、弾が一発発射されたリボルバーは、目の前の机に置いてある。どう思われます、フェル博士？　ご神託をもっと並べますか、それともアンダースンの話はまったく馬鹿げていると、お認めになりますか？」

「馬鹿げてはいない」フェル博士はいった。「間違っているだけだ。そのようなことがなかったのは、わしも認めよう。あらゆることを考え合わせると、ペニントン・バークリーが死の淵へ追い込まれかけたのは十一時近くだ。だが、そのときほかに何が起こったか、諸君は考えてみたかね？」

「ほかに何が起こったか、ですって？」

「さよう！　わしは今まで——あえていわせてもらえば、不当に——たわごとだご神託だと非難されてきた。どう思われているかは知らんが、わしが諸君をできるだけ混乱させまいと努力していることだけは、どうか信じてほしい。そこでだ、エリオット、もういっぺんわしのいうことに耳を貸してくれ。午前零時頃、客間で目撃者の証言を取るかたわら、初めてこの図書室に来たろう。では、そのとき何を見たか振り返ってみよう！」

ようやく葉巻に火がつき、フェル博士は堂々とした足取りで図書室と客間を隔てるアルコーブへ向かった。ほかの三人が急いであとを追う。狭いクロークルームに通じるドアは大きく開け放たれたままで、中に明かりが点っている。フェル博士は激しい議論を挑むような顔を向けながら、ステッキで指した。

「エリオット、おまえさんのいう通り！……」

ガレットが前に見たときには閉じていた、金属製のロッカーの小さなドアが開いていた。空の二本のハンガーの横に、べったり蜂蜜がついたえび茶色のジャケットが、針金のハンガーにきちんとかけられていた。ガレットの視線はそこから洗面台、枕と毛布の置かれた長椅子へと移り、ロッカーに戻ってきた。

「エリオット、おまえさんのいう通り！」フェル博士は繰り返した。「ここには蜂蜜で汚れたジャケットがある。バークリーが客と話をしていた十時ちょっと過ぎから十時四十分まで着ていたものだ。二階には、やはりおまえさんが指摘した通り、弾丸の穴が開いた、焼け焦げて火薬の跡のついたジャケットがある。大変結構。ここまでは順調だ。さて、三着目のスモーキング・ジャケットはどうなった？」

「三着目のスモーキング・ジャケット？」

「ああ、そうとも！　証人はみな、バークリーがこの手のジャケットを三着持っていると語ったと口を揃えている。着ている一着と、ほかに二着だ。夫人にも確認した。よく似ているが、まったく同じものではないそうだ。このロッカーにしまってあるはずだが、この通り、空のハンガーが二本あるばかりだ。バークリー夫妻が意味のない嘘をついたと考えない限り、三着あったと信じるほかあるまい」

「いいでしょう。それは認めます。では、三着目のジャケットはどこにあるのです?」

「盗まれたのだ」

「盗まれた?」

「盗まれているのではないかと思っておったよ。頭をまともに働かせるのだ、エリオット」フェル博士は懇願するようにいった。「そして、手許にある証拠から見えてくる事件の様相を考えるのだ。


エステル・バークリー、ニック・バークリー、アンドリュー・ドーリッシュ、そしてドクター・フォーテスキューは、なぜか突然ここを追い出された。それが事実であることはみなが知っている。ペニントン・バークリーは両方のドアに差し錠をかけ、スモーキング・ジャケットを着替えた。これも事実だ。証拠から判断して、次に何が起こったか? その後の時間のどこかで、殺人未遂犯が図書室に入り、被害者を撃ち、ロッカーから三着目のスモーキング・ジャケットを盗み出すわずかな時間そこにとどまり、最終的に出ていった」

「ドアと窓に、今みたいに鍵をかけたままでですか?」

「ああ、そうだ。ただし、わしが『証拠から判断して』といういい回しを使ったことに注意してほしい。つまり、証拠がそう示しているとすれば、証拠そのものかわれわれの解釈の、どちらかに誤りがあるわけだ」

「いい加減にしてください、マエストロ。わざわざ念を押していただかなくても結構です!

たとえ精神科病棟直行になりそうな説でも、苦もなく受け入れましょう。しかし、それでどうなります？　今度は何を探せばいいのです？」

「幽霊さ」フェル博士が答えた。「もしくは、幽霊のふりをしている者だ。まあ待て！　今夜のことをいっているのではない。もっと前のことだ。一緒に来てくれんか」

火山の精さながら煙と火の粉を吐き出しながら、博士は通路へのドアにのっしのっしと近づき、差し錠にちらと目をやる間だけ立ち止まると、一行を引き連れて部屋を出た。それから四人は、西の突き当たりの細長い窓に通じる薄暗い廊下で、互いに顔を見合わせた。

「昔々」とフェル博士。「これまで耳にたこができるほど聞かされたろうが、世をすねた老判事がここを歩いていた。今世紀に入って、今夜までに三人の目撃者が、黒い法服に頭巾姿の人影を見たといっている。目撃者のひとりは、クローヴィス・バークリーだ。手の届かぬところへ行ってしまった老クローヴィスに話を聞くことはできんし、その出来事があったのもずいぶん前のことだ。だが、わしの理解では、アンドリュー・ドーリッシュが古い日誌をひもとき、幽霊がいつ現れたか教えると約束したはずだ」

「ああ」ニックが同意した。前にもまして募る興奮を抑えかねている様子だ。「そう約束した。し、その通りにするだろう。だが、過ぎ去った昔のことだ。橋の下を流れる川のようにね。今さらそんな古いことが、何かの役に立つのか？」

「過ぎ去ったことなど何もない」フェル博士はいった。「その流れは、今なおわれわれを呑み込もうと待ち構えている。そう、わしはきわめて重要だと考えている。きみ自身の口から出た、別の日付と関連してな。だが、クローヴィスのことはしばし忘れよう。最近になって――先代の死と二通目の遺言状発見に続く四月――エステル・バークリーと料理人のミセス・ティフィンが、やはり幽霊を見たと主張している。そのふたりからじかに話を聞けなかったのは、実に残念だ！　だがエリオット、おまえさんは、それは取るに足りないことで、間違った方向から物事を見ているると思っているのだろうな？」

「いいえ」エリオットはいい返した。「取るに足りないとも、間違った方向から見ているとも思いません。そのわけをお話ししましょう。

わたしたちがほしいのは、手の中で壊れてしまうことのない確たる証拠です。銃を撃ったのが誰なのか、手がかりがつかめるとは思えません。明日にはペニントン・バークリーに話が聞けるだろうと、ドクター・フォーテスキューは請け合ってくれましたが」

「だが、誰に殺されかけたか本人にもわからないとしたら？」

「わかることを祈るしかありません。そのときはそのときで、対処の仕方を考えましょう。その一方で……」

「あ、うん？　その一方で？」

「ご自分でおっしゃったじゃありませんか。フェル博士、あなたの話し方をお借りすれば、この事件でただひとつ確実なものは、幽霊だと思われます。黒い法服や頭巾を身につけた何者かが、この家の人たちを騒がせています。小道具は本物ですし、その何者かが身につけていたものは、この家にあるはずです。家の中をくまなく捜索し、それらを見つけたいのですが」

「捜索令状を取ってかね？」

「もちろん、令状を取ることはできます。昔ながらの警察のやり方です。しかし、相手は有力者です。早まって大騒ぎし、必要もないのに全員を敵に回して何の得になります？　お望みのものを賭けてもいいですが、朝になればペニントン・バークリーが家を捜索する許可を出してくれますよ。ところで、さっきの質問に答えるなら、少なくともひとつ手を打ってあります。ミセス・ティフィンは、とっくにベッドに入ったと思っておいででしょう。実は寝ていなかったのです。わたしは彼女とふたりきりで話しました。さてと、今度はわたしについてきていただけますか？」

　通路の向こうには、翼の南側の部屋に通じる三つのドアがあった。それぞれ音楽室、ビリヤード室、クローヴィス・バークリーが書斎として使っていた部屋だ。

　エリオットはそれらに見向きもせず、三人を従えて通路を東へ進み、屋敷の正面から奥にまでわたる真四角な中央ホールへ入っていった。据えられた家具は十九世紀初頭のもので、すすけたような肖像画が何枚か、鏡板を張った壁を飾っている。後方には巨大な階段がそびえていた。エリオットは、このホールにも長居しなかった。代わりに東へと延びる通路を身振りで示し、一行を導いた。

「いいですか？　屋敷の正面側は、反対の翼の居間と図書室に対応して、まずヴィクトリア朝風にモーニング・ルームと呼ばれている居間、そして食堂になっています。そこから通路を隔てて……」

ガレット・アンダースンはそちらを見た。

通路を隔てたところには、反対の翼の南側に三つの部屋があるのに対して二部屋しかなく、屋敷の裏手に通じる広い回廊に隔てられていた。エリオットが指差した。

「向かって左、一階の南東に当たる部屋は、かつて配膳室として使われていました。右の、中央ホールと隣り合っているのは家政婦室。聞くところでは、もう長いこと執事も家政婦も置いていないそうです。しかし家政婦室は今も料理人が使っていて、彼女はメイドに目を光らせる、いわば非公式の家政婦の役割を果たしています」エリオットは家政婦室のドアをノックし、声を張りあげた。「ミセス・ティフィン？　こちらへ出てきてもらえませんか？」

ドアのすぐ内側で聞いていたかのように、即座に初老の女がドアを開けた。小柄だが、とても太っていて、きわめて威厳のある雰囲気と、カタカタ鳴る義歯の持ち主だった。息を吹き上げるたびに白髪がふわりと舞う。

「はい？　お呼びになりました？」

「夜遅くに申し訳ありません、ミセス・ティフィン」

「ああ、構いませんよ！　お気になさらずに。それにしても、とっても素敵なケーキを焼いたのに、みなさんにお見せすることもできないなんて！」

「あなたは料理人ですね？」

「嘘はいいませんよ。料理人です。もっとも、ミスター・ペンにいわせれば、料理人には向いていないようですが」

「この家には長いのですか、ミセス・ティフィン？」

「今年で十八年になります。戦争が終わった頃、ここへ参りましたから。ミスター・クローヴィスは立派なお方でした！　わたしはミス・エステルの肩の荷を軽くしてさしあげたのと同じように、ミス・デイドラの肩の荷を軽くするお手伝いをしているんです」

「聞いたところでは、幽霊らしきものを目撃したのは、あなたとミス・バークリーだけだそうですが？」

「ミス・エステルが何を見たかは」再び義歯がカタカタいった。「わたしからは申し上げられません。この目で見たものにしたって、確信が持てないんですから。でも、ミス・エステルにお聞きになれば……」

「今夜は彼女をわずらわせたくないのです、ミセス・ティフィン。あまり長くお引き止めするつもりはありません。あなたに少しだけ質問し、ある若い女性と話をしたら――」

ニック・バークリーとガレット・アンダースンが、揃って飛び上がった。フェル博士ですら、わずかに驚きをあらわにした。夜のしじまの中、風に吹かれる木の葉のざわめきに交じって、誰かが低いかかとの靴で堅い木の階段を駆け下りてくる音が、はっきりと聞こえた。ガレットは右手の中央ホールとその向こうの西側の通路に目をやった。音楽室に通じるドアが大きく開いている。ガレットが砂糖菓子と呼んだフェイ・ウォーダーが、今やどこから見てもその通りの雰囲気で、ノブに手をかけてじっと立っていた。

だが、木を鳴らす音を立てているのはフェイではなかった。ホールの階段のほうから、エステル・バークリーが急いでやってくるのが視界に入ってきた。赤い髪を流れるようになびかせている。先ほどと同じ、部屋着にスラックス姿だったが、足にずっしりした室内履きを履いているのだけが違っていた。泣き腫らしたまぶたの奥で、目つきが鋭くなっている。

「聞いたわよ」エステルが叫んだ。「この耳で聞いたわよ、ミスター・エリオット！　質問があるなら、この場で訊いてちょうだい。大事な話がある若い女性って、いったい誰なの？　デイドラなんでしょう？　デイドラ以外に思いつかないんだけど？」

13

「聞いたわよ」エステルは繰り返した。あたりを睨みつけるような顔になっている。「あたしは早めに寝床に入ろうと、部屋に戻った。十一時過ぎに、ドクター・フォーテスキューがドアをノックして、気の毒なペンに何があったか教えてくれた。あたしは――ペンの様子を見ようとしたのに、そうさせてもらえなかった」

「まだ誰も面会できないのです、ミス・バークリー」エリオットはつい苛立ちをあらわにした。

「運がよければ、今日のうちに何もかも話してもらえるでしょう」

「どうすればいいのかわからなかった。あたしには霊感があって――霊感があることはいったかしら？――何かの役に立つんじゃないかと思った。でも、何をすればいいのかわからない。だから、部屋にいたり階段に坐ったりして、ずっとぐずぐずしていたの。そのうち、五分か十分前に、あなたがこの人たち（おや、ニッキー！）に話している声が聞こえた。そうしたらどう、親愛なるフェル博士が、あたしの話が聞けなくて残念だというじゃないの。

ミスター・エリオット、家の中を捜索したければ、どうぞやってちょうだい。ペンが許すかどうかはわからない。でも、許可ならあたしにだって出せるわ。この家の娘なんだもの。そうでしょう？　恐ろしいことだけど、誰かが幽霊のふりをしている証拠が見つかるかもしれない。だからといって、この家に本物の悪霊、本当の幽霊がいるという事実は少しも変わらないわ。あたしが見たのはそれだし、いつでもその話をする用意があるわ。でも、こっちの質問にも答えてちょうだい。若い女性と話があるといったのは誰のこと？　デイドラなんでしょう？」

「いいえ、マダム、ミセス・バークリーではありません。なぜミセス・バークリーだと思うのです？」

「ああ、教えてあげるわ」エステルは急いで続けた。「デイドラはいい子よ。あんないい子はいない。でも、ちょっと考えの足りないところがあるわね。出会う男のほとんどに自分がどんな影響を与えるか、考えたこともない。この世にまたとないほど時代遅れな堅物のアンドリュー・ドーリッシュでさえ、彼女にはひよこを連れた雌鳥さながらコッコと鳴いてみせる。兄さん――愛すべき、愚かなペン！――は、あの娘をひと目見たときから激しい恋に落ちてしまった。ペンがそんなふうになったのは、四十年近く前にメイヴィス・グレッグという女優に出会って、ブライトンの家に住まわせたとき以来よ。もちろんデイドラとのことは、それとはまったく別物だけど！」

「そうでしょうね、ミス・バークリー。あなたが力になりたいと思っていらっしゃることは、よくわかります。結局、何がいいたいんです？」

「ミスター・エリオット、ミスター・エリオット！　幽霊の問題を抜きにしても、ここで恐ろしいことが起こっているのよ。デイドラが——もちろん、当人には悪気もなければ自覚もないまま——結果的に誰かを煽って、これまでのことをやらせたってことはない？　どう思う、ミスター・エリオット？」

「あなたが何をおっしゃりたいのかよくわからない、としか申し上げられません」

「あら、何をいいたいかなんて、わかりっこないわ。あたしは物事を感じるの。理屈で考えたりはしないのよ」

「では、それについてはご自分でもよくわかっておられないようなので」エリオットは手帳を取り出した。「はっきりしているところからいきましょう。あなたとミセス・ティフィンは、幽霊を見たとおっしゃいましたね。それはいつのことですか、ミス・バークリー？」

「ええ、アニーとあたしは見たのよ」エステルは同意し、料理人に向かってうなずいた。「あなたが先におっしゃい、アニー。先に見たんだから」

「かしこまりました、ミス・エステル」

ミセス・ティフィンは、息をするたびに白髪を頭の周りに舞い上がらせながらも、威厳たっぷりに肩をすくめてエリオットを見上げた。

「ミスター・クローヴィスは、三月十八日に亡くなられました。気短なところはありましたが、たいそう立派なお方でした！　みなさんが話題にしている新しい遺言状は、それからひと月と経たずに見つかったのですが、正確にいつのことだったかは覚えていません」

「あなたの記憶を補わせてちょうだい、アニー」エステルも、大いに威厳を発揮しながら立っていた。「補足書なしでニッキーにすべてを遺すという新しい遺言状は、四月十日の金曜日に見つかったのよ」

「ああ！」息を吸い込んだミセス・ティフィンの義歯がカタカタ鳴った。「これで、いつそれを見たのかお話しできます。それからちょうど一週間後ですから、十七日の夜です。はっきり申し上げられます——なぜかって？　なぜなら、翌日の土曜日に、ミスター・ペンの誕生会が控えていたからです。

もちろん」ミセス・ティフィンは、訂正するようにつけ加えた。「ミスター・ペンの誕生日は十九日です。でも、ケーキを出したりするのは、いつも誕生日前夜の十一時なのです。それで金曜の夜は、土曜の朝に焼くケーキのことで頭を悩ませていたわけです。

わたしは考えました。『ミスター・ペンのお気に召すものを作ろう。ココナッツの衣のケーキがお好きだから、それにしようか』とか。でも、ココナッツの衣のケーキは誕生日にふさわしいとは思えませんでした。蠟燭立てを刺すのも骨だし、衣にメッセージを書くことができませんから。わたしはいつだってミスター・ペンを喜ばせたいと思っているんです。本人はそう思っていらっしゃらないようですが。わたしが古くからの使用人なのをいいことに、口答えしたり、好物を出さなかったりするとお考えなのです。でもわたしは、旦那さまを喜ばせるにはどうしたらいいだろうと考えていました。

その晩は眠れませんでした。わたしの寝室は最上階で、フィリスとフィービーの部屋の隣になります。わたしはまんじりともしませんでした。ときどきそんなことがあるんです。夜中の十二時か、十二時半過ぎでしょうか、下へ行って厨房の様子を見ようと思い立ちました――ただ見るだけです――それに食堂も。そうすれば、自分の心も決まるんじゃないかと思って。さて、聞いてください！　あなたさまも！」

まずエリオットに、続いてフェル博士にうなずくと、ミセス・ティフィンはさっと手を伸ばして回廊を指した。配膳室を左、家政婦室を右に、家の裏手に当たる南へと延びている。回廊を照らすのは、一同が立っている通路の明かりだけだ。突き当たりにはカーテンのない開き窓があり、ぼやけた半月の端が覗いている。回廊はそこからさらに左右に分かれていた。

「おわかりですか？」ミセス・ティフィンがきっぱりといった。「突き当たりを左に曲がれば、上の階に通じる裏階段のある通路と厨房のドア、それと今見ているドアとは別の、配膳室に通じるドアがあります。右に曲がれば、中央ホールの裏側に出ます。それはさておき！　さっき申しました通り、わたしはここへ下りてきました……」

エリオットが彼女の目を捉えた。「それは、午前零時から零時半のことですね？」

「覚えている限りでは。それより細かくはいえません！」

「気にしなくて結構ですよ。十分です。それで、どうなりました？」

「明かりはひとつもついていませんでしたし、わたしもつけませんでした。明かりがいらないほど、この屋敷のことはよく知っていますから。いずれにしても、ペン型ライトを持っていましたし、月も明るかったので」

「なるほど。続けてください！」

ミセス・ティフィンはぐいと頭をそらした。

「ええ！　わたしはしばらく、考えごとなどして厨房にいました。それからこの回廊へ出て、食堂に向かいましたが、ライトは一度か二度しかつけませんでした。食堂にいたのはほんの二、三分です。そこで心が決まったんです。ココナッツのケーキはやめて、普通の白い砂糖衣のケーキに赤い文字で『誕生日おめでとう』と書こう、それがいいと思いました。それからこの回廊に戻ってきましたが、そのときライトはまったく必要ありませんでした。あの突き当たりの窓から、今よりずっと明るい月の光が射していましたから。わたしは裏階段を使って最上階へ向かおうとしました。すると、回廊の端に、見えたんです……」

「幽霊が見えたのね？」エステルが訊いた。「はっきりおっしゃい、アニー！　それがこの世のものではなかったとしても――どんなに馬鹿にされたって、いることは事実なんだから――恐れずに話すのよ」

「神さまが見ておられますから、ミス・エステル、本当のことしかいえません！」

「ああ、アニー！……」

「ミス・エステル」料理人が叫んだ。「それは長くて黒い法服を着て、目の部分に穴の開いた頭巾をかぶった男の人のようでした。回廊の突き当たり近く、家政婦室の右手の壁のそばに立っていて、横からの月明かりは顔には当たっていませんでした。それは、横目でこっちを見ました。

次に、それは家政婦室の壁のほうへ向きを変えました。わたしは少し離れた、回廊が始まるあたりにいました。すると、それが鏡板に溶け込んで消えたように見えました。いかにも幽霊らしく。とにかくそう思ったんです……」

「『思った』？」エステルが金切り声でいった。「思った、というだけ？　ああ、アニー、アニー！　ほかにいいようはないの？」

「はい、ミス・エステル、ありません」ミセス・ティフィンも大声でいい返した。「なぜかって？　あれは男の人のようだったからです。生身の人間でした。頭巾に開いた穴に射し込んだ月明かりが、右目を照らし出したんです。それに、壁を通り抜けたわけでもありません。壁ぎりぎりのところで右に曲がり、通路に沿って中央ホールに向かっただけのことです。それを見誤ったのでしょう。わたしにいえるのはそれだけです。

聞いてください！」彼女はエリオットに訴えた。「あなたさまも！」今度はフェル博士に。「それがどんなものだったかとお尋ねになりたいんでしょう。法服の人物は背が高く、痩せているようでした。でも、わたしは背が低い上に少々体重がありすぎるので、ほとんどの人はそう見えるんです。話はそんなところですが、もう下がってもよろしいでしょうか？」

「ええ、結構です」エリオットはほっと息をついた。「それで、そいつは生身の人間だったのですね？　必要となったら証言してくれますか？」

「おやまあ！　しろといわれれば証言しますが、そんなことがないよう願いますよ。それと、辞めろだの辞めるだのいう話は散々ありましたけど、ミスター・ペンにお払い箱にされない限り、ここを出ていくつもりはありません。何が起こっているかは知りませんが、あれは人間の、しかも悪意を持った人間の仕業です。そいつは、この哀れなアニーのことなんかどうでもいいのでしょう。それはわかってます。でも実際にそういうことが起こって、映画やテレビで頭がいっぱいの若い娘ふたりの面倒まで見なきゃならないなんて、本当に理不尽だこと！　では、おやすみなさい、みなさん。おやすみなさい、ミス・エステル。おやすみなさい」

彼女は威厳を引きずりながら回廊を左折し、裏階段へ向かった。エステル・バークリーは全身を震わせながら一同のほうを向いた。

「まったく残念だわ。あなたたちは、揃いも揃ってペリシテ人のような俗物ね！　少なくともフェル博士だけは、あたしの味方だと思っていたのに！」

葉巻を吸い終えたフェル博士は、かすかにまばたきをしながら灰皿を探していたが、結局、吸い殻をポケットに入れることで妥協した。

「わしもペリシテ人なのだろうな、マダム。彼らが造った沿岸五都市の中でもより抜きの。だが、力になろうとしていることはわかってもらいたい。何を見たのかね？」

「何かが、あの配膳室に入っていくところよ」

「配膳室に幽霊が?」ニック・バークリーが、大げさな身振りとともに繰り返した。「いいですか、エシーおばさん――」

「ああ、わかってるわよ！　笑いたいだけ笑えばいい。笑い飛ばすのは簡単だものね」

「マダム」フェル博士がいった。「わしは笑わんよ」

エステルは、左手の部屋の閉じたドアを指した。

「一九一八年にトゥルーブラッドが戦争に行ってから執事を置くのをやめて、愛するお父さまは配膳室を閉め切りにするようおっしゃったの。必要な物を取りに行くときとか、年に一度の清掃とペンキ塗りのとき以外は、鍵をかけておくとね。そうでもしないと中に人が入って、明かりをつけっぱなしにしたり、蛇口を開けっぱなしにしたりするということだった。何につけても恐ろしく気前のいい方だったけれど、そういう小さな節約はなさってたのよ。もちろん、始まりはよく覚えていない。まだ九歳だったんだから。でも、きっかけはそんなことで、お母さまも賛成だった。それで、あの部屋は開かずの間になった」

「それでも、聞いたところでは、ずっと閉め切りになっていたわけではない」フェル博士は考え込みながらいった。「必要なときには入れるのだから。して、どのように施錠しているのかね?」

「ああ、それは！……」

「失礼ながら、マダム、どのように施錠しているのかな？」

「それは！　一階の部屋のドアの鍵は共通なの。なくなった鍵もたくさんあるけど、代わりを作ったことは一度もない。残った鍵のどれを使ってもドアは開くんだから」

鼻の上に斜めに載った眼鏡の奥で、フェル博士は明らかに上の空の様子であたりに目をさまよわせた。東側の通路を少し行った食堂のドアが、闇に向かって半分ほど開いていた。鍵穴には鍵が差さっている。フェル博士はいいわけするように騒々しく鼻を鳴らしながら、のっしのっしとドアに近づき、鍵を抜いた。鍵を手に引き返すと、今度は配膳室へ向かい、しばし精神を集中してから鍵を鍵穴に差し込んだ。ドアがさっと開き、奥にはさらに深い闇が広がっていた。

「こんなふうにかな？」博士が訊いた。

エステルはたじろいだ。

「気をつけて！」ニックにすり寄りながら懇願する。「あたしのいうことなんか耳に入らないんでしょうね。みんなそう。でも、頼むから気をつけてちょうだい！　真夜中のこんな物騒な時間に、何が待ち伏せしてるかわかったものじゃないんだから」

「何かが待ち伏せしていれば、ミス・バークリー」エリオットの良識ある声が割って入った。「わたしたちで逃げ道をふさいでやりますよ。さあ、何をいつ見たのか、続きを話してください」

「あれは」エステルの息遣いが荒くなっている。「四月下旬の木曜日、確か二十三日だった。使用人が三人とも休みを取っていたから、木曜日だったのは間違いない。その夜あたしが出せるように、アニーが冷菜の夕食を用意してくれた。でも、まだ夜にはなっていなかった。夕方六時頃のことで、激しい雷雨が降っていた。

あたしは厨房で、ビタミンBを摂るためにおやつを食べた。それからこの回廊を通って引き返し、ちょうど通路に足を踏み入れたとき、あたりの空気が氷のように冷たくなったの。お天気のせいだといわれるかもしれないけど、そうは思えない。雨は東端の細長い窓に激しく吹きつけていた。西を向いて音楽室へ行こうとしたとき、雨の中、窓の外で大きな稲妻が光り、あたしは思わず振り返った。何かが出そうだと、虫が知らせたの。

すると、それが、配膳室のドアの横に立っていた。頭巾と目がこっちを向いた。雷のショックも覚めやらぬうちに、それは法服の下から手を伸ばして、指をまるで鉤爪のように――こんなふうに――してこっちへ向けて、突然襲いかかってきた。

そのときあたしが感じた邪悪な空気は、あなたたちには決して感じられないでしょうね。そいつに捕まっても、あたしは身動きひとつできなかったと思うわ。もう少しで気を失うところだった。でも、そいつはあたしを捕まえなかった。動きを止めて、ドアに向き直った。すると、いつも鍵がかかっているはずで、実際に鍵のかかっていたドアが、指で触れただけで開いたの。そして、そいつは中に入り、ドアを閉めた」

「お待ちください、ミス・バークリー！」エリオットが遮った。「なぜ、ドアに鍵がかかっていたとわかるのです？」

「だって、いつもかかっているからよ！　そういったでしょう」

「しかし……いえ、何でもありません。それからどうなりました？」

「一分ほど経って、ようやく気分の悪さが消えて体も自由になったので、あたしはすぐに動いた。中央の階段を駆け上がり、自分の部屋へ逃げ込んだ。坐り込むと、また具合が悪くなってきた。あたしが見たのがサー・ホレース・ワイルドフェアその人なのはわかってる。ずっと昔、夕暮れ時に庭から入ってくるのをお父さまが見たのと同じ。家の人たちを騒がせたくはなかった――いつものように別々の部屋にいたものの、全員が揃っていた。その一方で、配膳室に鍵がかかっているか確かめなくちゃいけないと思った。勇気を絞り出すのに三十分くらいかかったけど、何とか奮い起こして、もう一度こっそり下りていったの。ドアはふたつとも――このドアも、厨房に通じる裏のドアも――いつものように鍵がかかっていた」

「マダム」フェル博士は穏やかに、「それは確かかな？」

「確かか、ですって？　そういじめないでちょうだい！　何がいいたいの？」

「幽霊が入っていったドアに鍵がかかっていたのは確かかな？　その日の午後は、使用人を除いて家族全員が家にいた。ただし、みな別々の部屋にいたということだったが？」

「そうよ！　ペンは図書室にいたし、デイドラはお風呂、ミス・ウォーダーは自室でタイプを打ち、ドクター・フォーテスキューはステレオでレコードを聴いていた。それが？」

「たとえば、あんたが厨房へ行ったことを誰かが知ったとしよう」フェル博士は、やはり穏やかに続けた。「そいつは、あんたが回廊を通って戻ると考えた。そして、今さっきわしがやったように別のドアから鍵を抜き、目の前にある配膳室のドアを開錠した。そいつは、あんたを怖がらせるという、愉快とはいいがたいいたずらのために、法服や頭巾、そのほか必要なものを身につけた。あんたを待ち伏せし、ひとくさり喜劇を演じたあと、ドアに鍵をかけて去った。エリオットの質問も、その可能性を示唆していたが、実際そうだったというのに五ポンド賭けてもいい。人間の邪心が背後にあるとほのめかしたのは、ミセス・ティフィンだけではない。人間の邪心というものは信じていないのかな、ミス・バークリー？」

エステルは博士に食ってかかった。

「あら、もちろん、人間には邪心があるわ。感じることもできる。前にもいったでしょう、いつだって感じるのよ。今も存在してる。いいわ、フェル博士！　ミスター・エリオットも！　あたしのいった通り、家の中を調べてちょうだい。全面的に許可するから。さっきもいったけど、法服や頭巾が見つかったとしても、このあたりに自然を超えたものが存在しないという証拠にはならない。けれども、誰かがよこしまな心を持っていることはわかるでしょう。よこしまな心の持ち主がどこにいるかさえ、わかるかもしれない。それで思い出したわ。

何の話をしていたんだっけ？　ああ、そう、女よ――ずいぶん気を遣って『ある若い女性』

なんていってたけど——その話とやらの相手は誰なの？　気の毒なデイドラなんでしょう。いつものように間違っているといわれても、デイドラだと断言してもいい。ああ、そうよ！　デイドラでなければ、きっと——」

エステルは不意に言葉を切った。ガレットが振り向くと、フェイ・ウォーダーがすぐそばにいた。ほんの一瞬だが、信じられないことにフェイの姿を見失っていた。エステルの独演会に気を取られている間に、ビリヤード室から来たに違いない。真っ青な顔で、顎をきっと上げ、唇を震わせながら、フェイは触れそうなほど近くにいた。エステルは彼女を一瞥したきり、二度とそちらを見なかった。

「さて、ミスター・エリオット、今度はあたしがおやすみをいう番よ。あなたは警察官なんだから、仕事を進めてちょうだい！　朝には何か新しいことがわかるでしょう。でも、ここに何があったとかなかったとか、教えてくれるまでもないわ。自分の知っていることくらいわかるもの！」

エステルは、抑えのきかない夢遊病者よろしく、さっと走り去った。室内履きが中央ホールの硬材の床をカタカタ鳴らし、中央の階段を上っていく。その音がやむと、自分だけの世界に入っていたニック・バークリーがわれに返った。

「エシーおばさんなら、自分の知っていることは自分でわかっているだろうさ。誰にも訊かれちゃいないが、おれの場合は、知っているのは自分が無知だということだけだ。なあ、副警視長！……」

「はい？」

「幽霊が二度出現したことについては説明がついた。ペンおじさんは簡単に説明がつくといったが、その通りだ。しかし、あの密室をどう説明する？」

「今のところは、ミスター・バークリー、見当もつきませんね」

「あの部屋には今も鍵がかかっているんだろう？」

「しっかり施錠してありますよ。フェル博士が、自分の謎めいたつぶやきに関して、多少なりとも手がかりを与えてくれるまでは、ね……」

「エリオット」フェル博士の声が轟いた。薄暗い光が眼鏡に反射し、前よりずっと冷酷そうに見える。「わしの謎めいたつぶやきについては、すぐにも詳しく説明してやろう。だが、差し支えなければ今は避けたい。なぜ今ではいかんのか、それにはきわめて強固な理由がある。おわかりかな？」

「わかりませんね」ニックがいった。「わかろうとする気がないだけかもしれないが。とにかく、パーティはお開きだ。こっちも失礼しますよ。何より、新鮮な空気が吸いたくてたまらない。そのあとで寝るとしよう。では、またお目にかかりましょう――ぜひともね」

肩を怒らせ、顎をこわばらせて、ニックは堂々と去っていった。配膳室と家政婦室の間に集まった一団から離れ、中央ホールを横切り、西側の通路を大股で歩く。通路の端のヴィクトリア朝様式の上げ下げ窓は、今も大きく開け放たれていた。ニックはカーテンの片端を上げ、頭をひょいとかがめて窓の外に出すと、姿を消した。

　階上のどこかで、重々しい時計の音が二時を告げた。フェイがダークブルーの目を上げて、

「ミスター・エリオット、陳腐ない回しでよければ、本当にパーティはお開きになったの？　ここにいる誰かに、ほかにいいたいことはないのですか？」

　エリオットは、しばらく考え込んだ。

「ミス・ウォーダー、あなたはわたしたちと一緒に図書室へ来ませんでしたね。そこを調べている間、フェル博士がわたしたちの注意をクロークルームに向けました。しかし、マエストロとわたしが図書室にお邪魔したのは、そのときが初めてではなかったのです」

「はあ？」

「最初は午前零時頃で、そのときクロークルームを徹底的に調べました。フェル博士は膝をついて長椅子の下を眺めただけでしたが。絨毯のほかには何もなかったそうです。二度目に四人で行ったときには、長椅子の下を見ようともしませんでした。博士がそこに何があると考えていたのか、ぜひとも知りたいものです」

　フェイは当惑したようなそぶりを見せた。

「だったら、なぜわたしを見ているの？」彼女は叫んだ。「わたしはクロークルームにはいなかったわ。図書室にも。ドアから先へは足を踏み入れていません。ミスター・バークリーが襲

われた件で知っているのは、あなたから聞いたことだけです。わたしでは何の役にも立てないのに、どうしてそんなふうにじっと見るの?」

「それは」エリオットは答えた。「ひとつ、ささいなことをはっきりさせたいからです」

「まあ、何でしょう?」

「ミス・ウォーダー、あなたが今使っている名前が、合法的なものであることは間違いありません。同時にあなたは、一九六二年十月、サマセット州バーンストウのミスター・ジャスティン・メイヒューがバルビツール酸塩の過剰服用で亡くなった当時、彼の秘書をしていたミス・フェイ・サットンですね。わたしがそのことを知らなかったとお思いですか?」

冷ややかな沈黙が流れ、ガレット・アンダースンは耳の後ろを殴られたような衝撃を受けた。こんなことになるのではないかと今までひどく恐れてはいたが、いざ現実になってみると、受け入れるのは容易ではなかった。

「どうです、ミス・ウォーダー? わたしが知らなかったとお思いですか?」

「そうね、あなたに知られるんじゃないかと思っていたわ。それで、今度はどうしようというの? ただの〝お話〟? それとも、いわゆる〝尋問〟に近いのかしら? わたしを隅に追いつめて、音を上げるまで攻め立てるのね。ミスター・メイヒューを毒殺したらしいが、ミスター・バークリーは撃ち殺したのか、さっさと吐いて楽になったらどうだ? そういいたいんでしょう?」

「いいえ、違います」エリオットがいった。「ミス・バークリーが考えているようなお話では ありませんし、ましてあなたが考えている尋問などでは決してありません。実のところ、あなたを安心させたいのです」

「安心させたい?」

「いいですか、あなたがジャスティン・メイヒューの死と何の関係もないことはわかっています。ハーネッド警部(覚えていますか?)は、メイヒュー老人があなたの部屋から催眠薬の瓶を盗むのを目撃したという家政婦の証言を取っています。彼の死が自殺であることは確定しました。といっても、サマセット州警察から『ご心配なく、あなたの容疑は晴れました』という手紙が送られてくることは期待できません。しかし、こういう事情ですから、わたしの口から伝えることはできます」

「でも――」

「落ち着いて、ミス・ウォーダー! ずいぶん興奮しているようですね。無理もないことですが、よい知らせを悪く取ってはいけません。職務上、嫌な役目を果たさなくてはならないことが多々あるので、それとは反対のことをする機会を心待ちにしていたのです」

「騙されているのでなければいいけれど」フェイがささやいた。「ああ、心からそう願うわ! これが策略で、容疑者を泳がせておくだけのことだとしたら……」

フェル博士は真面目くさったコール大王のようにすっくと立ち、フェイの頭上で元気づけるようながなり声をあげた。

「ミス・ウォーダー、策略でも罠でもないことはわしが保証する。どうか信じてほしい。エリオットとはすでに話し合った。あんたは男を死に追いやる、たちの悪い奸婦ではない。誰もそんなことを思っとりゃせんよ。ちょっと考えれば、自分がこの事件にどう関わっているのか、そもそもどうして巻き込まれることになったのかがわかるだろう。そんなわけで、エリオットとわしに話を聞かせてくれれば……」

「今のを聞いた、ガレット？　博士が何といったかを」

「ああ、聞いたよ」

「特に情報があったわけではないが」フェル博士は、フェイの視線を追いながら、「われらが友アンダースンも、この件に関心がありそうだな」

「ぼくがどれほど深い関心を抱いているか」ガレットは思いきり演説口調で切り出した。「それを教えられるのはフェイだけです。一年前、ぼくがパリで彼女にいったのは――」

「やめて、ガレット、お願い！」フェイの目に涙が光った。「おふたりはわたしと話がしたいといっているのよ。内々にね。わたしもそれが一番だと思う。この人たちと話がしたいの。フェル博士を怖いと思ったことはないし、今ではミスター・エリオットも怖くないわ。だから、話をしているときに、あなたはそばにいないで。ニックを追って、ガレット。外の芝生にいてちょうだい。解放されたらすぐに追いかけるわ。いいでしょう、ガレット？」

「きみが本気でいうなら……」

「ええ、本気よ！　自分が馬鹿なのはわかっているけれど、あなたが早くどこかに行ってくれないと、わけのわからないことを口走ってしまいそう！　でも本当に、いいほうへ向かっていると思わない？　まるで……」

「できないことは何もないみたいに？　その通りだ。庭にいるよ。誰かが幽霊に化けているのに出くわしたら、絞め殺して点を稼いでやる。とにかく――元気を出して。追い風が近づいている。われは桃源郷にありだ」

ガレットはニックを追って東の通路から西の通路へと歩き、突き当たりの開いた窓を目指した。肩越しに最後に見たフェイは、金色の髪を輝かせ、涙を頬に伝わらせていた。彼は頭をかがめて窓をくぐり、何事にも興味のなさそうな夜のただ中へ出ていった。

ガレットは深呼吸した。

月は相変わらず、この世のものとは思えない乳白色の光を放ちながら、次第に沈もうとしていた。風はやんでいた。ずっと下のほうで、小石の浜にひたひたと寄せては返す波の音がする。ガレットは刈り込んだ芝生の上をぶらぶらと歩き、ぼんやり見えている十二フィートほどのイチイの生垣と、今ではほとんど凶々（まがまが）しさの感じられない庭に近づいた。

フェイの感情を自分なりに理解できたと思うと、安堵でめまいがするほどだった。フェイの疑惑は晴れたとフェル博士はいった。もう何も心配ない。

チェス盤のように小径が交錯している庭の主要な道は四本で、それぞれ東西南北からまっすぐ中央に延びている。ガラスが割れ明かりが洩れている図書室の窓に面した道から庭に入ったガレットは、庭の真ん中に、日時計を中央に据えた四角い広場があったという、おぼろげな記憶につきまとわれていた。

足許の草も、両側の生垣も、夜露に濡れて光っていた。だがガレットはそれにも、ほかの何事にも気づかなかった。庭の中心へと足を速める。夢見心地で。

もう何も恐れることはない。もはやぼくは、この事件と個人的な関わりはなく、それは友人の誰にとっても同じだ。〈悪魔のひじ〉での出来事は、ひとつの問題として捉えることができた——混乱し、醜く、状況や感情がもつれ合う問題——しかし、純粋な学術的問題で、彼には何ら……。

庭の中心に差しかかったガレットは、不意に立ち止まった。

「ああ！」女の叫び声がした。

風雨にさらされた灰色の石造りの日時計があった。男と女、ふたりの人物が、日時計のかたわらに立っている。ふたりは情熱的な抱擁を交わしていたので、女のほうがなぜ振り向いたのか、ガレットには見当もつかなかった。だが、実際に彼女は振り向き、この世のものならぬ月光の下、口をぽっかりと黒く開けた。そして悲鳴をあげた。男の腕を振りほどき、南のほうへ逃げていく。男はニック・バークリー。女はデイドラだった。

ガレットは走り去る彼女のすすり泣きを聞いた。それから身じろぎもせず、ニックを見た。

「おや、こいつは驚いた」ニックはいった。

14

月明かりの下、黒と銀に彩られた湿った庭で、どちらかが口をきくまでにたっぷり二十秒は経っていた。

「なあ！」ニックが口を開いた。「なあ、聞いてくれ！」

ニックの力強い声は、緊張と戸惑いで、いつもの張りを失っていた。手を挙げて自分の黒髪に滑らせたものの、肘が引きつり、破れかぶれにも弱々しくも見えた。

「変に思うだろうが」ニックはいった。「決して変なことじゃないんだ。もしかして、おまえは……」

「いろいろ考え合わせれば、とうの昔にわかっているべきだった」

「いろいろ？　どういう意味だ？」

「たとえば、今夜ブロッケンハースト駅で会うまでデイドラと一面識もなかったふりを、まだ続けるつもりか？」

「いいや！　くそっ、もちろん、そんなふりはしない！　ずっと打ち明けるつもりだったんだ！」

「きみのエシーおばさんは」ガレットはいった。「とりとめのない話の中に、役立つ情報を交えてくれることがある。ぼくはデイドラの夏の海外旅行のことを考えていた。一九六一年にスイスに滞在し、『その前の年』には北アフリカへ行っている。一般的には、北アフリカといえばエジプトのことじゃない。エジプトならエジプトというからね。普通はモロッコとかそのあたりを指す。まさしく六〇年の夏、きみはモロッコにいた。そこで彼女と出会ったんじゃないか?」

「そうだ。たまたまふたりともタンジールのミンザ・ホテルに泊まっていて、おれは彼女が何者かを知った。だが――」

ニックは前に出た。背の高いイチイの生垣に囲まれ、外界から隔絶されたふたりは、相手の問題だけでなく自分の問題にも向き合っていた。

「ニック、それから何度、彼女と会った? 浮ついた好奇心で訊くんじゃない。それが緑樹館の事件に重要な関わりを持っているかもしれないからだ。それから何度デイドラと会った?」

「あいにく、夏が来るたびに会っている。六一年はルツェルン、六二年はベニス、そして去年は、デイドラが学生時代の友達を訪ねる約束をしていたので、ローマで会う手はずを調えた」

「いいぞ、ニック、それで辻褄が合う。きみがローマで面白おかしく過ごしていた頃、ぼくはフェイに説き伏せられて……」

「面白おかしくとはどういう意味だ? いいか、ガレット!」ニックはすっかり興奮していた。

「おまえにわかってもらおうとは思わない。だが、これは安っぽい色恋沙汰でも、薄汚い密通でもない。一生に一度あるかないかの大いなる愛、魂の愛なんだ。とはいえ、多少気を悪くしたとしても仕方がない。そっちは何もかも打ち明けたのに、おれのほうは説明すべきことを隠していたと思っているだろうからな」

「ニック、説明すべきことなんかない。昔も今もね。だが、そうむきになってごまかすことはなかったじゃないか」

「ごまかす?」

「ああ。ウォータールー駅で列車に乗り込む直前、きみはおじさんの妻がブロンドだと思い込んでいるふりをした。そうとも、ぼくにはお見通しだ! そのあとエシーおばさんが実際に送ってきたカラー写真をわざとらしく引き合いに出して、嘘の上塗りをした。だが、どれほどうまくやっても、ごまかしには変わりない」

「ガレット、ほかにどうすればよかったんだ?」

「自分のしたことが正しいと思い込んでいるうちは何ともいえないな。その前にはテスピス・クラブで、『謎の女たち』——複数形の女たち——が『束の間現れ、元からいなかったかのように消える』という話をしただろう。ぼくはそれでフェイのことを思い出した。間違いなく、きみの頭にはデイドラがあったんだろう。なのに、ぼくは気づかなかった!」

ニックは月明かりの下で、踊るようなしぐさを見せた。

「何度もいうが、ガレット、おまえはちっともわかっていない。デイドラとおれが四年もの間、お互いに抱きつづけている思いは……ありふれたものじゃない。まったく違うんだ。くそっ、いいか、神聖なものなんだよ！　ふんぞり返った預言者みたいにじろじろ見るのはやめてくれ。何とかいえよ」

「預言者の助言がほしいのか？」

「役に立つものなら」

「いいだろう。今の独演会から判断するに、きみが夢中になったのは、ありふれた、昔ながらのセックスにすぎない」

「セックス？」ニックが不愉快そうに叫んだ。「セックスだと？　もう一度そんな口をきいてみろ。友達であろうがなかろうが、ためらいなくぶん殴ってやる。デイドラとおれは――おれたちには一度もそんなことはなかった！　そうしたかったが、一度もないんだ。何が悪い？」

「まあ聞け！　ガレットおじさんのありがたいお言葉を。悪いことなんかあるものか。ただし、真剣になりすぎないことだ。セックスを楽しみ、神からの授かり物を享受すればいい。だが、バランスを忘れるな。まっとうで健全な生理的衝動を、ヴィクトリア朝の小説から出てきたようなロマンティックな大恋愛に拡大しないことだ」

「あとひとことでもいってみろ」ニックは怒鳴った。「おれは――」彼はふと口をつぐんだ。痙攣（けいれん）に似たものが顔をよぎり、もう一度ダンスのステップを見せる。「待てよ！　前にどこかで、こんな話をしなかったか？」

「ああ。水曜の夜、テスピス・クラブでね。言葉はおおむね同じだが、お説教を垂れていたのはきみ、聞き役はぼくだった。いざ自分の身に起こると、また違うだろう？」

ニックの怒りが消えた。しばし考え込む。やがて庭の中央の四角い広場を大股で横切り、また大股で戻ってきた。

「まずいな」ニックがいった。「確かにバランス感覚というものを欠いていた。このへんで改めなくては。とにかく、いいたいことをいえばいいし、信じたいことを信じればいい。だが、デイドラとおれは本気なんだ。そのことだけは信じてくれるか？」

「ああ、きみが心からそう思うなら」

「思っているさ。デイドラも。ふたりとも、頭がおかしくなりそうなほど夢中なんだ。問題は、どうすればいいかだ」

「そのことなら、もう自分でほのめかしているじゃないか」

「ほのめかしているって？」

「テスピス・クラブで、まだ恋愛の話など出ていないとき、きみはペンおじさんから正当な遺産を横取りする気はさらさらないと話していた。『愛する緑樹館を取り上げることはできない。たとえ――』きみの言葉はそこで途切れた。『たとえ』のあとには、こう続けるつもりだったんだろう。『その妻を、何が何でも奪うつもりだとしても』」

「ほかにどんな解決法がある?」

「わからない」

「こんなことを続けてはいられない」ニックは拳を振り上げた。「もう耐えられない。いたずらに人生をめちゃめちゃにするだけだ。おれはデイドラと結婚したいと思っているし、そうするつもりだ。遅かれ早かれ、本心を明かさなくてはならない。最初にここへ来て、ペンおじさんがまったくの偶然からラッキンバーの若殿を引き合いに出したとき、おれは対抗できると思った。だが、無理だとわかった。死にたくなったよ」

「なあ、ニック」ガレットは思いやり深く、「大いなる愛は、たいていのことは許してくれるだろう。だが、そんなやり方はどうかな」

「意味がわからないな。やり方って?」

「打ち明け方のことさ。あの引用に別の落ちをつけて、こんなふうに知らせればよかったんじゃないか?」

おお、汝、平和のために来(きた)れりか、はたまた争いのために来れりか?
それとも、われらの婚礼に踊りに来れりか、ラッキンバーの若殿よ?
われは平和のために参りしが、愛の味方を得てよりは
おじ君ペンの花嫁とともに意気揚々と騎乗せん

「そいつはひどい」ニックがぴしゃりといった。

「すまない。気を悪くさせるつもりはなかった。とにかく、おじさんにどう受け取られるか、考えてみたのか?」

「それもひどいいわれ方だな。ペンおじさんのこと以外、何も考えていないといってもいいくらいなのに。デイドラもそうだ。おまえも気づいているだろうが、彼女は良心の塊だ。おれからおじさんに打ち明けるしかない。ほかにどんな手がある? 悪くは取られないはずだ。仮に悪く取られても、真実を明らかにしなければならない。恋愛ってものがわかっていないのか? おまえ自身の大いなる愛は、どうなってるんだ?」

「さあ、どうだろうな」

ニックは煙草の箱を取り出した。ふたりは決闘者が剣を取るように煙草を抜いた。ニックがライターで火をつける。炎が、彼の生気を失った目と、その奥にある虚しさを照らし出した。だがしばらくすると、熱っぽい調子を取り戻した。

「聖書に誓ってもいいが」ニックは激情に駆られて、「デイドラとおれの清らかな関係ときたら、まるで……まるで……とにかく、誓って、まったく清らかなんだ! おまえに同じことがいえるか? 魅力的なブロンドのフェイと再会して、同じことがいえるか? おまえが断言したように、何の罪もない、薔薇色の恋だと誓えるか?」

「それには、わたしからお答えするわ」フェイの声がした。

薄明かりが彼女の顔に影を落とし、体にまとった青と白のドレスの輪郭を際立たせていた。それがなければ、濡れた草の上を音もなく歩き、イチイの並木道の東にぼんやりと現れた姿は、幽霊のように見えた。

ニックが振り向き、その拍子に煙草の火が明滅した。

「聞いていたのか？」

「聞かずにはいられなかったわ、ミスター・バークリー。家じゅうの人を起こしかねない大声だったもの。では、さっきの質問にお答えしましょう。答えはノーよ。あなたとデイドラを基準にすれば、わたしとガレットの関係は、とうてい清らかとはいえないわ。これからもそんなふうに続けていきたいけれど。でも、ここではだめ。ああ、ここではだめなの！　わたしたちが恐怖から解放されて、頭巾に隠された顔が誰のものかを知るまでは。こんなことをいうなんて、きっとわたしは恥知らずな、はしたない女なんでしょうね。でも今は、そばにいるだけで彼に迷惑をかけることはないのだから、構わないわ！」

「なあ、ミス・ウォーダー！　ガレットには内緒のつもりで話したんだからな」

「わたしが内緒にしないと思っているの？　わたしは自分の悩みで手いっぱいよ。それを良心と呼びたければ、好きにして。ミスター・バークリー、わたしがあれほど逃げ回っていたのは、二年前、殺人と思われた事件に巻き込まれたからなの。実際は殺人ではなかったけれど。もう容疑は晴れたわ。今夜の出来事に関係がないのと同じように。デイドラやあなたのことを話す気は少しもないかもしれないわ。でも、自分は自由だという素晴らしい事実で頭がいっぱいなのは仕方ないでしょう」

「こっちは自由じゃない」ニックが鋭くいった。「一分一秒ごとに、すべてが悪いほうへ向かい、こんがらかっていく。とにかく、お互い秘密は守ることにしよう。いいね？　じゃあ、今度こそ本当におやすみをいおう。きみとガレットもそうしたほうがいい。眠れるかどうかは疑問だがね。えい、くそっ、どうして何もかもが、こんなにもつれ合うんだ？」

ニックは物思いにふけりつつ、煙草の煙を深く吸いながら、生垣に挟まれた東の道を大股で去っていった。ガレットはその姿が見えなくなるまで待った。

「フェイ……」

「ニックがいったことを聞かなかったの？　わたしがいったことは？　彼のいう通りよ。本当におやすみをいわなくちゃ。ひどい気分だわ、ガレット」

「理由はさまざまだが、みんなそうさ。そういえば、あの邪魔者たちから新しいニュースはあったかい？　フェル博士とエリオットのことだけど……」

「あの人たちは帰ったわ。十分ほど前に」

「そうか。きみがふたりに話すといっていた、ぼくに聞かせられない話というのは？」

「ああ、ガレット！　わたしの話はどうでもいいの。わたしがふたりに話したことは、ビリヤード室であなたに伝えたのと同じよ。話というのは、フェル博士の意見だったの」

「それで、博士は何だって？」

「わたしにはちっとも理解できなかった。ほとんどの時間、博士はまったく上の空で、間が抜けているようにすら見えた。そんな状態でいながら、意味不明なことや、さもなければ真実をずばりと衝くことをいい出すの」

「それがいつもの癖なんだ、フェイ。たとえばどんなことをいっていた？」

「そうね、わたし、ずっと前にデイドラがしようとしていたことを話したわ。ミスター・メイヒューが亡くなった件で、わたしがまだ警察につきまとわれているのかを突き止めて、ウィック警視に相談しようとしたことを。ミスター・エリオットが『しかし、われわれの知る限り、彼女はウィックに相談してはいないようですが』というと、フェル博士は『そうだ。それにミセス・バークリーの性格を考えても、決して相談しないだろう。だが、どんなことならしたと思う？』と問い返し、自分で答えるのよ。高射砲のような声でね。『どうやらわかったぞ。これで決定的になった……』って。何が決定的になったというの？」

「ぼくに訊かないでくれ。例によって意味不明な台詞じゃないかな。ほかに、はっきりしたことはいわなかったかい？」

「そうね、博士のいいたいことを、わたしが理解しているとすれば！」

「というと？」

「フェル博士はこういったの。『エリオット、人殺しをするのに、おまえさんなら銃を使うかね？ 現行の法律を思えば使いっこない。刺殺、毒殺、絞殺、とにかく射殺以外の手を使うだろう。捕まっても最悪で終身刑、つまり十数年で出られるからな。射殺なら死刑だ。こいつは間一髪、神の思し召しで未遂に終わった殺人だったのだ』」

ガレットのそばに寄るにつれ、幽霊じみたところがすっかり消えたフェイが、真剣そのものの目で見上げた。

「『そんな恐ろしい危険を冒すには』とフェル博士はいったわ。『文句のつけようがない自殺に見せかけ、つまらぬ追及を逃れるか、あるいはどこかから――どこかから？』『どこかからスケープゴートを見つけてこなければなりません』とエリオット副警視長が続けた。『そして、そう、このお嬢さんがスケープゴートにされていたのです』。わたしのことよ、ガレット。わたしのことをそういったの」

「もちろんそうだ。だが、それがどういう意味かを考えるには、時間が遅すぎる……」

「わかってる、ふさわしくないというのね？ もう家に入るわ。お願いだから一緒に来ないで。いいたいことがわかる？」

「ああ、わかるよ」

「たっぷり五分待ってから来て。家を見れば、わたしが一階の明かりを全部消したのがわかるでしょう。これを持って」フェイは懐中電灯を彼の手に押しつけた。「自分で二階まで行って。

どの部屋か覚えてる?」

「南東の突き当たりの部屋の隣だと、デイドラがいっていた」

「階段を上りきったら、懐中電灯はいらなくなるでしょう。わたしの部屋へ行く前に、あなたの部屋の明かりをつけておくわ。話はそれだけよ、ガレット。夜が明けたら、また会いましょう。何より、お互い途中で幽霊に出くわさないことを祈りましょう!」

彼女はそういうと、混乱に満ちた間を置いて立ち去った。

庭は肌寒くなってきた。雨交じりの風が、折り返しに差しかかった夜にささやいている。煙草を捨てたガレットは、もう一本に火をつけようとしたが、結局やめた。五分後、あるいは五分後と見積もったところで、ガレットは明かりの消えた屋敷へ戻った。

二階へ行く途中で幽霊に出くわす? まさか。だが、それでも……。

彼は大きな窓から通路に足を踏み入れた。窓を閉め、鍵をかける。長い通路を歩き、中央ホールと階段を目指すうちに、前方から密やかな足音が確かに聞こえてきた。懐中電灯の光をさっと向けたが、何もない。想像の産物か、それとも深夜の徘徊者が逃げていったのか。嫌な想像がガレットの頭と全身を駆けめぐった。胸騒ぎがやまない。

階段を上り終えると、右側の少し開いたドアから、光の筋が斜めに細く伸びていた。そこが自分の部屋なのだろう。フェイは部屋の明かりをつけておくという約束を守っていた。長衣を着た人影がドアの前から彼に近づいてきた。ガウンを着たドクター・フォーテスキューだったが、ガレットは一瞬、口から心臓が飛び出すかと思った。

「失礼」ドクター・フォーテスキューがすまなそうにいった。「話があって来たのです。明かりがついているのに、いらっしゃらないもので。ちょっとおつき合い願えますか？」

「ええ。どうしたんです？」

「ミスター・バークリー、ミスター・ペニントン・バークリーのことです」

「具合はどうですか」

「なかなか眠ってくれませんでね。鎮静剤もあまり効かず、目を開けて、話をするといって聞かないときがあります。『犯人は誰です？　誰に撃たれたんです？』と訊いたのですが、参考になりそうな返事はありませんでした。『わからない』というばかりで」

「今、ぼくがあなたを前にしているよりも近くで殺人者と向き合ったのに、わからないと？」

「わたしはあの方がいった通りに伝えているだけです。意識の混濁があるようで、『腕が顔にかかっていて、かぶり物が違った』とか『あのかぶり物は妙だった』などと口走っていました。そして今度は、あなたに会いたいというのです」

「ぼくに？　まさか！　ほとんど面識もないのに――」

「それでも、会いたいというのです。一緒に来てもらえますか？」

「ドクター・フォーテスキュー、それは賢明なことでしょうか？」

「いいや、そうではないでしょう。ごく短時間で切り上げてください。しかし、状況が許せば、患者に調子を合わせるのもいいかもしれません。こっちです」

薄れゆく月明かりが、西の突き当たりの窓から通路に注いでいた。その明かりと、ガレットの懐中電灯の光を頼りに、ドクター・フォーテスキューは屋敷の前面に位置する続き部屋にガレットを案内した。正面玄関の真上に当たる、中央の散らかった着替え室に入る。ドクター・フォーテスキューは、ささやき声と手振りで、東側の部屋はデイドラ・バークリーの、西側のは夫の部屋だと知らせた。ふたりは着替え室を左へ曲がり、あるじの寝室へ向かった。

新聞紙を幾重にも巻いて明かりを抑えたスタンドが、隅の鏡台に置いてあった。西の壁のドアが、暗い浴室に向かって開いている。彫刻をほどこした支柱が天蓋を支える巨大なベッドで、ペニントン・バークリーが低い枕に頭をもたせて横たわっていた。やつれた顔の中で前にもまして鼻が大きく見え、上質な羽根布団の上に出した両腕には蛇のような静脈が浮いている。彼は目を閉じていた。眠っているのだと思ってガレットが引き返そうとすると、聞き覚えのある声がうつろに響いてきた。

「芝居の準備だ」その声は誰に話しかけるでもなく、それでいてすべての人間に向けられていた。「芝居の準備だ、芝居の……ああ、来てくれたか！」

彼は目を開けていた。落ちくぼんだ、うつろな、濃い茶色の目が、天蓋の影の下でくるりと動いた。鈍そうな巡査がヘルメットを膝に、正面の窓のそばの椅子に腰かけていたが、声を聞いて背筋を伸ばした。ドクター・フォーテスキューが、ベッドの反対側へよたよたと歩いていく。

「いいですか」医師はいった。「回復のためには……」

「眠って、あれこれ悩むのをやめろといいたいのだろう？　誰かさんの考えそうなことだ。まあ待て、ネッド！　そう焦るな！　まだぼやけてはいるが、形を取りつつある。誰が引き金を引いたのか、もうすぐ思い出すだろう。まだ確信が持てないのは、ひょっとしたら、あまりにも信じがたい真相だからかもしれない。ところで、ネッド、わたしの剃刀を全部隠したのはどういうわけだ？」

「いいですか――」とドクター・フォーテスキュー。

「おまえの仕業だろう？」ペニントンは身じろぎし、起き上がろうとしながら、「父の亡き今、折畳み式の剃刀で髭を剃っているのは、この世でわたしくらいだ。おまえはそれを隠した。わたしは始終うとうとしているわけではない。見たのだ。わたしが自分をリボルバーで撃ち、仕上げに喉を掻き切るとでも思ったんだろう？　それに」彼の目つきと声が急に変わった。「あのドアのそばに立っているのは、ガレット・アンダースンではないか？　ガレット・アンダースンだな？」

「そうです、ミスター・バークリー」ガレットは一歩前へ出た。「ぼくに会いたいとおっしゃるのは、理由があってのことですか？」

「今は頭が混乱している。それでも、きみは誠実な人だと思っている。本当に誠実な人なら、誠実な伝記作家なら、この家の人間と長くつき合わないほうがいい。ギリシアの哲学者ディオゲネスすら狂気に追い込むようなやつらで、ほとんどが嘘と愚行の常習犯だ。そして、わたし(メア・クルパ)の罪は」力強い声がさらに高まった。「この家でも最低の大馬鹿者であることだ。それに、魔女のこともある」

「何ですって？」

「想像力のある男なら、魔女、妖女、妖婦といった、ひとつの肉体にすべての要素を具えた女を生涯かけて探し求めるものだ。わたしは見つけたと思った。それが本当なら、幸せのあまり死んでもいい。だが――誰にわかる？　確かなことが誰にいえよう？　きみは自分の魔女を見つけようとしたことはあるか？」

「ええ」

「見つけたか？」

「そう思います」

「誰かは知らないが、そうなのだろう。他人の夢を否定することもあるまい？　だがそろそろ、鎮静剤が効いてくる頃合いだ。おやすみ、わが友よ。女妖術師とともに歩むがいい。そうすればいい夢が訪れるだろう。わたしのところにも訪れることを心から願っている。おやすみ」

ガレットが見たのがいい夢だったかどうか、あとになってみると何ともいえなかった。覚えていなかったのだ。与えられた部屋は、デイドラが〈赤の間〉あるいは〈判事の間〉と呼んでいた割には、エドワード朝の栄華の退屈な名残しか感じられなかった。心身ともに疲れきっていたガレットはすぐにベッドに入り、翌日の土曜日は遅くまで寝ていた。

正確には、午前十一時を回るまで目を覚まさなかった。雨が窓を伝って流れ落ちていた。ガレットは隣り合った浴室で手早く入浴し、髭を剃って十一時半には階下に下りた。きらびやかな食堂では、サイドボードに飾られていた銀食器の代わりに、ぐつぐつ煮えた保温プレートの食事が置かれ、ニックがひとりで食べていた。その姿を見たとたん、ガレットの不安がぶり返した。

「どんな調子だ、ニック？　今朝のおじさんの容態は」

「思わしくないとドクター・フォーテスキューはいっていた。どうも、興奮しているみたいだ……だが、考えていたのはそのことじゃない。今日は地獄の釜の蓋が開いたみたいな騒ぎだ」

「どういうことだ？」

「エリオットとフェル博士が来ているんだ。エリオットは幽霊の法服と頭巾を探し回っている。フェル博士はペンおじさんに話を聞いているが、めぼしい収穫はないようだ」ニックは行儀の悪い態度でコーヒーを飲んだ。「朝食を腹に入れておけよ。ソーセージとスクランブルエッグだ。デイドラがベントレーを貸してくれた。一時間ほどしたら、おれとライミントンへ行くんだ。フェル博士も一緒に」

「ライミントン?　どうしてライミントンへ?」

「いいか、ガレット!　今朝、おれは老ブラックストー——いや、マコーリー卿——いや、アンディ・ドーリッシュに電話をして、何があったか知らせたんだ。ちょうどあっちにも驚くことがあって、電話するところだったそうだ」

「どんなことで?」

「古い日誌を見て、幽霊が最初にクローヴィスの前に現れた日付がわかった。だが、それは本題じゃない。そんなことがわかったって、天地がひっくり返る騒ぎになるはずがない。ゆうべ彼が書類の束を持ち帰ったのを覚えているだろう?」

「ああ、それが?」

「いいか」ニックがいった。「また別の遺言状が見つかったんだ」

15

激しい雨が霧のように揺らめきながら、ライミントン川のほとりを見下ろす丘の上の美しい町に叩きつけていた。橋を渡って出入りするには、六ペンス払わなければならない。運転席にニック、その隣にガレット、そして後部座席のほとんどを占めるフェル博士を乗せたベントレーは滑るように走り、橋や踏切を渡った。車は川に沿って左へ曲がり、本通りの急勾配をまっすぐ上っていく。雨が降っても降らなくても、両車線とも蜒々と渋滞の続く道である。土曜日ともなると市が立つため、町じゅう八月の祝日を迎えたような騒がしさだった。

「わしが話していたパブだが――」フェル博士が歌うようにいった。

「パブなんてどうでもいい」ニックが、目の前に次々と現れる商店を見ながらいう。「悪いが、ガルガンチュアどの、パブもビールもお預けだ！　ところで、目的地はどこなんだ？」

「住所のメモがある」ガレットは紙片を見た。「サウサンプトン・ロード十八Aと、十八Bだ。そこへ行ったことは？　サウサンプトン・ロードは知ってるか？」

「ああ、昔よく行った。うろ覚えだが、サウサンプトン・ロードへは、本通りを上りきって右折するはずだ。ブラックストン親子は十八Aを事務所に、十八Bを住居にしている。その逆だったかな、とにかく一軒家だ」

「ドーリッシュが何といっていたか、もう少し詳しく教えてくれないか!……」

「これ以上はいえない。おれも聞いていないんだ。厄介事が持ち上がったとしか知らない。昼食なんかで外出していなければいいが。大変だ、時間を見てくれ」

出発には手間取った。〈悪魔のひじ〉から二マイルと離れていないブラックフィールド村に、フェル博士は早くも自分にぴったりのパブを見つけていて、そこで打ち合わせをするといって聞かず、急かされるまで腰を上げなかったのだ。ようやく緑樹館のガレージ——手前に停まっていたモーリス・ミニはエステルの車だと誰かがいった——からニックがベントレーを出し、滑りやすい道路を目的地へと飛ばした。

本通りの渋滞を抜けたところで教会の時計を見ると、一時半になっていた。ヨット遊びの中心地で、隠退した金持ち連中の天国でもあるライミントンは、賑やかでありつつどこか陰気な場所に感じられた。交通量が多い割に、やはり陰気な印象のサウサンプトン・ロードに面して、ふたつの玄関を持つ白い石造りの、殺風景な建物が見えてきた。シャベル帽と、テントのように大きい透明防水布のレインコートを身につけたフェル博士は車を降り、右側のドアの脇にはまった真鍮のプレートをステッキで指し示した。それからサミュエル・ジョンソン風の大げさな物いいで、先に立って玄関を通り、家具の少ない薄暗い待合室に入った。

「お入りになるならこちらですよ」アンドリュー・ドーリッシュの居丈高な声がした。

通りに面した窓がふたつある短い廊下が、待合室から事務所に続いている。事務所のドアの左側では、青くて丈の長い薄手のレインコートが、廊下のコート掛けからしずくを垂らしていた。右側には廊下の壁に沿って背の低い組立式の書棚が並び、そのガラス扉は緑樹館の図書室のどこよりもほこりにまみれていた。ミスター・ドーリッシュ本人は、口をへの字に曲げ、事務所の入口に立っていた。

「よく来てくれました、ニコラス。ご足労いただき恐縮です」

「とんでもない。それに、遅れて悪かった。昼食を食いっぱぐれたんじゃないか?」

「こんな大事なときに、昼食どころではありません。ところで――部外者をお連れのようですが」

「部外者じゃないさ。友人であり、協力者でもある。ふたりとも会ったことがあるはずだし、今回はおれの達ての願いで来てくれたんだ。別に問題ないだろう?」

「あなたがそういうなら、仕方ありません」弁護士の声は、まぎれもない怒りの響きを帯びていた。「とはいえ、みなさん、これから見聞きすることはすべて内密に願いますよ。フェル博士、あなたは警察と正式なつながりはなさそうですが?」

「ああ」フェル博士は答えた。「お察しの通りだ」

「お入りください、みなさん」

ミスター・ドーリッシュは、手振りで三人を招き入れた。地味ながら素朴な居心地のよさが感じられ、贅沢な雰囲気すら漂っている。マントルピースの上に掛けられたゴルフの優勝記念品は、磨き込まれた銀の飾り板で、アンドリュー・ドーリッシュの名が刻まれていた。ほかの記念品は磨き込まれたガラス扉の本棚の上に置かれ、証書の箱を並べた棚が後方に並んでいる。通りに面した窓に側面を向けた弁護士の平机には、ひと束の書類が載っていた。ガレットの想像通り、ミスター・ドーリッシュが緑樹館から持ってきたものだ。

室内にはたくさんの椅子があったが、腰を下ろす者はいなかった。弁護士は机の後ろで肩を怒らせ、書類の束から封を切った長封筒を抜き取った。ニックはやや気色ばんで、机の向こうから彼を見る。

「それで、弁護士どの、どういうことだ?」

「これです」相手は険しい顔で、掌に載せた封筒を量った。「ですが、電話で手短に聞いた衝撃的な知らせを考えれば、ほかのことはしばし放っておくしかありません。ミスター・バークリーは――」

「ペンおじさんは無事だ」

「『かろうじて』無事だとあなたはおっしゃいました。フェル博士、あなたにお尋ねします。疑問の余地はないのですか?……」

「あれが殺人未遂だということにか?」ぜいぜい息をしながらステッキで身を支え、フェル博士が歌うようにいった。「わしの考えでは疑問の余地はない。ほかの者たちはそれほど確信が持てずにいるようだが。フォーテスキューは自殺未遂ではないかと疑い、エリオットも疑惑を抱いておる。バークリー自身、襲われたと断言してはいるが、誰に襲われたかはいえないか、いおうとしない。彼の心臓は自分で思っているほど悪くない。でなければ、今頃は死んでいた。それでも大きなショックだったに違いない。あと少し証拠が手に入れば——」

「ああ、まことに結構」ニックが憤慨して遮った。「おれほどペンおじさんのことを心配している者はいない」再び弁護士に向き直る。「これまでの出来事では足りないとばかりに持ち上がった、新しい厄介事というのは何なんだ？ 別の遺言状がどうとか？」

「遺言状ではありません」ミスター・ドーリッシュは長封筒から、折り畳んだフールスキャップ紙を取り出した。文字がびっしり書かれている。「今ある遺言状への補足書です。みなさん、わたしは途方に暮れています。今度ばかりはすっかり途方に暮れています。しかし、すでに策は講じました」

「策だって？」

「今朝わたしは」ミスター・ドーリッシュは、廊下でしずくを垂らしているレインコートを示した。「ブロッケンハーストへ行ってきました。百年にわたり、バークリー家はブロッケンハーストのシティ・アンド・プロヴィンシャル銀行に財務を委託し、わたしの助言と指導の下、今もそれを続けています。支店長のミスター・エイカーズは、アマチュアの筆跡研究家にとどまらず、筆跡学の権威として知られる人物です。そこで、わたしの疑惑を一掃するか、あるいは裏づけを得るために……ちょっとお待ちを！　お客さまのようです」

彼は不意に話をやめ、窓から外を覗いた。その視線をニックとガレットが追う。モーリス・ミニが、こんな雨の日にしては速すぎるスピードで、本通りのほうからサウサンプトン・ロードへ曲がってきた。車体がかしぎ、スリップして、停まっていたベントレーの後部に突っ込むのをすんでのところで免れると、今度はずるずる滑って二十フィートほど先の縁石で停まった。モーリスの中からよろめき出たのは、乱れた身なりのエステル・バークリーだった。苦心して傘を開き、やっとのことで舗道を渡って家へやってくる。

「いわせてもらえば」ニックがわめいた。「事態はますます悪くなっている。いったいどういうことだ、ブラックストン？　どうしてエシーおばさんがここへ来るんだ？」

「わたしがお呼びしたのです。ニコラス、もうすぐあなたにも、わたしの苦しい立場がわかっていただけるでしょう。わたしだってこんなことはしたくない。けれども、選択の余地はないのです」

説明を続ける暇はなかった。玄関のドアが開き、ばたんと閉まる。エステルが派手な帽子にドレス姿で、傘を閉じようと難儀しながら廊下を進み、事務所に飛び込んできた。

「さてと」部屋の隅に傘を放り投げながら切り出す。「喜んで来たわよ、アンドリュー。あたしのいった通りだったでしょう？　あの書類の中から重要なものが見つかったのね？」

ミスター・ドーリッシュは暖炉の上の銀の飾り板に目をやってから、かたわらの本棚に視線を移した。それから、机の横にあった椅子を押しやった。

「エステル、あなたの直感は気味が悪いほど当たりますね。それについて検討しましょう。おかけください」

エステルは気取った所作で椅子に身を投げ出したが、視線は一点を見据えていた。あとの四人は立ったままだ。

「ここに」ミスター・ドーリッシュはフールスキャップ紙を広げながら続けた。「今は亡き、あなたのお父上の遺言状に対する、遺言補足書と称する文書があります。財産処分については、ほぼそのまま踏襲されており、相続人も甥のままです。しかし、重要な補足があります」

「補足？」

「補足あるいは修正。それが、遺言補足書という言葉の意味です。変則的に作成されるものですが、疑いようのない本物であれば、もちろん効力を発します。『ときとして顧みられず、軽んじられてきた愛する娘、エステル・フェントン・バークリーには、いかなる税および不動産に対する賦課金を伴わずして、総額一万ポンドを遺贈する』」

「お父さまが忘れないでいてくれたなんて、ほ、本当に嬉しいわ。それ以外は納得がいかないけど。『称する』って！『疑いようのない本物であれば』って、どういう意味？」

「そう、それです。なぜこんなことをなさったのです？」

「何を？」

「なぜこんな書類を偽造して、わたしに必ず見つかるようにほかの書類にまぎれ込ませたのですか？」

「何のことだか、ちんぷんかんぷんだわ！」

「失礼ながら、ご自分では十分すぎるほどわかっているはずです。あなたに他人の筆跡を真似る才能があるのは、周知の事実です。わたし以外の人にこんなお遊びを仕掛けていたら、エステル、大変なトラブルに巻き込まれていましたよ。この文書が偽物なのはわかっています。銀行のミスター・エイカーズも同意見でした。こちらのみなさんにはお話ししましたが……」

エステルは椅子からぱっと立ち上がった。ぎらついた目は、凶暴といっていいほどだ。

「この人たちに話した？　あたしは片時も認めないけど、仮にそれが全部本当だったとしたら、本当にご親切な顧問弁護士だこと！　アンドリュー・ドーリッシュ、あなたは礼儀正しい人だと思っていたのに、ほかの人たちと大して変わらないわね。あたしを侮辱しただけじゃなくて、こんなところへ引っ張り出して、よその人の前で恥をかかせるなんて！」

「恥をかかせる！」ミスター・ドーリッシュが声を荒らげた。「恥をかかせるつもりなどありません、マダム。守ろうとしているのです。ゆうべ、あることが誰の目にも明らかになったとき、あなたの家族を守ったように……いや、それはやめておきましょう。機会があれば、これからもあなたをお守りします。この馬鹿げた書類は破棄させてください。誰にも、何もいうことはありません。それでもわたしに反論し、この書類の真偽を争い、偽物を本物といいつづけるなら、誰も手を差し伸べられない立場に自分を追い込むことになりますよ。

それだけじゃありません、エステル。自分では利口なやり方と思っているかもしれませんが、実際にはこの上なく愚かなことです。ニコラスの取り決めによれば、あなたは生涯、年に三千ポンド受け取ることになっているのですよ。それを用意するのに、どれだけの額を確保しておかなければならないか見当がつきますか？　一万ポンドぽっち、それに比べればはした金です。甥ごさんが心変わりしたら……」

「大丈夫だ、エシーおばさん！」ニックは列車を止めようとするかのように両手を振り回した。「甥が心変わりすることはない。みんながみんな馬鹿なことをしてきたが、それがどうした？　金はおばさんが受け取れるようにしておく。好きなだけいつまでも」

エステルの目から涙がこぼれ落ちた。

「ああ、くだらないったらありゃしない！」彼女はミスター・ドーリッシュに向かって金切り声をあげた。「男たちが手を組んで立ち向かってくる世界で、か弱い女が自分の利益を守っただけのことじゃないの。あなたは別よ、ニッキー。ええ、遺言補足書を書いたのはあたし！　でも、決してお金のためじゃない。お父さまに忘れられていないところをみんなに見せたかっただけ。なのに、何もかも台無しだわ。あたしは騙された」

「誰にも騙されちゃいないさ、エシーおばさん！　自分で自分を騙したんだ。さっきの話を聞いていなかったのか？」

さらに涙がこぼれた。

「ニッキー、あなたのような腕ききのジャーナリストと違って、あたしは自分のことを表現するのが下手なの。いいたかったのは、あたしを憎み、意地悪し、危害を加えようとしている人間が緑樹館にいるってこと。それが誰かはもうわかってる」

「エステル」ミスター・ドーリッシュがぴしゃりといった。「どうかしてしまったんじゃありませんか？　証拠もないのに」

「そうかしら？　でも、いっておくわ。あたしはこれから家に帰る。今日こそ、問題の人物と決着をつけるのよ。誰も止めないでちょうだい！　ニッキー、あなたには心から感謝してるわ。年老いたおばさんは、脚光を浴びるところへは出られない。でも、誰かさんのように、冷酷で、卑劣で、心のねじ曲がった人間でいるよりは、居心地の悪い立場に甘んじているほうがましじゃない？　誰も止めないで！」

顔を歪め、派手な帽子の下で髪を振り乱しながら、彼女はさっき片隅に放った傘に突進した。傘をつかむと、足をもつれさせながら事務所を走り出る。玄関のドアがばたんと閉まった。窓越しに、激しい雨の中を苦労して通りを横切る彼女の姿が見えた。ほどなく、一台の小型車がうなりをあげてサウサンプトン・ロードを広々とした郊外へ向かいかけた。車は速度を落とし、逡巡してから、急にバックでどこかの家の私道に入ると、向きを変えて元来た本通りへと急発進した。

ニックは窓から振り返った。

「これでよかったのかな？　つまり、おばさんにあのまま行かせて、誰かとひと悶着起こさせることだが。よかったんだろうか？」

アンドリュー・ドーリッシュはフールスキャップ紙の遺言補足書をくしゃくしゃに丸め、大きなガラスの灰皿に落とすと、マッチで火をつけた。

「僭越ながら」炎が巻き上がり、収まるのを見ながら、彼はきっぱりといった。「これで一件落着としましょう。エステルは昔話に出てくる意地悪なおばではありませんから、もう安心です。ただ、あの家にひとり残された気の毒なミス・デイドラが気がかりです――何があるにせよ。ところでフェル博士、あなたはなぜぼんやり考えごとをなさっているのです？」

「幽霊だ！」はっと目が覚めたようにいったフェル博士は、自分がどこにいるのかわからないといったふうに、目をぱちぱちさせてあたりを見た。「そうとも、アテネの執政官よ！　遺言状だの何だの、無関係なことに気を取られ、危うく幽霊の件を忘れるところだった。よければ日付を教えてくれんか」

「わたしにわかることでしたら喜んで。何の日付です？」

「ずっと前に、幽霊らしきものが庭からやってきて、クローヴィス・バークリーの前に姿を見せたと聞いている。そして」フェル博士はニックに身振りで合図した。「それがいつのことか、教えてもらえるかもしれないということだったが？」

「ええ、お教えできます」ミスター・ドーリッシュは机上のメモ帳を見た。「正確には、一九二六年十月一日です」

「確かかな？」

「日誌を見たので確かです」

「一九二六年十月一日。一九二六年十月一日か。ああ、うるわしい日よ」フェル博士は息を吸い、頬を膨らませた。「さぞ壮麗な日没であったろう！　貴殿はもちろん、この重要性に気づいているだろうな？」

「少なくとも、考え方は同じのようですね」

「幽霊についてはその通りだ。ほかのことに関しては、それほど定かではないな。さて、ぼちぼち」フェル博士は熱のこもった口調で、「おいとましよう。飲み食いにこだわると、若い者たちにどやされるのでな。何せふたりとも、遅い朝食をたっぷり腹に入れている。それに引きかえ、このわしは……」

ミスター・ドーリッシュは事務所の戸口まで見送りに来た。

「日誌はあそこにあります」彼は廊下の組立式本棚の一番下の段を指した。「ほかにお手伝いできることがあれば、何なりと。さっき、何かおっしゃりかけていましたね？」

「ぞっとする（グリズリー）！」フェル博士がいった――少なくとも、そう聞こえた。「いや、わしとしては、サンドウィッチのひと皿くらいはビールもろとも流し込めると表明したかったのだ。それに賛成の者は？」

「食べ物は無理ですが」ガレットがいった。「ビールなら大歓迎ですね」

「ビールなんてまっぴらだ」とニック。「おれは景気づけにスコッチ・オン・ザ・ロックといこう。ところでマエストロ、ぞっとするというのは？」

フェル博士は、はっきりしたことはいわなかった。しかし、そういった次第で、一行は二時過ぎにはライミントンの本通りの少し先にあるホテルの、赤い壁紙のラウンジバーに腰を落ち着けていた。雨と市日でバーの外は騒がしかったが、バーの中を騒がせているのはフェル博士その人だった。巨大な椅子を占領し、一ダースのハムサンドウィッチを平らげた博士は、五杯目のビールの大ジョッキに取りかかろうとしていた。

「わしは何より厳しく」博士はいった。「講義したい気持ちを抑えてきた。幽霊について講義するのは大好きだし、実のところ、テーマは何だっていい。だがわしは、一席ぶちたい気持ちを厳しく抑え、その自制心たるや、われながら舌を巻く」

「なぜ抑えるのです？」ガレットが訊いた。「あの屋敷の雰囲気は何なのでしょう？　誰も何も見ていないのに――少なくとも、ぼくはそうです――ゆうべ遅く、もう少しで見るところだったと思えるのです。一階の西の通路に、庭から入ったときに」ガレットは順を追ってその出来事を話したが、フェイやニック、そのほか誰のことにも触れなかった。「前のほうで引きずるような足音を確かに聞きました。なのに、懐中電灯の光を向けても何も見えない。あれはただの想像だったのでしょうか？　それとも、誰かが本当に歩き回っていたか、さもなければ何だったのでしょう？」

「何だったかって？」ニックが迫った。「それはおまえが決めてくれ。まったく、その〝幽霊〟とやらの正体を見極める手がかりさえあれば！　おれたちはよくよく間抜けなのかな、フェル博士」

「いいや。だが、あんたは間違った面に注目している。ピーター・パンの要素とフック船長の要素を混同しているのだ。仮に今、幽霊の正体がわかったとして、それで一気に解決に近づくと思うか？」

「ああ、思うとも！」

「必ずしもそうではない」フェル博士がいった。

博士はしばらく黙って、喉をごろごろ鳴らしていた。

「ひとつ、きみらの注意を」博士はテーブルの上で大ジョッキを回しながら、「きわめて重要な証拠に向けるとするか。幽霊を見たとされている者は三人だけだ。クローヴィス・バークリー、エステル・バークリー、ミセス・アニー・ティフィン。この三人に似通ったところはなさそうだが、少なくともひとつ共通点がある」

「へえ？　何です？」

「それを考えるのだ。つながりを見つけるのはそう難しいことではない、それがわかれば……

おお主よ！　バッカスよ！　おお、わしの古ぼけた帽子よ！」

フェル博士は、上げていたジョッキをどすんと下ろした。電気が走ったかのようになり、ぜいぜいとあえぎながら立ち上がる。

「わしがそそっかしいばっかりに、もうひとつ明らかな事実を見過ごしていた。緑樹館へ戻ったほうがいい。急いでな」

「やっぱり、あれは虫の知らせか？　エシーおばさんを行かせたのは間違いだったかな？」

「何でもないかもしれん。心からそう願っている。それでも、目撃者三人のつながりを考えると……」

「ほら、何をぐずぐずしているんだ？　行くぞ！」

奇跡的に、車はホテルからそう離れていない駐車場に停めてあった。すぐにニックはベントレーを巧みに操り、雨と渋滞の中、坂を下っていった。ゴスポート・ストリートを曲がって橋を渡り、何本ものマストが入り乱れるヨットの繋留地を右手に、アクセルを踏み込んで飛ぶように車を走らせる。

草地や林が後方へ流れていく。角を曲がり、家畜の柵を過ぎ、森のポニーや憂鬱そうな牛を横目に、ニックは危なっかしい運転で車を走らせた。後部座席のフェル博士は、ステッキの握りの上で両手を固く組んでいる。フロントガラスのワイパーが規則的に動いていた。言葉はほとんど発せられなかった。実際、ボーリューとエクスベリーをあっという間に抜け、〈悪魔のひじ〉に至る長いカーブに差しかかるまで、まとまった言葉は聞かれなかった。

「ソロン先生のヒントのおかげで」ニックが肩越しにいった。「前よりいっそう混乱してきた。もう少しヒントはないですか？　幽霊の正体はさておき、殺人未遂に関するご説明は？」

「その根っこにあるものは」フェル博士が答えた。「ひとことでいえる。性欲だ」

「性欲？」ニックは耳を疑うように鋭く叫んだ。「性欲といったか？」

「何といっても、われわれが生きる上で、きわめて大事な役割を担うものだ。きみも、その影響を免れているとは思わんが」

「免れている？　とんでもない、免れているなんていった覚えはないさ！　それがおれとどういう関係がある？」

「ある意味では、まったく関係がない」フェル博士はしばらく考え込んだ。「それとも、主な動機は金か？　さあ、それは何ともいえん。だが、わしの読みが正しければ、性欲と金銭欲の両方が、悪意ある冷血な殺人の筋書きを書かせたのだ」

「はっきりいって、『筋書き』という響きは気に入らないな。犯人はひとりではないというのか？」

「絶対に複数ではない！」

「率直な答えなのか？」

「率直な答えだとも。繰り返すが、わしが大きな勘違いをしていない限り、この犯罪を実行した、あるいは犯罪について何かを知っている人間はひとりだけだ。もっとも、その裏には女がいる――」

「女?」ニックがわめいた。「いいかい、アリストテレス先生、あんたの率直な答えとやらは、謎めかした答えと同じくらいわけがわからない。それに――」

車は坂道を飛ぶように上り、海の見える平らな道に差しかかった。緑樹館の屋根と組み合わせ煙突が、小さな半島に茂った木々の上から覗いている。

「もうすぐだ」ニックは顔をしかめた。「ジョン・ギルピン(実在したとされるロンドンの生地職人。借りた馬が暴走する話がウィリアム・クーパーの詩に語られている)並みに飛ばしてきたのは不必要だったと願いたいね。あの音は何だ? 救急車のサイレンのようだが」

「ああ、救急車だ。カーブで減速したまえ。ゆっくり進むのだ! わしらより急いでいるはずだからな」

ソレント海峡からの風のように、不安がガレット・アンダースンを襲った。後部ドアに赤十字を描いた白い救急車が、屋敷に通じる門から飛び出し、サイレンを響かせて窪みを越え、ブラックフィールドへ向かう北の道路を走っていく。ニックはベントレーをほとんど減速させずに私道に入り、急ブレーキをかけると車から飛び降りた。ガレットも反対側から降りた。

正面玄関のドアが開け放たれていた。デイドラ・バークリーが、青いセーターと茶色のツイードのスカートという恰好で、降りしきる雨の中に立っている。

「ニック、ニック、帰ってきてくれてよかった。恐ろしいことが起こったの。実は……」

「ペンおじさんの身に何か？　それとも？」

「ペンは無事よ。エステルが」

「何だって？　何があった？」

「転落したの。あの人がやみくもに走り回るのは知っているでしょう？」

「ああ、だが、どうして？」

「よくわからない。事故だったの。どことなく妙な様子で帰ってきたけど、何もいわなかった。車を置いて、中央の階段を最初の踊り場まで上ってきたわ。それから、いつものように行く先を間違えたみたい。いきなり恐ろしい墜落音がして、二階の部屋にいたドクター・フォーテスキューが駆けつけてくれたの。頭から逆さに落ちたみたい。家で手当てできる状態じゃなかった。脳震盪の恐れがあったから。それでブラックフィールドの病院に電話して、ドクター・フォーテスキューも救急車に乗っていったの」

「自分で落ちたのか？　それとも誰かが？……」ニックは肩をすくめた。

「ああ、まさか」デイドラは激しい口調で、「そんなことはありえないわ。周りには誰もいなかった。一番近くにいたのはフェイで、自分の部屋から出てきたところだったの。でも、フェイだってずいぶん離れていたし、駆けつけたときには誰もいなかったそうよ。ニック、これ以上耐えられない。わたしたち、どうすればいいの？」

「どうすれば、といったかね、マダム?」ギディオン・フェル博士が繰り返した。「どうすれば、と?」

気が遠くなりそうな努力の末、フェル博士はあえぎながら車を降りた。頭上には豪雨が降り注いでいたが、ニックとガレットは帽子もレインコートも身につけていなかった。フェル博士はレインコートとシャベル帽に身を包み、その場にじっと立ち尽くしていたが、やがて力強くステッキを振った。

「少なくとも、事件は終わりに近づいたといって差し支えないだろう。ともかく、夜まで待つほかない」

16

夜まで待つ？

もう日は暮れかけていた。

フェル博士とエリオット副警視長には、八時に夕食が供された。デイドラ、フェイ、ニック、ガレットはありあわせで済ませた。給仕をしたのはフィリスとフィービーだ。フィービーは、かわいらしいが鈍そうな顔つきのブルネットで、フィリスとは双子の姉妹かと思われたが、実はいとこだった。ブラックフィールド病院に同行したドクター・フォーテスキューの報告は、芳しいものではなかった。エステルは脳震盪を起こしており、左腕を骨折し複数の打撲傷を負っている。だが、体は丈夫なほうだということで、経過は思ったより良好だった。夕食が済むと、みなはそれぞれの居場所へ消えていった。

午後のうちに、ガレットはある男に紹介されていた。がっしりとした体格で口髭をたくわえた、堂々とした風采の男で、刑事部主任警視のハロルド・ウィックだという。ほとんどしゃべらないウィック警視は夕食が終わる頃に再び顔を見せたかと思うと、またどこかへ消えた。

それから？

雨は上がり、雲ひとつない夜空が広がっていた。ガレットと、昨日と同じ青と白のドレスを着たフェイは、浜辺へ散歩に出かけた。フェイは激しい感情をあらわにしたり、何事もなかったような顔をしたりしていた。十時を過ぎると、明るさを増す月光の下、ふたりは屋敷に引き返した。時計が十一時を打つ頃には、ビリヤード室のピンボール・マシンに向かっていた。西の壁に寄せてある二台目のピンボール・マシンは、電飾が明るく輝き、派手なカーレースに合わせて騒々しい音を立てていた。

「いやだ！」得点を確かめてフェイがいった。「ガレット、全然だめ！　最後のボールだったのに、六千点にもならなかった。どうせ馬鹿馬鹿しい遊びだけれど。ねえ、ここで何が起こっているのか、話し合う気がないなら……」

「話し合うのは大歓迎だが――」

「何度もいってるじゃない。みんなにいったわ。あれは本当に事故だったって！　落ちたとき、エステルはひとりきりだった。信じてくれないの？」

「もちろん信じるさ。けれど、偶然にしては妙にタイミングがよすぎる気がして……」

「ねえ、妙なところなんて全然ないわ！　エステルを見ているでしょう。今までこんなことが起こらなかったほうが驚きよ。穿鑿屋のくせに恐ろしく不器用で、いつかそれが災いするのはわかりきっていた。それだけじゃないわ！　本当はこんな話はしたくない。一緒に来てくれる？」

「どこへ？」

「来ればわかるわ」

フェイは有無をいわせずビリヤード室からガレットを連れ出すと、先に立って通路を十歩ほど進み、隣の部屋の半ば開いたドアのすぐ内側にある照明のスイッチを入れた。そして、勝ち誇ったように、彼を音楽室に招き入れた。

十八世紀に、この部屋が何らかの重要な役割を果たしていたのは明らかだ。磨き込まれた紫檀の鏡板では、電気式の壁掛け燭台がぼんやりした光を放っている。空色の漆喰の天井は過剰なまでに絢爛で、ジョージ朝の画家によって、なまめかしい男女の神々が跳ね回るさまが色あせることなく描かれている。南側に並ぶ開き窓の下には、アンティークのピアノが置かれていた。一隅に、誰も触れることのないハープが布で覆われている。だがそこには、ヴィクトリア朝風や現代風も入り込んでいた。西の壁には図書室の窓とそっくり同じ、床から天井までの大きな窓がふたつあり、そこから芝生に出ることもできた。ハイファイのステレオはその窓の間にあり、向かい合うように紋織張りの椅子が数脚と、やはり紋織張りのどっしりとしたソファが置かれている。

「どう？」フェイはステレオを見ながら、「準備はできてるわ。誰かがＬＰレコードをそのままにしていったようね」

「またギルバート・アンド・サリバン？　それともエステルのポップスのレコード？」

「どちらでもないわ。別の時代のポップスよ。『学生王子』というオペレッタ。聴いてみる？」

フェイが針を置き、スイッチを入れる。キャビネットに寄りかかった彼女の口許は笑っているのに、目には怯えた色が浮かんでいた。音楽は、出だしは夢見るようなヴァイオリンの音色に貫かれ、曲全体からメロディの断片を撒き散らしながら、やがて壁を揺るがすような力強いオープニングの合唱へと収斂していった。

　さあ、若人よ、楽しくやろうじゃないか
　学問なんて、科学的な遊びにすぎないのだから！……

「やめてもらえませんか？」そっけない声の邪魔が入った。

エリオットだった。賑やかな歌声がやんだ。壁掛け燭台の黄色い光があっても薄暗い音楽室に、デイドラ・バークリーが義務を果たす決意をした者の表情を浮かべて、つかつかと入ってきた。エリオットが手帳を持ってあとに続く。

「お邪魔でしたか」フェイが駆け寄るのと同時に、ガレットが訊いた。「この部屋で事情聴取をするとか？」

「いいえ、するべき質問はほとんど終わっています」エリオットはにこりともしなかったが、満足げな様子だった。「ですが、あなたに確認しなければならないことがあります」

「ぼくに?」

「ええ。ゆうべ——というより今日未明——フェル博士とわたしがミス・ウォーダーと話している間、あなたは庭に出ましたね。それから屋敷へ戻った……それは、何時でしたか?」

「よく覚えていません。二時半近くだったと思います。あなたとフェル博士は帰ったあとでした」

「わかりました。今日の午後、あなたは確かマエストロに、屋敷に戻ったときに闇の中で誰かが歩き回る音を聞いたが確信は持てない、といいましたね。間違いありませんか?」

「ええ」

「そう、そこには誰かがいたのです。では、ミセス・バークリー、今日の午後あなたが発見したことをもう一度聞かせてください」

デイドラは口ごもった。ツイードのスカートとセーターを、飾り気のない黒のセミフォーマルドレスに着替えていて、運動好きらしい体型が強調されていた。彼女は助けを求めるようにフェイのほうを見た。天井を見上げ、すぐに目をそむける。

「いいでしょう!」デイドラはいった。「フェル博士は——」

「フェル博士はご主人と一緒です、ミセス・バークリー」エリオットがいった。「呼びに行かせましたから、すぐに来られるでしょう。それまでに、前置きをしたければ……」

先延ばしにするまでもなかった。当のフェル博士が、撞木形(しゅもく)の握りのステッキを突きながら、ぎくしゃくとした足取りで戸口に現れ、一同に加わった。

「ミセス・バークリー、それで？」エリオットがいった。

「ご存じの通り、愉快な話ではありません！」デイドラはフェル博士に訴えた。「たまたま耳に入ったんです。メイドのフィリス――フィリス・ラティマーのことが」

「ミセス・バークリー、それで？」エリオットが促した。

「あの娘にハリーとかいう恋人がいるのは知っていました。それ以外のことは、今日の午後フィリスとフィービーが口論を始めるまで知りませんでした。ふたりの喧嘩は日常茶飯事ですが、今度ばかりはすさまじい大喧嘩でした。厨房に入っていくと、ちょうどフィービーが……」

「ミセス・バークリー、それで？」

「いわなくてはいけません？」

「われわれは殺人未遂事件の捜査をしているのです。あなたの夫が殺されかけた事件をね。どうぞ、続けてください」

「わたしは厨房へ行きました」デイドラは声を張りあげた。「すると、フィービーがこんなことをいっていたんです。『ええ、少なくともあたしは、夜中にこっそり浜へ出て男と会ったりはしないわ』と。そこへアニー・ティフィンが割って入り、自分の若い頃の女性がどうだったかを話し出したので、仲裁するのもひと苦労でした。

本当に！」デイドラはそういって背筋を伸ばした。「今は五十年前と同じように使用人を扱うわけにはいきません。それは理解して尊重していますし、ほどほどに寛容であるよう心がけています。でも、それにも限度があります。わたしには──」

「まあまあ！」エリオットが遮った。手帳を調べ、フェル博士に向き直る。「これで、フィリスがゆうべボーイフレンドに会いに行ったことがわかりました。裏口から出たと思われていましたが、実際は通路の開いた窓からでした。彼女は二時半近くにようやく戻り、そのとき危うくアンダースンと鉢合わせしかけて、懐中電灯を向けられる前に素早くビリヤード室に逃げ込んだというわけです」

「ああ、ビリヤード室！」フェイ・ウォーダーが叫んだ。「よこしまな女はみんな、あの部屋をうろつくようね？　この部屋には、どんな人間が出入りするのかしら、ディー？」

「フェイ、いったいどうしたの？　誰もそんなことといっていないじゃないの……」

「何か、このわしに」フェル博士がエリオットに訊いた。「いいたいことがあるんじゃないのかね？」

「ええ、あります。みなさんが静かにしてくれたら──聞こえましたか、ミス・ウォーダー？──証拠を整理してみせましょう。フィリスが何時に帰ってきたかは、どうでもいいことです。重要なのは、彼女がいつ出ていったか、そして、出ていくときに何を見たかです。あなたから教えてもらえますか、ミセス・バークリー？」

「どうして」デイドラは必死に感情を抑えていた。「わたしがそんなことを訊かれるのかわかりません。フィリス本人にお訊きになったら？」

「もう訊きました。しかし、こと自分の恋愛に話が及ぶと、実に非協力的でしてね。女性というのはそうじゃありませんか？　わたしの口からいったほうがよさそうですね。フィリスの恋物語には何の関係もありませんが、事件の捜査には大いに関わってきますから。フィリスは、自分がこっそり屋敷を出たのは十一時四十五分だったと断言しています。フェル博士とわたしが最初に図書室を調べる十五分前です。そして十一時四十五分には、ミセス・バークリー、われわれは客間であなたに質問をしていたかと思います」

「そうでしたね」デイドラは同意した。

ガレットは口を開こうとするフェイを制止した。

「訊いてもいいですか、エリオット？　通路の突き当たりの窓から外へ出るとき、フィリスが何かを見たといいましたね？」

「ええ、見たのです。正確には、窓から抜け出す二十秒から三十秒ほど前に」

「それで、何を見たんです？」

「ガウン姿の男が、包みを抱えて同じ窓から滑るように出ていくのを」

「ガウン姿の男？」ガレットは目を見開いた。「そんな馬鹿な！」

「どうしてです？」

「十一時四十五分でしょう？　その時間にガウンを着ていた人はいません。それに……その話を信じているんですか？」

「ええ！　ただし」エリオットは注意を惹くように指を鳴らした。「あの娘がいったことは、あくまで印象にすぎないと心に留めておいてください。ガウンではなかったかもしれないし、持っていたのは包みではなかったかもしれない。

それに、このことも心に留めておいてください」エリオットが鋭くいった。「フィリスはかなり遠くにいたということを。彼女は裏手の階段から回廊を通って東の通路から出るために、ちょうど通路へ差しかかったところだったのです。ですから、東の通路に沿って中央ホールを越え、さらに西の通路の端まで見渡さなければなりませんでした。明かりはついていましたが薄暗く、しかも男は背を向けていました。だいたいの身長すらわかりません。彼女が見たのは、ただ……」

「幽霊の可能性は？」フェル博士が尋ねた。

「浜辺のデートへ向かう途中、彼女は幽霊のことなど考えもしませんでした。都合よく幽霊のことは忘れてしまえるようです。さて、その男は誰なのか？　彼女が見たのは、ガウンのようなものを抱えた男です。彼女が見たのは、ガウンのようなものを着て、包みのようなものを抱えた男です。さて、その男は誰なのか？　どこへ行こうとしていたのか？　いつ戻ってきたのか？　それよりも考えられるのは——」

エリオットは、感情を抑えながらフェル博士のほうを向いた。

「このことは、博士とわたしがともに考えている説に、ぴったり当てはまるのではないか、ということです」

「いかにも。超自然現象ではないにせよ、身の毛もよだつ一幕には違いない。そこで、内々に検討することが必要だ」

「わたしもそう思います。一緒に来てください。ペニントン・バークリーからはどんな話が聞けましたか？」

「ほしい情報は全部だ。あれほど協力的な人間はいまい。エリオット、わしらは核心に近づいているぞ」

「だといいのですが。ではみなさん、これで失礼します」

彼は大股に出ていった。フェル博士が、のっしのっしとあとを追う。ドアが閉まった。フェイは震えながら、やはり震えているデイドラと顔を見合わせた。室内の感情が一気に高まる。

「じゃあ」フェイが叫んだ。「恥知らずなメイドが、逢引きのために抜け出したというのね。あきれた話じゃない？　ほかの人たちは、そんなことしないでしょうね？」

「自制心というものが少しでもあれば」デイドラが答えた。「しないはずよ。でも、そんなことで議論したくないわ、フェイ。わたしはいなくなるから、ガレットと話し合ってちょうだい。失礼します」

再びドアが閉まった。感情の熱量がいっそう高まった。

「それで？」ガレットが問いかけた。「このやり取りに何の意味があるんだ？　これからどうする?」

「もう一度レコードをかけましょう」フェイの表情は、真剣なようであり、上の空のようでもあった。彼女はまっすぐステレオに向かった。「聴いてみて」

音楽がまた徐々に高まり、水がボウルを満たすように部屋いっぱいに広がった。

「いくつかの主題が聞こえてくるわ」フェイがいった。「ひとつは『きみはわが心深くに』という曲で、それから有名な『乾杯の歌』。それを待って、歌詞をよく聴いてちょうだい。意味深長なところがあるから」

テンポが変わった。ドラムのビートが始まる。恋人に誓いを立てる若者の力強い独唱の歌詞が、快活で陽気でありながら、どこか不吉な旋律を伴って聞こえてきた。

乾杯、乾杯、星のように輝く瞳に乾杯
それはぼくを(ぼくを)見つめている
乾杯、乾杯、赤く甘い唇に乾杯
木に生(な)る(木に生る!)果実のような唇に
願わくば、あの輝く瞳が
優しく、信じて、すぐにぼくの目を照らさんことを……

「聴いた？」相手がそっとステレオに近づくのを見て、フェイが大声をあげた。「ガレット！　何をしてるの？」

「くだらない歌をやめさせるんだ」彼はその通りにした。蠟燭消しの蓋をかぶせたように沈黙が下りる。「意味深長？　四十年も前のオペレッタの、どこに意味深長なところがある？　デイドラのいう通りだ、フェイ。いったいどうしたっていうんだ？　これが何の役に立つ？」

「わたしは事件のことを考えていたのよ」

「この事件の？」

「もちろんよ。殺人未遂のこと」

フェイは苦労して息をついた。頭上の神々を見上げる――マルスとヴィーナス、アポロンとダフネ――天井で凍りついている愛の戯れを。

「『優しく、信じて、すぐにぼくの目を照らさんことを』。ガレット、今日、フェル博士の説明を教えてくれたとき、あなたは少しも信じていないみたいだった。博士は、動機は性欲とお金が結びついたものだといった。それで、誰が犯人なの？　原因となった女って？」

「待ってくれ。ちょっと落ち着いてくれ！　またヒステリーを起こされてはかなわない」

「ヒステリー？　また？」

「ゆうべ列車で、きみはありとあらゆる突飛な説をぶちまけたじゃないか。ニック・バークリーが詐欺師で、本人じゃないという説まであった。それが一番とんでもない説だったな。あいつがニック・バークリーなのは確かで、この事件と何の関係もない。それでも……」

「何なの？」フェイが真剣な目をして促した。「ニックがこの事件と何の関係もない、それはいいわ。それでも……何なの？」

「心配なんだ」

「何が？」

「これまで何度も——エリオット自身も指摘しているが——ニックにおじさんを殺す理由はまったくないといわれてきた。エリオットは、きみやぼくが知っていることを知らない。ニックとデイドラは四年も前から愛し合っている。救いのない状況で抗い、きみやぼくよりもずっと神経をすり減らしてきた。それは動機になる」

「あなたはこういいたいの？……」

「いいや、フェイ、そういう意味じゃない」ガレットは部屋を歩き回った。「たとえニックの無実を疑ったとしても——ぼくはニックのことを知っているから、疑ったりはしないが——彼にだけは容疑はかけられないんだ。何者かが銃を撃ったとき、エリオットとフェル博士が一緒にいたのだから。ニックは犯人じゃない。警察が自らアリバイを証明してくれる」

「だったら、誰が銃を撃ったの？　それに、わざとにせよ無意識にせよ、犯人を殺人に駆り立てた女性って？　その女性が誰だか知ってるの、ガレット？」

「は？」

「わたしかもしれないわ」

「おいおい、どうかしてしまったのか?」

「そうでないことを祈るけれど、自分でもわからない。どうか怒らないで。わたしを責めないで」フェイは両の拳を握った。「わたしは疑わしい人物だわ。得体の知れない人間なのよ。推理小説によくあるように、結局のところわたしが、すべてを裏で操る金目当ての冷血な悪女だったというのはどう?」

「あまり信憑性がないな。ほかならぬこのぼくが殺人者で、悪事を働くためにビリヤード室を離れていた間のアリバイを、きみがでっち上げたとでも主張しない限りは。あるいは——ほかにも関わっている男がいるのか?」

「そんな人いないわ。いないったら! 前にもいったでしょう、それは本当よ。ミスター・バークリーはわたしのことを気に入ってくれているし、たぶんドクター・フォーテスキューも、それなりに好意を持ってくれていると思う。でも、あなたのいうような意味じゃない。あなたと出会ってからは、ガレット、ほかに誰もいないと誓うわ!」

「全部きみの想像なんだろう? ぼくはそう思うな。夜中にあれこれ考えて、自分を責めてきたんじゃないか?」

「あなたにはわからないのよ、ガレット。あなたは疑われるという悪夢を実際に経験したことがないけれど、わたしはある。ええ、ほとんどが想像の産物かもしれない。でも、わたしたちの想像を超えるものがあるかもしれないわ。

ゆうべ、容疑が晴れたと聞いて、天にも昇る心地だった。でも、長くは続かなかった。あなたは警察を信用しているけれど、わたしは違う。警察のいったことは本当なの？　フェル博士のいったことは？　女が殺人未遂犯をそそのかしたというのはでたらめで、殺人未遂犯を罠にかけただけだとしたら？　その相手は、誰にだって想像がつくわ。『もう観念したらどうだ、フェイ・ウォーダー、またはフェイ・サットン。何と名乗ろうと、おまえの正体はわかっている。おまえが犯人だ。聞き分けよく、何もかも吐いたらどうだ？』」

「これこれ」雷のようながなり声がした。「もうやめなさい」

音楽室の大きなドアが開け放たれていた。そこからギディオン・フェル博士が山のような巨体を覗かせ、ステッキを左手に持ち替えた。

「邪魔をしてすまんな」さっきより穏やかな口調で、「だが、そろそろ誰かが邪魔をしなければならん頃合いだ。その調子で続けたら、ミス・ウォーダー、あんたも病院送りになりかねん。そろそろ誰かがオイディプスを演じてもいいだろう。といっても、広く大衆に知られている、ウィーンの精神科診療所から生まれたオイディプスではなく、スフィンクスの謎を解いたオイディプスだがね。よければ、わしがいくつかの謎を解き、仮面をはがそうと思う。よいかな、ミス・ウォーダー？」

フェイは必死の様子でガレットに駆け寄り、しがみついた。

「もちろんです！　わたしがどう思おうと構わないのでしょうが、どうぞご自由に！　ただし……」

「ただし、嘘をついたり罠を仕掛けたりしなければ、といいたいのかな？　安心なさい、お嬢さん。あんたに嘘をついたり罠を仕掛けたりはせんよ。これまで十分すぎるほど、そんな目に遭ってきたのだろう。わしはただ、あんたが巻き込まれた事件に深い関心を持っているご両人に、大騒動の本源（ファンス・エト・オリゴ）たる図書室へ同行してもらいたいだけだ。怖がることはない！　よければ、こっちへ」

ガレットはフェイの体に腕を回すと、彼女の頭を自分の肩に押しつけ、できるだけ震えを抑えてやろうとした。フェル博士に続き、フェイを連れて薄暗い通路を図書室のドアへ向かう。戸口で三人は、厳しい面持ちで出てきたエリオットに出くわした。

「何やら」フェル博士がいった。「家の中がやけに静かだな。みなはどこにいる？」

「どのみち」エリオットは腕時計を見た。「もう真夜中ですよ。みんなベッドに入っています。というか、ベッドに入るといっていました。まだ病院にいるフォーテスキューは別ですがね。しかし、戸締まりはしていません。したためしがないので、医者は好きな時間に帰ってこられるわけです」

「まだ帰ってきた気配はないのか？」

「はい」エリオットは大股に通路を去っていった。

ある種の緊張感を伴った深い沈黙は、図書室の中までも支配していた。明かりといえば、書き物机の横にあるフロアスタンドだけ。室内は前よりずっと片づいていた。割れた窓ガラスは交換され、書類は机の上に整然と置かれ、血のしみも絨毯からほぼ消えている。クロークルームに通じるドアと書庫に通じるドアは、いずれもぴたりと閉じていた。フェル博士は、本の並んだ壁やゴブラン織の椅子、色あせた絨毯やカーテンを見回した。

「この場所こそ」博士はポケットを探り、膨らんだ刻み煙草入れと大きな海泡石のパイプを取り出した。「説明をするのにふさわしい。犯行現場というだけではない。別の見方をすれば、ここはペニントン・バークリーの私室であり隠れ家なのだ。

面白い男だ、ペニントン・バークリーという人物は。きみたちもその目で見て、彼に好意を持つ者と嫌う者の両方から、人となりを聞いたはずだ。子供っぽい傾向は、クローヴィスのピンボール・マシン好きからエステルの愉快とはいいがたいいたずらまで、バークリー家の全員に見られるが、彼に最も色濃く表れている。だが、われわれ自身、相当子供っぽいところがあるのだから、そのことで彼を責められるだろうか？　彼は必ずしも、一緒にいて心地よい人物とはいえないだろう。だがそれにしたって、われわれの心にもそれぞれ悪魔が棲んでいるのだから、彼だけを責めることができようか？

過去への情熱を別にして、彼の際立った性質といえるのは何だろうか？　感受性の強さと皮肉が混じり合い、気難しい怒りっぽさが性格のよさを損ねている。謎や秘密好きは、実に恐ろしい幽霊談——彼がとりわけ得意とする分野だ——から、巧妙を極めた推理小説にまで及ぶ。ペニントン・バークリーは、ロマンティックな年老いた気難し屋で、ある意味、インテリのピーター・パンといえる。そして繰り返すが、ここは彼の隠れ家だ。ここで本を読み、ここで手紙を口述し、ここで思索にふけった。ここで……」

「戯曲の構想を練っていたんですね？」フェイが言葉を継いだ。「彼はあんたに、戯曲を書いているといったかね？」

「ミス・ウォーダー」フェル博士は鋭くいった。「彼はあんたに、戯曲を書いているといったかね？」

「ええ！　確かにいいました！　あの方は……」

フェル博士は危なっかしい手つきでパイプと煙草入れを持ち、客間に通じるドアを背に、巨大なゴブラン織の椅子に腰を下ろした。フェイはその向かいの小さな椅子に、ガレットはその肘掛けに坐った。

「正確にそういったのかね？」フェル博士はなおもいった。「単刀直入に訊かれて？　ゆうべこの部屋でそれを聞いた証人の多くが証言したところでは、彼はしばらく前から『芝居の準備』をしているといったのではないか」

「『芝居の準備』」ガレットは引用した。「『それは、精神的な緊張状態で人がどんなふうに振舞うかを探究するものになる』。彼はその考えに取りつかれているようでした。夜中の二時半に見舞ったときにも、鎮静剤で夢とうつつを行き来しながら『芝居の準備だ』と繰り返していました」

「何の違いがあるの？」フェイが訊いた。「同じことじゃありません？」

「本件においては」フェル博士が答えた。「大いに違う」

フェル博士はパイプに煙草を詰め、椅子の脇で台所用マッチを擦って火をつけた。

「思い出してくれ」博士は続けた。「今日、ミスター・バークリーと何度か長い会話を交わすまで、わしは本人とじかに会ったことがなかった。だが、彼のことはある程度知っている気がした。頻繁に手紙のやり取りをしていたのでな」

「それであなたを呼んだのでしょう？　手紙で！」

「いいや、ミス・ウォーダー、彼に呼ばれたのではない」

「でも――」

「彼からと称する肉筆の手紙に、これといって怪しいところはなかったが、彼らしくない言葉遣いがいくつかあるように思われた。今なら、あれはエステル・バークリーによる偽筆だったと断定できる。彼女はわしの評判に大きな期待を寄せていたようだが、当てが外れるや、愛想を尽かしてお払い箱にしたのだ。あれは決してペニントンが書いたものではないし、本人もそう認めている。彼はわしにここへ来てほしくはなかったし、屋敷に入れる気もなかったと打ち明けた」

「ほう」ガレットがいった。「どうして来てほしくなかったんでしょう？」

「わしを恐れていたからだ」フェル博士が答えた。「この早とちりな老いぼれも、同じように子供っぽくなれることを忘れてはいかん」

「あなたを恐れていた?」

「まず、わしはふたつの要素に気づいた。ピーター・パンの要素——子供っぽく、いささかたちが悪いが、罪を犯すことはない——とフック船長の要素——やはり子供じみているが、もう少し大人びていて、きわめて悪賢い——とが、互いに引き合っているのだ。きみもエリオットもニック・バークリーも、仮説を立てる際に基本的な誤りをしておるようだ。幽霊を演じた人物と犯罪を行った人物は同じだと、きみらは思い込んでいる」

「違うのですか?」

「ああ、違う。それがほぼすべての混乱の元なのだ」フェル博士はもうもうたる煙を吐き出した。「わしが確信したヒントはこうだ。幽霊は三度、三人の前に現れたと、今日の午後いっただろう。はるか昔、クローヴィス・バークリーの前に、それから今年の四月の一週間に、エステル・バークリーとミセス・ティフィンの前に。偽の幽霊の問題に挑むに当たって、三人の共通点は何かと訊いたはずだ」

「それがまだわからないのです!」ガレットが返した。「謎を解き、仮面をはがすなら、今がそのときです。三人の共通点とは何なのですか?」

「時期と理由こそ違え、それぞれペニントン・バークリーに激しい敵意を抱いていた」

　フェイは椅子の中で身をすくめた。ガレットはすっくと立ち上がった。

「フェル博士、ミスター・バークリーがゆうべいったことで、ほかにもお知らせしておくことがあります。彼はこの世に対してか鎮静剤に対してか、あるいはその両方に対して戦いを挑んでいました。『この家の人間と長くつき合わないほうがいい。ほとんどが嘘と愚行の常習犯だ。そして、わたしの罪（メア・クルパ）は、この家でも最低の大馬鹿者であることだ』と」

「ああ、そうだ」フェル博士は認めた。「夜のうち半分は、そんなことを口にしていたな。自責の念の深みに沈み、記憶の痛みに悲鳴をあげていた」

「自責の念?」ガレットが繰り返した。「おやおや、今度は話がどこへ行くんです?　ペニントンが犯人で、この忌わしい事件をすべて仕掛けたとでも?」

　フェル博士は、ステッキの石突きで床を強く叩いた。

「いいや、彼は罪を犯してはいない!」声が高まる。「だが、幽霊を演じたのはほかならぬペニントン・バークリーで、この屋敷で幽霊を演じたのは、彼ただひとりなのだ」

17

「フェル博士、どうかしてしまったんですか?」

「そうでないことを心から願うがね」

「ゆうべの幽霊はどうなんです?」

「アンダースン、ゆうべは誰も幽霊など見ていないのだ」

「でも——」

「いいかね」フェル博士はじれったそうにいった。「証拠を検討してもらえんか?」

博士が急に立ち上がり、パイプから灰が舞い散った。やぶにらみの目で、博士は人々の頭越しに図書室の左手の窓を見やった。

「これからわしが話すことは」博士は続けた。「ニック・バークリーが詳細に話してくれた、家族の歴史の一部をなしている。水曜にテスピス・クラブで夕食をとりながら、きみにも同じ話をしているはずだ。それが事件を再構築するきっかけになるだろう。

一九二六年の春、ペニントン・バークリーがまだ二十二歳、ニック本人は二歳になるかならずという頃、緑樹館を揺るがす一大事が起こった。若きペン・バークリーがエステルと口論になり、父親とも激しくやり合ったあげく、荷造りをして黙って屋敷を出ていったのだ。次に消息を聞いたときには、彼は——名前は何年も経ってからエステルが明かした——メイヴィス・グレッグという若い女優とブライトンに住んでいた。

ミス・グレッグがどうなったかはわからないし、大した問題でもない。わかっているのは、同年九月に（ニックに聞いているだろう）ペニントン・バークリーがここへ戻ってきたことだ。やはり何も語らず、騒動にも肩をすくめただけで、表向きはどこも変わらないように見えた。彼は非難もやり過ごした。だが十月一日——日付をよく覚えておきたまえ——十月一日にクローヴィスは幽霊を見たのだ。

黄昏迫る時分、彼があの窓に向かって立っていると、法服と頭巾をまとった人影が庭の東の入口から現れた。まさに、この家に伝わる幽霊の姿そのものだ。そいつは秋の芝生の上をやってきて、突然殺意をもって襲いかかった。さしもの鉄の男クローヴィスも、足がよろめくほどのショックを受けた。

さて、誰がこんな扮装をしたのか？　クローヴィスの地に足のついた長男ではなさそうだし、まして父親を尊敬している娘であるはずがない。だが、ペニントンは？　さあ、話が見えてきたかね？」

「ええ」ガレットは答えた。「これでばらばらになった断片が組み合わさります。ペニントンは父親の癇癪をさほど気にしていないふりをしていた。しかし——」

「しかし、怒っていなかったといえるだろうか？　断じて怒りはしなかったと？　それで、彼はあんな計画を思いついたのだ。当時の彼は若く、今よりも抑えがきかなかった。芝居の小道具——法服、頭巾、その他必要と思われるもの——は容易に買えるし、作ることもできる。クローヴィスは、幽霊など怖くもないし、信じてもいないふうを装っていたのではなかったか？　そう、ペニントンは目にもの見せてやろうと企んだのだ！　暴君の弱みと踏んだところを攻撃し、いけ好かない年寄りに人生最大の恐怖を与えようとした。

　それが彼のしたことだ——あとになって隠し立てし、聞いたこともないなどと馬鹿なことをいっていたがね」

　フェル博士のパイプの火が消えていた。台所用マッチをズボンの尻で擦り、火をつけ直す。

「歳月が流れた。人間とは何事にも慣れる動物で、いつしかクローヴィス・バークリーのような人物にも慣れっこになる。ペニントンも何とか折り合っていた。彼は超自然という武器を使って勝利した。だがそのあとはよくよく気をつけねばならなかった。ひとたび切り札を出したら、同じ相手に二度は出せない。前にもやったのではないかと疑われるからな。人生はときに不愉快きわまりないものになる。だが、彼には夢の世界があった。芸術、文学、そして音楽が、大いに慰めとなったのだ。

　さらに彼は、別の慰めを見出した。若かった彼も、いつまでも若者ではない。次第に年を取り、寂しさを感じるようになる。そして熟年を迎えてから、何かに急かされるように、若い女性と出会い、恋に落ち、結婚した。わしらがデイドラ・バークリーとして知っている女性とな。さて、それからどうなった?」

「それから?」フェイがいった。

「事態がそれ以上悪くなることはなかった。それどころか、ずっとよくなったといえよう。クローヴィスはペニントンの新しい妻を気に入った。わしらも知っている通り、彼女はめっぽう魅力がある。健康的で、率直で、あっけらかんとしている。ペニントンはといえば、将来を楽観していた。あの年寄りだって、いつまでも生きてはいない。邪魔者がいなくなれば空は穏やかに晴れ、夢に導かれて幸福へとたどり着けるだろう。

そして、すべてがうまくいったかに思われた。クローヴィスは気管支炎で死んだ。だが、それから何があったかは知っての通りだ。穏やかな日々はひと月と続かなかった。煙草壺が落ちて割れ、遺言状が見つかった。狡猾なクローヴィスが墓場から舞い戻ったのだ。わしは初めてこのことを口にするが、ペニントン・バークリーにとっては、それよりもっと悪いことがあった」

「もっと悪い?」フェイが繰り返した。

「はるかに悪いことだ。何もかも失うばかりか、新しい相続人がアメリカからやってくる。ニック・バークリーは、この家を取り上げるつもりはないと確かにいった。しかし、信じられるか? 今いったような状況でなければ、信じられたかもしれんが、ペニントンには絶えず誰かがつきまとい、疑惑を植えつけ、恐ろしい言葉をささやき、あらぬ考えを吹き込んでいた」

「誰かが」フェイが激しく震え出したので、ガレットはまた椅子の肘掛けに腰を下ろした。

「誰かが、とおっしゃいました？」

「そうだ。それを心に留めておきたまえ。だが、そのささやきが効果を発揮する前に、何が起こったかを考えてほしい。ペニントン・バークリーは、すでに苦い思いをし、鬱々とした精神状態になっていた。そして、二通目の遺言状が見つかってから、それに対して何らかの取り決めがなされるまでの間に、幽霊が一週間に二度も現れている。

ペニントンが支援者または味方とみなしている人物の前に、幽霊は出たかね？　心から愛し、大切に思っているデイドラの前に姿を見せたか？　好感を抱いているミス・ウォーダー、あんたの前には？　気に入ってお抱えにしているドクター・フォーテスキューの前には？　いいや、こういった人々の前には出ておらん。幽霊はミセス・ティフィンの前に現れた。さらにエステル・バークリーの前に。

そして、その二件には、いくぶん違いがあるといわせてもらおう。

今では明らかだが」フェル博士は煙を払いながら続けた。「エステルは、寄ると触ると兄に文句をいい、こき下ろした。そんなことが、気が遠くなるほど長きにわたって続いてきたのだ。妹の前では、彼は苦労しつつも何とか感情を抑えていられた。妹が毎年相当額の収入を得られるようにする気構えもあったし、遺産相続人のままだったらそうしていただろう。彼にとって、金には何の意味もなかった。これまでずっとそうだった。だが、妹を心から愛しているだろうか？　その答えは、自分たちで考えてくれ。

ミセス・ティフィンのほうはどうか。料理人に対しては、彼はほのめかし程度のことしかいっていない。ミセス・ティフィン本人がその一端を垣間見せたが、事実とは違っていたと思われる。あのふたりは反りが合わなかった。ミセス・ティフィンの話では、ペニントン・バークリーは彼女に意地悪されていると思い込んでいた。しかし、彼はただ――おそらく事実なのだろうが――彼女は料理ができないと考えているのだ。だがペニントンは、十八年も働いてきた使用人を馘にはしないだろう。エステルを冷たい世間に放り出さないのと同じで。どんなことがあろうと、彼が現状を変えることはない。では、何ができたか？

彼の心の中にはすでに、苦い苦悩の炎が燃えさかっていたといわせてくれ。それでは足りないとばかりに、妹と使用人が一緒になって家庭内の不和を生み出し、彼を怒りに駆り立てた。ふたりは自分のことが嫌いなのか？　手を組んで盾ついているのか？　いいだろう、必ずや思い知らせてやる。ふたりして、この報いを受けろ。こうして幽霊は二度にわたって現れ、わしらがすでに想像したトリックで消えたというわけだ」

フェイは挑発的な身振りを見せた。

「フェル博士」声を張りあげる。「あなたがそうおっしゃるなら、信じましょう！」

「そう主張しているのはわしだけではないぞ、ミス・ウォーダー」

「ほかに誰が?」

「ペニントン・バークリー本人だよ」

「あの方が認めるなら信じないわけにはいきません。正気の沙汰とは思えませんけど……」

「いいや、正気そのものさ」

「ああ、何とでもおっしゃってください! ずっと昔の出来事と今年になって起こったことは、まったく別物だわ。人もあろうにミスター・バークリーが、廃屋の中でいたずらをする子供のような真似をしたというんですか?」

「そうとも」

「あの年で? 異常だし、馬鹿げてます! 何といっても、分別のある大人ですよ?」

「確かに、われわれには分別がある、あるいはそう自負している。だが、感情が常にそうだとは限らないのではないか? 年とともに賢くなるという説は、人類の経験によって否定されている。これは気性の問題だ。もうひとつ質問させてもらおう。あんたは、自分がバークリーのような浅はかな行動をしたことはないと思っているのだろう。自分が愚かなことをしたときに、それを認められるかね?」

「いいえ!」フェイはうろたえた。「いいたいことはわかります。わたしが間違っていました。あんな言葉遣いをするんじゃありませんでした。許してください。わたしのやることなすこと、異常で馬鹿げたことでなかったためしはないのに、人のことをどうこういえる立場ではありませんわね」

「あんた自身、夢想家の気があるな。くよくよする癖はやめたがいい。自分に許しさえすれば、あんたには人生を楽しむ才能がある。人生を楽しむことだ、ミス・ウォーダー。アンダースンが助けになるだろう！　ときに……」

「お話では、ミスター・バークリーは幽霊に扮すると決めたのでしたね。それはわかります。口述のときや、普通に話をしているときの彼を見ていますから。まるで上の空でした。老判事の亡霊になった自分のことを考えていたのでしょう。老判事を演じ、ふたりの女性を怖がらせて黙らせようと。成功はしませんでしたが、それはどうでもいいことです。彼はどんな小道具を使ったんでしょう？　まさか、四十年近く前に使ったのと同じものではないでしょうね」

「ああ、同じではない」フェル博士はパイプを突きつけた。「あの衣装は――法服、覗き穴を開けた黒い絹の頭巾、ナイロンの手袋に至るまで――ボーンマスで入手したものだ。エリオットが屋敷じゅう探しても見つからなかったのも、驚くには当たらん。彼の部屋の、そのとき寝ていたベッドの下に隠してあるとは、知るよしもなかった」

「そのとき寝ていたベッド？」ガレットは片手をフェイの肩に置いた。「今は寝ていないんですか？」

「今は起き上がって目を光らせているよ。回復してはいないし、自責の念にも相当打ちのめされているがね」

「また自責の念?」フェイが馬鹿にしたようにいった。「何に対して? 口やかましいエステルを怖がらせたことですか?」

「それは」フェル博士は答えた。「氷山の一角にすぎん。しかし、話を元に戻してもよければ、四月から今日までの彼の苦く鬱々とした心情を思い返してほしい。ある程度までは、幽霊のふりをすることでその気持ちをせき止めていた。だが、ふさぎの虫はすっかり彼に取りついていた。その上、腹黒い偽善者があらぬ考えを吹き込んでくる。苦痛の与え手は、新しい相続人が来るぞとささやく。ペニントン・バークリーは財産を取り上げられ、屋敷のあるじの地位を失い、緑樹館から永遠に追放されるのだと。そこで彼は決意した……」

「フェル博士、その苦痛の与え手とは誰なんです?」

「ミス・ウォーダー、確かそれを示す証拠があるはずだが?」

「わかりません!」フェイは震えていた。「博士のおっしゃることは、わかるような気がしたと思っても、すぐ霧の中にまぎれてしまう。その苦痛の与え手というのは、わたしたちが捜している犯人でもあるのでしょう?」

「そうだ」

「だったら、聞かせてください。もう邪魔はしませんから。ミスター・バークリーは決意した――何を決意したんです?」

「彼は我慢の限界に来ていた。ふさぎの虫と憂鬱が勝ったのだ。幾人かが恐れ、ひとりが熱心に望んだように、彼は自殺を決意した」

またしてもフェル博士のパイプの火は消えていた。博士は今度は火をつけ直さなかった。パイプをポケットにしまい、ふたりの前をのっしのっしと横切って書き物机に向かうと、くるりと振り返った。フェイとガレットは立ち上がり、彼と向き合った。フロアスタンドの光が、机と吸取紙の束をまばゆく照らし、その向こうでは、カーテンを開けた窓を月明かりが銀色に染めている。

「そのとき、彼は自殺を決意していた。ゆうべ、この部屋で、彼は衆人を前にその意思を認めたも同然だった。アンダースン、ゆうべのことを思い出してみたまえ。

自殺を決意したものの、さて、どうすればいい？　リボルバーは持っている。弾薬はひと箱あるし、銃には弾が込めてある。だが、それだけでは足りない。絶望に打ちひしがれてはいても、嘘偽りなく、彼は芝居じみた仕掛けや芝居じみた味つけをせずにはいられなかったのだ。

妻はブロッケンハースト駅に新しい相続人を迎えに行き、十時頃に帰ってくる予定だ。ほかの人々も一緒で、その中には秘書もいる。少なくとも彼はそう思っていた。郵便でも取り寄せられる本を買うという、無用な使いに出された秘書がね。全員が壮大な叙事詩の真似事のために集まってくる。もうすぐその時が来る。車が近づく音が聞こえたら、彼は机の横にあるゴブラン織の椅子の前に立ち、ピストルを構え、弾丸を自分の胸に撃ち込むつもりだった」

フェル博士は激しくあえぎながら、ステッキでゴブラン織の椅子をつついた。

「想像してみたまえ、アンダースン。ゆうべ、車でここへ来たときのことを。ペニントンの頭の中で何が起こっていたかを想像するのだ。彼はこの世の最後の夜、あるいは彼がそう考えていた夜に『タイムズ文芸余録』への投書のための覚書を書いていた。準備は調った。闇の帳(とばり)が下り、車の音が聞こえてくる。彼は凶器を胸に近づける——ぴったりくっつけはしない。自殺者は、自分の体が傷つくのを忌み嫌うものだ——そして歯を食いしばり、引き金を引く。銃声が轟き、激しい衝撃が彼を襲った。引火したガスがスモーキング・ジャケットの胸を焦がし、痛みが押し寄せてくる。だがそのあとは——何も起こらない。彼は椅子にどさりと坐った。あるのは期待外れに終わったという恐怖だけだ。妻が弾をすり替えていたために、彼は空砲で自分を撃ったのだ」

フェイは前に出たが、何もいわなかった。口を開いたのはガレットのほうだった。

「それから？　その直後のことは？……」

「いいかね」フェル博士がいった。「彼はすぐに状況を覚った。と同時に、自分のしたことへの深い嫌悪感に襲われた。やりすぎた。もう少しで愚かな真似をするところだった。絶望を乗り越えた今、気持ちを切り替えて立ち向かわなければ。

自殺を図ったことを認めるわけにはいかない。何ひとつ認めるものか。彼はすぐさま、一切を説明する物語を作り上げた。とにかく彼はそう思った。きみ自身、証言しただろう——現に、証人たちの幾人かはこう強調している——きみとニック・バークリー、アンドリュー・ドーリッシュが図書室の窓にたどり着くまでには、かなりの間があったと。

証人の誰もが、ペニントンの顔にまぎれもない苦痛の表情を見ている。あとになって、彼が体の痛みを訴えたのを聞いてもいる。それにはしかるべき理由があった。そう、空砲の装薬押さえが体に当たったのだ。火薬で焦げたスモーキング・ジャケットの下で皮膚が焼けた痛みもある。空砲から飛び出した装薬押さえだが、彼は本当にそれを芝生に投げたのだろうか？ のちの豪雨のせいで、まともな捜査はできなかった。クロークルームにトイレはないが、洗面台の蛇口をひねって流したのではないか？ わしなら後者を採るね。

とにかく、証人たちが窓から室内に入る間に、実際には何があったのだろう？

ペニントンは左手の窓のそばにリボルバーを落とし、急いでクロークルームに入った。クロークルームのロッカーには、彼が着ている焦げたジャケットと似たジャケットが二着あった。彼は焦げたジャケットをロッカーに吊るし、二着のうち一着を急いで身につけた。そして椅子に戻り、演技に備えて筋肉を張りつめさせた。こうして、きみらが入ったときには、物語の準備はできていた。

幽霊に対するそれまでの彼の態度には、矛盾するところがあった。幽霊などいないと頑として主張することで、エステルとミセス・ティフィンという特定の人物が、かえってそれを信じるように仕向けたのだ。とどのつまり、彼自身がこの屋敷内で唯一の幽霊だった。そしてエステルを相手にしたときはうまくいったのだ。

さて、リボルバーが発砲されたことを説明する必要に迫られた彼は幽霊のイメージに飛びつき、悪意を持った覆面の闖入者に空砲で撃たれたという話に仕立て上げた。彼がつまずいたのは、いうまでもなく、左手の窓が閉ざされ、鍵までかかっていたことに気づかなかった点だ。右手の窓が大きく開いているのを見て、もう一方の窓もカーテンの向こうで開いているものと思い込んでいたのだ。彼の作り話は見事だった。人を魅了する声と身振りの主だからな。だが、にわか仕立ての嘘は、しばしばこんな障害につまずくものだ」

「すると」ガレットが尋ねた。「あの話に、これっぽっちも真実はなかったのですか？」

「覆面をした闖入者のことかね？　真っ赤な嘘さ」

「でも、ドクター・フォーテスキューが請け合って――」

「その件はあと回しだ。証人たちが入ってきてからのことに集中するのだ」

ガレットの頭に、そのときの状況がまざまざとよみがえった。

「フェル博士、あなたのおっしゃる通りだった気がします。ミスター・バークリーのことが目に浮かびます。背が高くてひ弱なあの人は、やつれた顔と人を魅了する目つきで、もっともらしくその話をしている間、ぼくたちを支配していた。彼は自殺という思い切った試みに出て失敗した。幽霊じみた闖入者が現れたという話も、うまくいかなかった。ぼくはすっかり信じていましたが。彼がどんな気持ちだったかわかります。すでに数々の苦しみを味わって……」

「また別の苦しみが待ち受けているのは想像に難くない。だからこそ、十時過ぎから十一時前までの短い時間に起こったことに集中しろといっているのだ。彼の自殺を望み、実現を祈っていた人物もまた、その試みが失敗に終わったのを目の当たりにし、理由を察した。その誰かさんはすべてを見て取った。そして、さまざまな事情が重なった今こそ絶好の殺人の機会と見たのだ。バークリー自身の嘘が、殺人犯の隠れ蓑となる。誰かさんはそれに飛びつき、利用した。目の前に繰り広げられた場面を、よく思い出してほしい。それに集中すれば、やがて――」

フェル博士が言葉を切った。図書室の通路側のドアが、エリオット副警視長の手で開けられた。その向こうの通路には漆黒の闇が広がっている。エリオットは手にした懐中電灯をつけたり消したりしていた。フェル博士は首を巡らせた。

「来たか、エリオット?」

「たった今」相手は答えた。「ほんの数分前に。みなさん、落ち着いて!」

フェル博士は騒々しく喉を鳴らした。

「いいぞ。おっと! そのまま中央ホールへ向かうのだ。わしもすぐに行く」

エリオットは、真っ暗な通路に懐中電灯の光を向けながら、東のほうへ消えた。フェル博士は、フェイとガレットに向かって目をしばたたいた。

「聞いての通り、合言葉は『みなさん、落ち着いて!』だ」そういうフェル博士自身、落ち着いているようには見えなかった。「しかし、きみらふたりが一緒にいてはならない理由はない。この喜劇の結末が見たければ……」

「ええ?」フェイが息を呑んだ。

「静かにすることだ。ついてきなさい」

左腕にステッキを抱え、フェル博士はマッチ箱を取り出した。手を伸ばし、机の横のフロアスタンドを消す。西向きの窓を銀色に照らす月明かりを除いて、さまざまな思いを見届けてきた部屋は深い闇に包まれた。やがてマッチのシュッという音がして小さな炎がひらめき、フェイの目と唇を照らし出した。

フェル博士はマッチを高く掲げ、まごつきながらドアまで道案内した。ガレットはフェイの肩を抱いて博士に続く。エリオットはドアを大きく開けたままにしていた。フェル博士も閉めなかった。博士は、ふたりを通路の斜め向かいにある音楽室へ連れていった。そのドアも、しばらく前に彼らが出たまま、大きく開かれている。博士は、音楽室のすぐ内側にふたりを立たせた。マッチの火が消えた。フェル博士は悪態をついてもう一本擦ると、こもったささやき声でいった。

「何かが起こるかもしれんし」博士はぼそぼそといった。「起こらないかもしれん。起こるとすれば十五分以内だろう。そこにいなさい。ドアの前から動いちゃいかん。坐るのもだめだ。一分か二分は話をしてもいいが、それ以上にならんようにな。決してささやき声より大きな声を出すんじゃないぞ。誰かが図書室に入るのが見えたら……いいかね! 何を見聞きしても、しゃべったり、動いたり、邪魔立てしたりしないように。わしがいった時間内に何も起こらなかったら、別のやり方で幕を下ろさねばならん。何かが起こったら――とにかく落ち着くことだ。そうすれば、神のご加護があるだろう！　では、失敬」

小さな炎が揺らめきながら、通路を中央ホールのほうへ去っていった。やがて炎はまたたき、消えた。フェル博士はもうマッチを擦らなかったが、絨毯の上からでも重々しい足音が聞こえた。

月明かりが西の窓から通路に射し、絨毯の上を十二フィートから十五フィートほど伸びていた。古い屋敷は完全な静寂に包まれ、木のきしむ音すら聞こえてこない。だが、何かの音がしていた。ガレットがフェイの震えを止めさせようときつく抱き締め、ふたりの切迫したささやき声が闇に漂った。

「ガレット？」

「シーッ！　静かに！」

「そんなに大きな声じゃないでしょう？」

「ああ、だけど……どうした？」

「誰かが入るのが見えたらと、博士はいったたわね。図書室にいったい何の用があるの？」

「間違っているかもしれないが、目当ては図書室ではないと思う」ガレットの想像力が暴走しはじめた。「目的はクロークルームだろう。狙いはペニントンだ」

「ミスター・バークリーを？　どうして？」

「彼はもう自室にいない。フェル博士は答えなかったけれどね。賭けてもいいが、ペニントンは自分のねぐらへ行くとごねて、クロークルームの長椅子をベッドにしているはずだ」

「でもガレット、いったいどうして――」

「シッ！　頼むから黙っていてくれ！」

「フェル博士は、一分か二分なら話してもいいといったわ。いったいどうしてミスター・バークリーがそこにいるの？」

「殺人者がまた行動を起こすのに備えて、罠を仕掛けたのさ……」

「また？　警察が見張っていることは誰でも知っているのに？」

「誰でも知っているといえるかな。それから、フェル博士のアドバイスだが……」

「ええ？」

「『一緒にいてもいい』と博士はいった。『きみらふたりが一緒にいてはならない理由はない』と。それがもっと長い時間にわたってはいけない理由はないだろう？　ミス・ウォーダー、ぼくと結婚してくれませんか？」

「ああ、ガレット、うまくいくと思う？　本当に、うまくいくと思う？」

「なぜうまくいかないと思うんだ？　デイドラとニックが本気じゃないと思っているからだろう？」

「そんなことはないわ！　わたしは――」

「うまくいくよ、ぼくの砂糖菓子さん。絶対にうまくいく」

「ガレット、ガレット、声が大きいのはどっち？」

「好きなだけ大声でいうさ。こっちへおいで」

「ダーリン、わたしはここにいるわ。これ以上そばに寄れというの？」

「それは……」


大声にせよ小声にせよ、彼はもう何もいわなかった。その必要がなくなっていた。ふたりは長い口づけを交わした。その間も、想像力はまた別の方向へと暴走していた。どれほどの間そうしていたか、ガレットにはわからなかった。遠くで、客間の箱型の振り子時計のものとおぼしきくぐもった音が、十二時十五分を告げた。それからしばらくして、首に回されていたフェイの右手が、急に何かを指すように上がった。ガレットはびくっとし、夢から覚めて、混乱しながらあとずさった。

誰かが足を引きずりながら、中央ホールのほうから暗い通路をやってくる。

だが、本当に聞こえたのか、確信が持てなかった。彼の耳が捉えたのは、その正体を知らせる音というよりも、動いている気配、空気の揺らぎ、誰かがよからぬ目的で近づいてきているという感覚だった。正体はわからないが、それはゆっくりと、手探りで近づいていた。最初に聞こえた音らしい音は、足音ではなかった。それはかすかな、小さくきしる音だった。硬いものの上に、金属をゆっくりと、繰り返し滑らせるような音だ。

ガレットとフェイのいる音楽室の戸口では、無言の戦いが繰り広げられていた。薄明かりを通してガレットにはフェイの顔がかろうじて見えたが、その目は大きく見開かれていた。彼女は何もいわなかったが、その目は口に出すようにはっきりと意思を伝えていた。

〝まさか、行くつもりじゃないでしょう？〟彼女の目が懇願していた。〝ここにいろといわれたはずよ。出ていったりしないわよね？〟

〝行かなければ！〟ガレットの目が答えた。〝誰かが図書室に近づいている。すぐそばまで来ているんだ。そして……〟

そのとき、彼は気づいた。

西の窓から射し込む月光は、さらに何インチか伸び、図書室の入口の西側に届こうとしていた。暗がりの徘徊者もすっかり闇にまぎれるわけにはいかず、月光のへりに束の間身をさらした。一瞬ためらってから、開いたドアの奥へ溶け込むように入っていく。その手に持ったものを月明かりがまばゆく照らし出すと、ガレットはさっきのひそやかな音が何だったかを知った。企みを胸に図書室へ入った徘徊者は、折畳み式の剃刀の刃を、片手に持った砥石で研いでいたのだ。

それが決め手だった。ガレットは引き止めるフェイを振り払い、大股で通路を横切った。だが音は立てず、図書室の入口で立ち止まり、月明かりがまだらに射す闇の中、徘徊者の姿を捜した。ついに明らかになる！　正体不明のその顔を見られるのだ！　待ち焦がれた結末のためなら、徘徊者が振り返って襲ってくる危険を冒す価値はある。

ところが、徘徊者は襲ってはこなかった。振り返りもせず、気がついてもいないようだった。油を引いた砥石は、ぼろきれか何かで包んでポケットにしまったのだろう。左手からは、ペン型ライトの細い光がまっすぐに伸びていた。その人物はアルコーブに作られたクロークルームの閉じたドアへ近づいていった。ガレットから四歩ほど離れたところでノブに手を伸ばし、ドアを開ける。ペン型ライトの光が中を照らし出した。男は右手に用意した剃刀で、予行演習のように空気を右から左に切り裂き、クロークルームに足を踏み入れた……。

「ほう、ほう、なるほど」聞き覚えのある声がした。

カチッという鋭い音がして、光があたりに広がり、ガレットは一瞬目がくらんだ。それでも、視力を取り戻すまでの間、ガレットの脳裏には、ペニントン・バークリーがベッド代わりの長椅子に身を起こし、腰に当てたクッションにもたれている姿が焼きついていた。ガレット同様、しばし視力を失ったペニントン・バークリーの手には、天井から下がった電球につながる長いコードの端が握られていた。たとえ完全に目がくらんでいたとしても、彼は長椅子の足許にいる徘徊者に話しかけるのをやめなかっただろう。

「ようこそ、わが友よ」低い声がいった。「再度の試みというやつだな？　今度はもちろん、喉を掻き切っての自殺に見せかけるつもりで。警視、この男を捕まえてください」

徘徊者が、突進するかのように頭を低くして振り返った。視力を取り戻しかけたガレットの背後で、爆発のような音を立てて書庫のドアが開いた。ハロルド・ウィック警視が、口髭を逆立て、不穏な落ち着きとともにアルコーブを横切ってきた。

「下がってください」彼はガレットにいった。「公務の妨げになりますので」それから、徘徊者に向かって、「アンドリュー・ドーリッシュ、ペニントン・バークリー殺害未遂の容疑で逮捕する。あらかじめ警告しておくが、おまえのいったことは逐一書き留められ、法廷での証拠となる」

18

フェル博士がいたく気に入ったパブは、ブラックフィールドの〈ハンプシャーの郷士〉亭だった。六月十四日の日曜の夜、ブラックフィールドの向こうでは、ファウリーにある製油所の炎が、夜空を背景にオレンジ色に揺らめいている。〈郷士〉亭のラウンジバーでは、赤いシェードの壁掛け照明の心地よい光の下、ささやかなパーティめいたものが開かれていた。

バーの一角で、エールの大ジョッキとテーブルを前に鎮座しているのは、ギディオン・フェル博士。フェイがその向かいに坐り、三杯目のシャンパン・カクテルを飲んでいる。ニック・バークリーが片側でスコッチ・アンド・ソーダに親しんでいる間、ガレット・アンダースンは反対側でピムス・ナンバーワンに専念していた。煙草の煙が祈禱のように立ち昇っている。

「じゃあ、弁護士先生の仕業だったわけか」ニックが大声でいった。「それはわかった。だが、何でまたそんなことをしたんだ？　凶悪な犯罪はすべて、デイドラを手に入れたいがためにやったというのか？」

「そうさ」ガレットが答えた。「その口を五分ほど閉じてくれれば、フェル博士に説明してもらえるんだがね」

「黙るよ」ニックが宣言した。「ひとことだってしゃべるものか。今この瞬間から始まるおれの不変の沈黙に比べれば、スフィンクスは猛烈なおしゃべり野郎で、クエーカー教徒の礼拝は絶え間ないゴシップ大会ってところだ。いいとも、ソロン先生、真相はどうなんだ?」

フェル博士は海泡石のパイプを下ろした。

「わしは途中から首を突っ込んだが、仮に最初の最初から関わっていたら、アンドリュー・ドーリッシュという男のことを考えようとは思わなかっただろう。

あの紳士に最初にお目にかかったのは金曜の夜だ。エリオットとわしを出迎えたあの男は、よくしゃべる割に話の中身はほとんどなかった。それから彼は、息子が置いていったレインコートを着て、膨らんだブリーフケースを手に、自分の車に急いだ。あるいは、そう見えた。レインコートのことを覚えておきたまえ——丈の長い、薄手の青いレインコートで、のちに彼の事務所の廊下にぶら下がっているのを見たはずだ。ブリーフケースのことも覚えておいてくれ。そのふたつについては、あとで振り返る。

やつが世間に向けていた偽りの顔と、その下に隠していた本物の顔を比べるのは一興だろう。偽りの顔は、忠実で、現実的で、どちらかといえば想像力に乏しい顧問弁護士。そして、知らず知らず垣間見せていた裏の顔は、がらりと違う様相を呈していた。機転のきく頭のいい男だ。言葉の端々から、人を小馬鹿にした態度がうかがえる。想像力に乏しいどころか、その反対だ。ほんの一瞬でも自制心を失えば、ペニントン・バークリーに劣らず芝居がかる。というのも、あの男の性格に顕著なのはうぬぼれだからだ。あの男はうぬぼれの塊なのだ。気取ったり得意になったりする習性は、どうしたって目につく。ペニントン・バークリーは、まさにその習性について意見していたはずだ」

ニックが拳でテーブルを叩いた。

「ペンおじさんが意見したって？　その通りだ！　『あっちへ行け、アンドリュー！』とね」

ニックはおじの言葉を引用した。「『頼むから、得意げな顔をするのはやめてくれ！』それからほかにもいっていた。『おまえはなかなか頭が切れる。だが、法廷に現れたマコーリーのような得意顔はよせ』とか。それは本当だったんだな」

「さよう」とフェル博士。「アンドリュー・ドーリッシュがしきりに自分の姿を鏡に映して見るのと同じくらい、目立つ癖だ」

「鏡か！」またしても、ニックがテーブルを叩いた。「何てことだ！　まったくだ！　図書室の暖炉の上に大きなヴェネチアン・ミラーがある。デイドラの隣に立っている間、あいつはずっと自分の姿をちらちら見ていたっけ。そうだ、おれも気づいていた！　だが、考えもしなかった……」

「手近に鏡がなくても」フェル博士がいった。「磨き込まれた銀の飾り板や、ぴかぴかの書棚のガラス扉といったものはどこにでもある。土曜日に訪ねたとき、彼の事務所にあったのを、きみらも見ているだろう。

いや、これは失礼！　先走りすぎたようだ。話を戻そう。

金曜の夜、十一時少し前、ペニントン・バークリーは銃で胸を撃たれた。それは、すでに説明した空砲による自殺未遂ではなく、本物の襲撃であり本物の殺人未遂だったのだ。

われわれはこれまで、多くの証言を聞いた。四人の人物——ミセス・バークリー、ニック、ガレット・アンダースン、アンドリュー・ドーリッシュ——が、ブロッケンハースト駅から車で〈悪魔のひじ〉まで来る途中に交わした会話について。それから、七人——先ほどの四人に、ペニントンとエステルとドクター・フォーテスキューを加えたメンバー——全員が、十時四十分にペニントンに図書室から追い出されるまでの、ある重要な出来事の間に口にしたことについて。それらの出来事から、あの尊敬すべき顧問弁護士が、実に興味深い光の中に浮かんできたのだ」

「どんなふうに？」ニックが訊いた。

「ウォータールー駅で、きみたち三人が列車を待っているとき、やつは早くも自殺の可能性をほのめかしていた。さほど強くは主張しなかったがね。やりすぎたと思って引っ込めたものの、事あるごとにそれを持ち出していた。やつは、雇い主が自殺する恐れがある、何とか防がなければ、と嘆いていた！

ところが、車で緑樹館へ向かう間、ほかにどんなことを聞かされた？　ペニントン・バークリーが二二口径のリボルバーを持っていることだ。『リボルバーはよくなかった』と、アンドリュー・ドーリッシュはいったろう。『買うのを許すべきではありませんでした。まして使い方を教えるなんて』そういったのではなかったかね?」

「一言一句その通りです」

「あきれた話だ!」フェル博士は苦虫を噛み潰したような顔をした。「ドーリッシュは家庭の事務弁護士というだけではない。刑事事件も扱い、警察とは互いに知った仲だ。バークリーが銃を入手するのを本気で阻止したければ、こっそり警察に話せばいい。バークリーにはわけがわからないまま、所持許可は下りず、リボルバーも手に入らなかっただろう。事は簡単に済んだはずだ。そんな例はいくらでも挙げられる。だが、ドーリッシュは何もしなかった。やつの善人ぶった言葉は、ふたつのことを示している。ひとつは、やつが銃火器の扱いに長けているらしいことで、それは事実だと今ではわかっている。もうひとつは、バークリーへの見せかけの友情の裏には、醜くもつれた感情が潜んでいることだ。かたや、ミセス・バークリーに対する、わざとらしい、父親めいた愛情は……」

「父親的な愛情ではなかったのね?」フェイが不意にいった。「金曜の夜遅く、わたしの耳に届くところで、例によってエステルがとんでもない臆測を口走ったけれど、そのときばかりは真実を衝いていたようね。彼女は、ドーリッシュがディーに必要以上の関心を抱いているとほのめかした。それは事実だったんでしょう?」

「そうだ、ミス・ウォーダー。エステルの勘も一度ならず当たったわけだ。善良なドーリッシュは、ミセス・バークリーにいささか近づきすぎた。しきりに彼女のそばに寄っては触れようとし、必要もないのに彼女の名前を会話の端々に上らせた。途方もないうぬぼれの塊であるあの男は、夫さえ死ねばデイドラ・バークリーは口説きに応じ、自分の腕に飛び込んでくるという思い込みを、少しも疑わなかったのだ」

「でも、デイドラは？……」

「おそらく」フェル博士は答えた。「そのようなことは夢にも思わなかっただろう。ミセス・バークリーは思いやりがあって、直情的で、人を信じすぎるきらいがあるようだ。そして彼女は、アンドリュー・ドーリッシュを絶対的に信用していた」

「それをいうなら、みんな同じだ」ニックが鋭く指摘した。

「そうだ。きみのおじさんも彼を信用していた」

「おれがいいたいのは――」

「わかっている。だが、いろいろな意味で、ドーリッシュはうまいことを考えついたと思い込んでいた。ペニントン・バークリーは資産家だ。彼が死ねば妻が遺産を相続する。女性そのものと、彼女についてくる金、どちらがどれほどあの男を駆り立てたかは、推測の域を出ない。だが、やつの目の前には素晴らしい展望が開けていた。バークリーの耳に吹き込んだことは、相手を自殺へと追い込みつつあった。まんまと疑いを植えつけ、バークリーが自ら命を絶てば上首尾だ。もし自殺しなかった場合には……」

「ブラックストン先生は、殺人のお膳立てをしなくてはならなかった？」

「殺人のお膳立てをしなくてはならなかったのだ。知っての通り、もう少しで自殺は完遂するところだった。黄昏の中でリボルバーの銃声を聞いたドーリッシュは、現場に駆けつけて計略が失敗に終わったと知ると、計画全体の変更を迫られた。

それに続く出来事への答えは、自殺を試みた直後のペニントン・バークリーにきみたちが対面したときの、ドーリッシュの言葉と行動に見出せる。ドーリッシュには、何が起こったかわかっていたのだ。問いかけから明らかだったが、ドーリッシュはバークリーの動きをいちいち推し量っていた。むろん」フェル博士は理屈っぽく、「金曜の夜に証言を確認した時点では、ドーリッシュへの疑惑は次第に濃くなりつつある一方、必ずしも確定できたとはいえなかった。さらに多くの情報を集め、それらの疑惑を裏づけねばならなかった。確証はあとから出てきたのだ」

「ねえ、ソロン先生」ニックが注意を惹くように立ち上がり、大声でいった。「今さらそこまで慎重にならなくたっていいだろう。ペンおじさんが自分に銃を向けたことは、みんなが知っている。自殺未遂のあとに残ったのは、ひどいショックを受けたペンおじさんと、焼け焦げたスモーキング・ジャケットだけ。そこへブラックストンとガレットとおれが飛び込んだ。ペンおじさんはおれたちと、間もなく駆けつけたほかの連中に、幽霊じみた闖入者の話を聞かせた。ペンそして、まったくあなたのいう通りで、ドーリッシュはペンおじさんのしたことをいちいち推し量っていた。まるで一種の決闘だった。ドーリッシュは、ペンおじさんに自殺を図ったことを認めろと怒鳴りつけんばかりだったし、おじさんは絶対に認めなかった。ドーリッシュはこういった。『今夜もかなり憂鬱そうで、意気銷沈しているご様子だったので。まるで……』とね。ペンおじさんが聞きとがめて『まるで、何だ?』というと、ドーリッシュはおじさんに、ほかにいうことはないのかと訊いた。

難なく同意してもらえるだろうが」ニックはテーブルに身を乗り出して続けた。「おれたちにはそのことがわかっていた。そう、おれたちはすでに確信していたんだ。あのとき、図書室で何か重大なことが起こったと。それは何だったのか? 遠慮はいらない、ソロン先生。何があったんだ?」

「よろしい!」フェル博士はいった。「ドーリッシュがペニントンの話に異を唱える直前、ひとつ重要な出来事があったのを覚えているだろう。きみ自身が、左手の窓が閉まっていて内側から鍵がかけられていることを示して、おじさんに反論した。覚えているかな?」

「もちろん、はっきり覚えているとも! それが?」

「きみのおじさんは、当然ながら困り果て、気が動転した。怒りの発作のためか、疑われたのに屈辱を感じてか、彼は左手の窓に駆け寄り、開け放った。念のためいっておくが、彼はその前にゴム手袋をはめていた。

彼は指紋を採取するために、その手袋を手に入れた。少なくとも、口ではそういっていた。

現に、必要もないのにいくつか指紋を採っている。彼は〝幽霊〟の正体を見極めるつもりだといった。むろん、きみたちも承知しているように、指紋採取は人を煙に巻く隠れ蓑にすぎん。彼自身が幽霊なのだから、単に自分から注意をそらすのが目的だった。

だが、彼は指紋のカードを持っていた。ゴム手袋も持っていて、きみたちの目の前ではめてみせた。その後、彼が左手の窓に駆け寄って開けたときに手袋をはめていたかどうかについて、ちょっとした議論になった」

「それで？」ニックが訊いた。

「きみのおじさんは」とフェル博士。「本当に覚えていなかったのだ。よければこのわしが、答えを教えてやろう。きみたちの印象とは裏腹に、窓を開けたときには、彼はまだ手袋をしていた」

「おじさんが……何だって？」

「まだ手袋をしていたのだ。それを証明する用意もある。しばし待ちたまえ！」

フェル博士は真剣に上着の胸ポケットを探った。たくさんの紙切れの中から、ようやく一枚のメモを見つけ、ニックに向かって目をしばたたかせながらテーブルの上に広げる。

「これが、きみ自身の証言だ。ほかの証人たちにもいっているし、エリオットとわしにも話している。エリオットが一言一句書き留めていたのを、少々苦労して書き写しておいた。

手袋に関して、きみがエリオットに答えた内容はこうだ。『手袋を外して左手に持ち替えたのは、窓を開けに行く直前だった気がする。あくまでも印象で、絶対にそうだとはいいきれないが』とね。きみはおじさんにも同様に答えたといっている。アンダースンとドーリッシュは、まったく覚えていないとだけ答えた。アンダースンのほうは正直にそういったのだろう。だがドーリッシュは、どう答えれば自分に有利かわからないから、そういったのだ。して、きみの証言はその通りだな？」

「ああ、そうだ」ニックが返した。「だったらどうなんだ？」

フェル博士はメモをポケットにしまった。

「夜中の一時過ぎにエリオットとわしが図書室でこの証言を検討していたとき、きみもその場にいただろう。ペニントン・バークリーの完全な指紋——親指が下、残り四本の指が上の、両手の指紋——は、ほこりにまみれた窓枠の、中央の留め金の両側にくっきりと残っていた。きみは自分の証言を繰り返し、指紋はおじさんが窓枠を押し上げたときについたに違いないといった。だが、そうはいかんのだ。そんなことはありえない！」

「そうはいかない？　ありえないって？」

「やってみるがいい」フェル博士はきっぱりといった。「左の掌にゴム手袋を押しつけたまま、この手の窓を開けてみたまえ。場合によってはあのように、五本の指の跡が鮮明に残るかもしれん。かもしれんとはいったが、憚（はばか）りながらそうはならんのだ。ほこりの上に、丸めたゴム手袋の大きな跡を残さずに、そんなことはできまい。

窓の下枠に積もったほこりには――エリオットが指摘した通り――そのような跡はどこにもなかった。あったのは、指紋の両側からかなり離れたところに、手袋をした手で触れた跡だけだ。エリオットの報告を受けて、わしもこの目で確かめた。それの意味するところは明らかで、きみのおじさんが拳の側面で留め金を外し窓枠を押し上げたときには、彼はまだ手袋をしていたのだ。それが意味するところであり、それ以上でもそれ以下でもない」

「なあ、ソロン先生！」ニックは泣きそうになりながら、「ペンおじさんの指紋は窓についていた。あれは古い指紋だというのか？」

「その可能性もあるが」フェル博士は鋭くいった。「そうではない」

「なら、どうしてついたんだ？」

「じきにわかる」

日曜の夕方とあって客のまばらな、静かなラウンジバーの静かな片隅にいるため、声を低くしなければという緊張感が全員にのしかかっていた。ニックとフェル博士の間には、とりわけ張りつめた空気が漂っている。フェイ・ウォーダーまでが緊張していた。

「ねえ！」テーブルの上でグラスを前後に動かしながら、彼女は言葉を挟んだ。「あなたたちが指紋のことで議論を戦わせている間、わたしはその場にいなかったから、ほとんど聞いていないわ。それは大した問題じゃないんでしょう？　問題は、殺人の計画があったことと、それを企てたのは誰かということ。アンドリュー・ドーリッシュ――よりによって、デイドラが絶対的に信頼していた人だなんて！　この事件の間、彼は何を考えていたの？」

「おお、そうだ」フェル博士は大仰に居住まいを正した。「それが問題なのだ。やつは何を考えていたのか？　何をしたのか？　どのように頭を働かせ、心の内なる目を巡らせて、幸運を取り戻す方法を探したのか？　これまでの計画はすべて無駄になり、ペニントン・バークリーはこれからも生き延びるのだろうか？

いいや、断じてそうさせるものか！　やつは自分が絶対的に正しいと思っていた。そして神も、間を置かず機会を与えたのだ。

次に何があった？　クロークルームから図書室に飛び込んできたエステル・バークリーが、父親の書斎で書類の束を見つけ、それをクロークルームに置いてきたと興奮しながら告げたのだ。

彼女は確かに、亡父の机の引き出しの二重底から、書類を見つけた。ただ一通を除いてな。ここだけの話として、彼女が見つけたものではない書類に触れておこう。それは、クローヴィスの遺言状への偽の補足書で、エステルに一万ポンドを遺贈するという内容だった。彼女が自ら偽造し、そこに置いたのだ。のちにそのことが暴かれたときの、彼女の告白をわしは信じるよ。彼女は金のためにやったのではない。愛する父親に忘れられていないことを示したかったのだ。

偽造した遺言補足書を、ほかのどうでもいい書類にまぎれ込ませたエステルは、いつもの手を使った。兄に食ってかかり、忠実な顧問弁護士にしつこくせがむ。ドーリッシュの誠実さを信じて疑わない彼女は、やつに書類を持ち帰って調べさせた。やがて遺言補足書が見つかり、エステル・バークリーの献身を裏づける証となる。めでたしめでたし、というわけだ。

今いったのは、あくまでも彼女の計画だ。アンドリュー・ドーリッシュには、また別の考えがあった。やつは自分自身の企てを成就させる機会を探していた。幸運は勇者に味方すると、やつならいっただろう。臆面もない厚かましさはいうまでもなく、大胆さを発揮して行動すれば神に見放されることはない。何となれば、ここにまたとないチャンスが転がっているではないか」

「待ってくれ、アリストテレス先生！」ニックがいった。「話の進み方が早すぎて、とてもついていけない。またとないチャンスとは、いったい何だ？」

「わからんかね？」フェル博士が尋ねた。「やつはクロークルームに書類を取りに行くことに同意した。だが書類に用はなかった。そのときは書類を持ち出したのではない。やつは堂々とクロークルームに入り、一緒に入ってこようとするエステルの鼻先でドアを閉めた。クロークルームには別の目当てがあった。ブリーフケースに入れて持ち出せて、成功への道を拓いてくれるはずのもの。どうだね？　何だと思う？」

「わかったような気がします」ガレットが半信半疑の様子で、「ロッカーの中にあった、二着のスモーキング・ジャケットのうちの一着ですね」

「ご名答！」フェル博士がいった。「大当たりだ！　被害者の習慣を知り尽くしていたあの男は、ジャケットのことも知っていた。ロッカーには、そのときバークリーが着ていたのとよく似たスモーキング・ジャケットが二着かかっていた。空砲で自殺を試みたバークリーのジャケットの一着には焼け焦げができているはずだ。もう一着はきれいなままだろう。やつは無傷のジャケットを持ち出さねばならなかった。

ドーリッシュは堂々とクロークルームに入った。当面必要のない書類は、人目につかないよう長椅子の下に隠した。あとからわしが長椅子の下を覗いたのはそのためだが、夜中の十二時までに書類は持ち去られていた。まあ、それはいい。ドーリッシュが殺人未遂を犯す前のことを話していたのだったな。あの男は書類を長椅子の下に押し込み、無傷のスモーキング・ジャケットをブリーフケースに突っ込んだ。

どこまでも厚かましいこの男は、ブリーフケースの留め金を締めながら、再びきみたちの前に悠然と姿を現した。やつが持ち出したと称する書類の束を、実際に見たかね？　いいや、見てはいまい。きみたちを安心させる囮として、やつは一枚の紙片、つまり領収証を、ブリーフケースの蓋からわざとらしくはみ出させておいた。エステルがそれを引ったくり、やつは取り返した。きみたちは、あたかも全部の書類を見たような気になっただろう。こうしてあの男は、本当にほしかったものを持ち出したのだ。ロッカーにあった無傷のジャケットをな」

「しかし、いったい」ニックが激したようにいう。「無傷のジャケットを持ち出すのが、何の役に立つ？」

「それによって、焦げ跡のある一着が残る。犠牲者となる男が、策略か罠によって、あるいはやむを得ず、そのとき着ていたジャケットを替えなくてはならなくなったとしたら？　バークリーは、ロッカーにジャケットが二着あると信じていた。ところが、もはやそうではない。彼がやむを得ない事情で——不本意ながらも——火薬の焦げ跡のあるジャケットにまた袖を通すことになれば、殺人はやりやすくなる。書き物机の上には、実弾を込めたリボルバーがある。大胆不敵で向こう見ずな弁護士先生なら、どさくさにまぎれていつでもかすめ取ることができただろう。弾は、場合によっては離れたところから発射してもいい。ペニントン・バークリーの心臓を撃ち抜くことさえできれば、すでにジャケットについている火薬の焦げ跡で、至近距離からの自殺と見せかけられるからだ。

ドーリッシュはどうやって、焦げ跡のあるジャケットをバークリーに着せたのかと、きみたちは問うだろう。あの時点では（ここで思うさま想像力を働かせてみれば）本人にもわかっていなかったのだ。やつは屋敷を辞去しなければならなかった。エステルが躍起になって追い払おうとしていたからな。それでも、すぐに出ていこうとはしなかった。ドーリッシュの不屈の頭脳、神に選ばれた男の頭脳は、うまい方法を探っていた。その方法をまだ探しているうちに、わしらを混乱に陥れた逆流がまた訪れた。ドクター・エドワード・フォーテスキューが登場し、覆面の闖入者というバークリーの話を裏づけたのだ。

言葉だ。『この家の人間と長くつき合わないほうがいい』というのは、別のときにバークリーがいった言葉だ。『ほとんどが嘘と愚行の常習犯だ』とね。それは当たっている。悪気があるにせよないにせよ、誰もがちょっとした秘密を抱えていた。とはいえ、それぞれの言動は自分の性格に素直に従ってのことだ。そのことは、胆に銘じておいてくれたまえ。エドワード・フォーテスキューを、あまり厳しく責めてはいかん」

「フォーテスキューは嘘をついていたのか？」ニックが訊いた。

「もちろん、あれは嘘だ。だが、くれぐれもわしの忠告を忘れんでくれ。ドクター・フォーテスキューは悪い人間ではないし、特別不正直というわけでもない。彼と会って、話してもいるのだから、人柄はわかっているだろう。正直わしは、この福祉国家があまり好きではないが、わが国においてさえ、医師が国民医療制度に協力しなければならないと規定する法律はない。そして、自身も認めるだろうが、フォーテスキューは安楽な生活が好きなのだ。野心のない男にとって、過剰な義務を負わされないお抱え医師という立場は、ありついてしまえば、この上なくありがたいものだった。

彼が良心を忘れたことのない人間なのは認めよう。彼は自分を、パトロンの食卓につかせてもらっている居候と考えていた。だが、たとえ居候でも捨てがたい立場ゆえ、職務を果たさなくてはならない。少なくとも、彼はそう信じ込んでいた。食いぶちを稼がなくては。そこで、パトロンが嘘八百を並べていると見るや、徹底的に味方した。それが、この一件のすべてさ」

「失礼ですが」フェイが抗議した。「それがすべてではないはずだし、重要なことでもないはずです。それは本筋とはまったく関係のないことでしょう。つまり——」

「つまり、こういいたいのだな？」フェル博士は認めた。「われわれは、不愉快でありながら、あっぱれともいえる殺人未遂事件の話をしていたはずだと。よろしい！　では、図書室でみなに囲まれ、困って汗をかいているアンドリュー・ドーリッシュに話を戻そう。

どうすれば、犠牲者に焦げ跡のあるジャケットを着せることができるか？　やつは確か、書き物机の引き出しにあった糊のチューブに、必要以上に注意を促していた。またもや想像をたくましくすれば、バークリーに糊をぶちまけ、ジャケットを着替える必要を生じせしめるという考えが、やつの頭にあったのではないか？　いいや、それは無理だ！　袖に糊がついたくらいでジャケットを着替えはしないし、バークリーが、まぎれもない自殺未遂の痕跡のあるジャケットを着る気になると思うはずがない。どう考えても望み薄だと思われた。

ところが、希望が潰えたわけでも、神に見放されたわけでもなかった！　何が起こったかは知っての通りだ。エステルが、例によって兄と激しい口論を交わしている最中に、蜂蜜の瓶をめちゃくちゃに振り回したのだ。いっておくが、エステルがドーリッシュの企みに加担していたなどと疑ってはいかん。エステルほど共謀者にふさわしくない者はこの世にいまい。彼女は、いわゆるお騒がせ屋にすぎん。すべて承知の上で、ありとあらゆるごたごたに首を突っ込む。それは性格の一部といってもいいだろう。とにかく、彼女はしばらく瓶を振り回していて、やりすぎたのだ。瓶はマントルピースにぶつかり、兄のジャケットに蜂蜜がたっぷりかかった。

どうだね、諸君？

殺人者の企ては、ここへ来て思いがけず完成した。必ずやバークリーはジャケットを着替える。袖に糊がついたどころの騒ぎではない。無傷のジャケットが見当たらず、火薬の跡がついたものしかないとしても、潔癖な人間からすれば、べたつく蜂蜜より火薬の跡のほうがましだろう。しかし、このことでバークリーは図書室を出られなくなった。誕生会にも出られない。だが、図書室を出る必要があるか？　ほかの者たちも、図書室から彼を引っ張り出すことはできん。本人が両方のドアに差し錠をかけたからだ。知将ドーリッシュは、もちろん別の結末を用意していた。バークリーは死ぬのだ。

ドーリッシュが家へ帰るといって緑樹館を去る間際に、何をしたかについては――」

「何をしたんです？」フェイは両手を握ったり開いたりしながら訊いた。「あの部屋は密室ではなかったんでしょう？　左手の窓が大きく開いていたんじゃありません？」

「左手の窓は大きく開いていた」フェル博士は認めた。

「じゃあ、彼はどうしたの？　それを教えてください」

「これから話すよ、ミス・ウォーダー。この事件にもうひとつ、善意の逆流があったことを指摘してからな」

「善意の逆流？　なぜそんな話を？」

「なぜなら、それによって、わしはアンドリュー・ドーリッシュの有罪を確信したからだ」フェル博士は答えた。「それに、あんたにも関わりのあることだ」

「わたしに?」

「そうとも、ミス・ウォーダー」フェル博士はパイプを取り上げ、温かい目でガレットとニックを見た。「ここに、ひとりの若い女性がいる」博士は続けた。「彼女は二年前、西部地方で起きた毒殺事件に、恐ろしいことに無実でありながら巻き込まれてしまった。エリオットとわしは、そのことを知っていた。エリオットは彼女の顔を覚えていたし、無実であることも承知していた。金曜の夜遅く――あるいは土曜の朝早くというべきか――エリオットは彼女が無実であると請け合った。それまでこの女性はさほど協力的ではなかったが、その後は堰(せき)を切ったように感情が噴き出し、何もかも打ち明けてくれたよ。

このときまで、わしはとりとめもなく考えながら、押し出しのいいドーリッシュを疑っていた。それはまだ推測にすぎず、まったくの勘違いということもありえた。やつがわしの考え通りに行動するとすれば、自殺に見せかけて射殺するだろう。だが、やつは第二の防禦(ぼうぎょ)策を講じようとしていた。抜け目のない人間は、常に次善の策を用意しているものだ。もくろみがすべて失敗に終わり、警察が自殺の線を否定したとしても、第二の犠牲者に仕立て上げるのに、かつて殺人容疑に問われたことのある女性に勝る者がいるだろうか? すなわち、恰好の身代わりとしてだ。

では、ドーリッシュはいかにして彼女のことを知ったのか？　ミス・ウォーダーの話では、彼女の過去を知っているのはミセス・バークリーだけだ。ミセス・バークリーは大いに心配し、警察がまだ自分の友人を追っているのか、ウィック警視に訊いてみようと思い立った。ミス・ウォーダーは、そんなことはしないと約束してくれと頼み、ミセス・バークリーは約束を守った。だが、友達思いのミセス・バークリーは、友人が法的な見地からどんな立場にいるのか知りたくてたまらなかった。そこで、彼女はどうしたか？　誰に相談しただろうか？

その答えは、フロイト流にいえば、わしの潜在意識から大声ではっきりと聞こえてきた。絶対的な信頼を寄せているという点からして、彼女はアンドリュー・ドーリッシュに相談したはずだ。彼は法律家で、依頼人の秘密を守るのが職務。彼女が唯一、絶対的な信頼を寄せていた人物でもある。のちにミセス・バークリーに確かめたところ、果たしてその通りだった。そして、運が味方しなければ、ミス・ウォーダーもやつの餌食になるところだった。

まだ推測の部分が残っているといいたければ、それでも結構。だが、わしはこれで決まりだと思う。神を称え、『証明終わり』と記してもいい気分だ。わしのとりとめのない考えは当たっていた。ドーリッシュが犯人だ。今なら、確信を持って彼のしたことを説明できる。

ドーリッシュは、十時四十分に客たちが図書室を追い出される前に、本人の言葉通りどさくさにまぎれて、書き物机からリボルバーを盗み取った。客間でわしと話しているとき、リボルバーはやつのポケットの中にあったのだ。やつは丈の長い青色のレインコートを着ていた――

雨が降り出したのは日が変わってかなり経ってからのことだから、着るには早すぎるが、何せ用心深い男だからな。やつは山高帽をかぶった。そして、盗んだスモーキング・ジャケットだけを詰めたブリーフケースを手に、自分の車へ向かった。

だが、そう遠くまで車を走らせたわけではない。敷地のすぐ外に車を置いて引き返したのだ。やつは屋敷から離れた入口から庭に忍び込んだ。そして庭の東の入口に進むと、まだ開いていて煌々と明かりのついている左手の窓と向き合った。ここに至って、機は熟した。

時刻は十一時少し前。ペニントン・バークリーは、ドーリッシュの思惑通り、火薬の焦げ跡のついたジャケットを着て図書室にいた。さほど離れていない音楽室では、ギルバート・アンド・サリバンのメドレーが、結末に向かって周りの音を掻き消すほどに盛り上がっていた。

勝ち誇ったドーリッシュは、その窓から六十フィート離れたところにいた。射撃競技の規定距離だ。どう呼びかけても、バークリーは開いた窓におびき出されただろう。きみたち自身の目で見たように、そこは交叉した光にくっきりと照らし出される。しかもドーリッシュには標的があった。えび茶色のジャケットの左胸についた、火薬の焦げ跡だ。

ドーリッシュはリボルバーを構え、撃った。

だが、やつがしたのはそれだけではない。凶器が持ち出されたと覚られないよう、図書室に戻す必要があった。しかも、自殺したと見られる死体のそばで発見されなければならない。そこで、殺人未遂犯はもうひとつ危険を冒すことになった。リボルバーを室内に投げ込むため、窓に向かって芝生の上を駆けていったのだ。さほど大きな危険ではない。月明かりは薄暗かったし、頭を低くして腕で顔を覆っていたからな。

だが、バークリーは？　弾丸の当たった場所が低かったから九死に一生を得たが、究極の恐怖を味わったその瞬間、彼は何を思ったろう？

バークリーは窓辺へ呼び出された。暗闇の中に閃光が走る。空砲の装薬押さえではない何かが、同じ場所に命中する。彼はそれまで幽霊の話を、少なくとも黒い法服の闖入者の話を、何度となくしてきた。庭を駆けてくる人物が着ていたのは、濃い青色の長いレインコートで、それは法服にも、そのほか何にでも見えた。彼は自分を襲撃したのが誰かわからなかった。そこで土曜の午後、そのとき見たものをはっきりさせるために、粘り強く質問したのだ。おぼろげな光の下では、山高帽さえも見分けられなかった。帽子を見間違えたか、かぶり物が違ったとしか思わなかったのだ。

さて、そろそろ見えてきたかね？

ショックと恐怖のただなかで、バークリーは覚った。自分の想像力に仕返しをされたようなものだ。彼はひたすら本能のままに行動した。近づいてくる人影から身を守らなくては。自分との間に盾になるものを置かなくては。つまり、窓を閉めなくてはならない。彼はよろめきながら窓枠に手をかけた。

もちろんドーリッシュは、あとにも先にも幽霊を演じる気はなかった。やつは、ただ殺せばいいという実際家だ。それでも、いよいよという段になって、やつは理性を失いかけた。あとは凶器を手放し図書室に投げ込むだけでいいのに、犠牲者が窓を閉めようとしている！　指紋のことなど構わず、どのみち銃の握りを持っただけでは指紋は残らないが、ドーリッシュは犠牲者越しにリボルバーを室内に投げ込んだ。それは絨毯の上を滑り、ゴブラン織の椅子のそばで止まった。

芝生、人影、そして月光が、ペニントン・バークリーの目の前でぐるぐると回った。何者かにやられた。これでおしまいだ。彼は素手で窓枠をつかみ、わしらが見つけたあの指紋を残しながら窓を引き下ろした。拳の側面を使って留め金を締め、鍵をかける。それから、何とか倒れないように窓のそばを離れた。向きを変え、よろめきながら苦労して何歩か歩き、落ちていたリボルバーのかたわらにくずおれたのだ。

こうして！」フェル博士はエールをぐいと飲み、どすんと音を立てて大ジョッキを置いた。「密室が完成した。単純かつ完璧な密室がな。エリオットにいった通り、この密室は、初めはわれわれが証拠を読み違えつづけたためにできた。そして、ドラマの登場人物がおのおの性格に忠実に行動したことで、完全な密室となったのだ。ペニントン・バークリーも、このときばかりは人をかつぐ気はなかったにせよ、最後にもう少しでわれわれをかつぐところだった」

「だが、ドーリッシュは？」ニックが訊いた。「とことん信用ならない、あの男は……」

「確かに、あの男の行動は」フェル博士は認めた。「褒められたものではない。あとの行動はすぐに説明しよう。やつはまだ家に帰るわけにはいかなかった。持ち帰るふりをしてクロークルームの長椅子の下に押し込んでおいた書類の束を、回収せねばならん。

やつは待った。十一時半から十一時四十五分までの間、われわれが別のことに気を取られている隙に、西の通路の突き当たりにある開いた窓から屋敷に忍び込んだのだ。十一時四十五分、すなわち、エリオットとわしが最初に図書室を訪れる十五分前に、やつは片方の脇に書類の束を、そしておそらく空いているほうの脇に帽子を抱えて、再び屋敷を抜け出した。フィリスが遠くからその姿を見て、レインコートをガウンに、書類の束を包みに見間違え、事件全体に不可思議な要素を加えることとなった。

そのときドーリッシュは、バークリーが命を取り留めたことを知っていただろうか？　その可能性もあるが、わしは知らなかったと思う。翌日、ニック・バークリーからの電話で聞くまで知らなかった可能性が高そうだ。

その間、すでに疑念を口にしながらも、エステルにしつこくせがまれて書類を調べた彼は、偽の遺言補足書を見つけると、それも利用した。自分の立場をさらに強固なものにするため、初めはエステルを非難し、続いて彼女を守ると申し出たのだ。

やつがわしらを相手に事務所で打った芝居は、見事だったと認めないわけにはいかん！　それでも、単なる疑惑にとどまらない何かが、完璧ではないと告げていた。やつは〝幽霊〟が最初にクローヴィス・バークリーの前に現れたのがいつだったか覚えていないといった。そして、その朝初めて問題の日付を調べたといった。ところが、日誌をしまっているという組立式本棚（覚えているかね？）のガラス扉には、しばらく手つかずだとひと目でわかる、厚いほこりが積もっていた。やつは日付を覚えていた。前から覚えていたのに、多くの犯罪者の例に洩れず、話をうまく作ろうとしすぎたのだ。

　殺人に一度失敗した男が、もう一度試みるだろうか？　まんまと逃げおおせることができると思えば、きっとやるだろう。わしは細心の注意を払いつつ、やつにエリオットがバークリーの件を自殺未遂と考えているらしいと吹き込んだ。実際、金曜の夜遅くまで、エリオットはそう疑っていた。そう、わしらは誘惑に徹したのだよ。ドーリッシュだけが、殺されかけた被害者に警察の見張りがついていたことを知らなかった。さらに、われわれが事務所を出る前に、もうひとつ小さな出来事があった。紳士のスポーツの功績を称える数々の記念品の中に、ビズリー射撃場で行われた国際リボルバー射撃コンテスト準優勝のカップを見つけたのだ。うっかり『ビズリー！』とつぶやいてしまったが、きみたちふたりが『ぞっとする（グリズリー）』と聞き違えてくれたおかげで、説明せずに済んだ。

　その日の午後遅くと夜に、エリオットとウィック警視と話し合い、このふたりも、わしが幸運にもたまたまぶつかったのと同じ結論に至っているのがわかった。ウィック警視はすぐに確信した。ドーリッシュ・アンド・ドーリッシュ法律事務所は、しばらく前から経営が傾いていたようだ。さらに、ペニントン・バークリーが深い自責の念に駆られ、自殺しようとした経緯を詳しく話してくれたおかげで、事件の全容が明らかになった。

　もうひとつ、はっきりさせておくべきことがある。法律事務所を出たエステルは、またしても兄が自分に対してよからぬことを企んでいると思い込み、やり込めてやろうと大急ぎで帰宅した。彼女はいつ事故を起こしてもおかしくない状態だった。階段を上りはじめると、方向を誤り、われわれも知っての通り、踊り場から転落した。幸い、一生残るような怪我もなく、やがて回復するだろう。だが、六月十三日は誕生日を祝うどころではなくなってしまったな。

　結局のところ（アンファン）！

　ドーリッシュは再び被害者の命を狙うかもしれないし、狙わないかもしれない。だがバークリーは、きみたちもおなじみのあの態度で、囮になるといって聞かなかった。わしはドーリッシュに、昔からの家族ぐるみの友人に聞かせるように、そつのない、同情を引くような電話をかけ、バークリーの最近のノイローゼについてうまく伝えた。それに彼を、お気に入りの図書室のそばに移したことも。

　ドーリッシュが手を下すとすれば、何を凶器に使うだろう？　次もリボルバーという可能性はあるが、最初に使われたものは警察が押さえているし、今度こそ自殺に間違いないと思わせなければいけない。バークリーは折畳み式の剃刀で髭を剃っていた。ドクター・フォーテスキューが剃刀を全部隠したとしても、剃刀から持ち主は特定できない。誰が持っていてもおかしくない代物だからな。

警察はドーリッシュの動きを見張っていた。一方で、この気まぐれな紳士が夜中に車で外出したからといって、襲撃が実行されるとはいいきれなかった。とはいえ尾行しなければならないし、実際、尾行がついた。ドーリッシュがここから十五分と離れていないボーリュー村を通り過ぎる前に、獲物が向かっているという電話がエリオットの許に入った。罠は仕掛けられた。安心しきった犯人は、正面玄関からまんまと罠に足を踏み入れたのだ。底に流れる感情を除けば、これ以上、つけ加えることはない」

フェル博士は大ジョッキを飲み干し、下ろした。

「ええ」フェイが同意した。「事実はすべて説明してもらいました。それで、わたしたちはどうすればいいのでしょう？　これから何をすれば？」

「これからしなければならないのは」ニックがほとんど怒鳴り声で、「もう一杯やることだ。みんなグラスが空になっているじゃないか。何がいい？　同じものか？」

「同じものだ」ガレットがいった。「だが、今度はぼくのおごりだ。坐っていてくれないか？頼むから……」

ニックは手をポケットに突っ込んで立っていた。いい争いになる前に、ガレットはグラスをまとめ、テーブルまで運ぶのに使ったトレーに載せて、ラウンジ奥のカウンターに持っていった。女性バーテンダーが、すべてのグラスに酒を注ぎ直し、また引っ込んだ。だが、ガレットの背後には、相変わらず抑えた緊張感がまとわりついていた。再びトレーを持ち上げようとして、彼はあたりを見回した。両側にニックとフェイがいる。

「いいか！」ニックがもったいぶるように声を低くした。「あのソロン先生のいっていた、底に流れる感情という話だが……」

「それが？」フェイがいった。

「それが？」ガレットもいった。

「ソロン先生には、それが何なのかわからなかった。ほかのことは何でもお見通しだが、犯罪に関係ないものはわからないのさ」

「本当に、博士にはわからないと思うか？ たとえば、ぼくとフェイのことは……」

「出すぎたことをいうようだが、ガレット、おまえとフェイはどうなんだ？」

「ぼくのほうこそ出すぎたことをいうようだが、きみとデイドラは？」

「聞いてくれ！ デイドラへの思いや気持ちを、ひとことだって撤回するつもりはない。だが……」

「だが、何だ？」

「あれは美しい夢だ。今も、これまでも、これからも、ただそれだけのことだ。警察のほうで急ぎの用がなければ、おれは二、三日中にニューヨークへ発つ。ひとりでな。おれについてくれば、デイドラは良心のとがめから一生逃れられまい。おれの良心も痛まないとはいえない。彼女は、心の中ではペンおじさんのことしか考えていないような気がするんだ。そしておれのほうは、正直なところ、どう思っていたんだろう？　いまいましいことだが、あの大いなるロマンスは、途方もない誘惑であり幻想にすぎなかったわけだ！　だから、おまえたちに訊きたい。何せこの二十四時間というもの、ふたりは結婚するんじゃないかという話で持ち切りだったんだからな」

「本当か？」ガレットがいった。「とにかく事実を確認してみよう。ぼくは彼女に結婚を申し込んだ。彼女は、とっとと失せろといわんばかりの態度だった」

「まあ、何をいうの！」フェイが動いた拍子にカウンターのグラスがひっくり返ったが、空のグラスだったので大事には至らなかった。「そんなことないわ。わたしはただ……」

「わかったよ。きみは何と答えたんだっけ？　人前だろうと何だろうと構わない。ぼくと結婚してくれますか？」

「いいか！」ニックは、暗く力強い目でフェイを見た。「返事をする前によく考えたほうがいい。おれはふたりとも好きだから、幸せになってほしいんだ。愛だの恋だのいわなければ、末永く楽しくやっていけるだろう。愛し合っていると思い込んで結婚すれば、もうおしまいだ。おれにはわかる。結婚は経験しているからな。今の世の中、結婚して何の得がある？　ありっこない！　さあ、ニックおじさんの話を聞け。経験者の声に耳を傾けるんだ。結婚なんかやめておけ。気の迷いを起こすな！　これまで積み重ねられてきた英知にそむくことに、どんな希望がある？」

フェイはダークブルーの瞳でガレットを見上げた。

「ええ、とにかく」彼女は幸せそうにいった。「やるだけやってみるわ」

カーのホームズ愛

中西 裕

本書は『悪魔のひじの家』（*The House at Satan's Elbow*, 1965 邦訳は一九九八）の改訳文庫版です。カー（以下、ジョン・ディクスン・カーもカーター・ディクスンも「カー」で統一します）の長篇はほぼすべてが訳されていますが、晩期の作です。おどろおどろしいタイトルが多いカーの作、〝悪魔のひじ〟もまさにその通り。でも、これは地名なんですね。そこに建つ屋敷で起こる密室事件になつかしいフェル博士が挑戦します。例によって幽霊も出ますが、ご安心を。カーはロマンスも忘れていませんし、私などはクリスティの作だと言われても納得しかねないほどの、なかなかにすっきりした佳作です。

本作で、レストレードだのグレグスンだのと呼びかけられたエリオット副警視長が、両警部のほかアセルニー・ジョーンズの名も出して、そう呼ぶのは一向にかまわないが、限度があるぞと怒る場面があります。たしかにジョーンズも警部ですが、『四つの署名』にしか出てこない人物名を持ち出すところから、カーのホームズ好きは明らかです。ついでに言えば、アセルニー・ジョーンズは気になる存在らしく、ある有名作家が自作に重要人物として用いていますし、ホームズの伝記を書いたベアリング＝グールドも同じことをしていますね。

そんなことを気にしながらカーの作品を手に取ると、いたるところにホームズの影が差しているのに気づきます。ホームズや作者コナン・ドイル（この人は自分で複合姓を主張していますが、以下では「ドイル」と表記します）への敬愛がどんな風に作品に表現されているかを眺めてみましょう。カーの少し違った面に気づくかもしれません。

「シャーロック・ホームズその人だって当てられやしないさ」は『連続自殺事件』からの例です。こういったことばがあちらこちらに書かれていますし、ホームズ、ワトスンの名は頻繁に登場します。ホームズですぐに思い浮かぶのは『アラビアンナイトの殺人』です。ウェイド博物館に勤めるロナルド・ホームズが活躍します。ワトスンのほうは、あまりにも原作での医師としてのイメージが定着している故か、カーはそれを使って茶化したりもしています。

『帽子収集狂事件』には監察医のワトスンさんが出てくるのですが──「ドクター・ワトスンだよ。もしも冗談好きがわかりきったことを言ったら、脳天をかち割ってやるからな。［略］うんざりだよ。みんな隅でヒソヒソとわたしのことを噂しやがって。注射器と四輪辻馬車と刻みタバコの話を振ってきて、リヴォルヴァーはいつも撃てるようにしているのかと訊ねる。私服刑事どもはひとり残らず辛抱強くわたしの報告書を待っている。〝基本だよ、ワトスン君〟と言いたいがために」とご不満のようです。

マイクロフトの名も何度か出ますね。主役級の人物ですから登場するのも当たり前でしょう。『黒死荘の殺人』では、「君は三課とも関係があるそうじゃな。もちろん、陸軍情報部のじゃ。わしは君のところの部長を知っとるぞ。マイクロフトと呼ばれておる御仁じゃ。よく知っておる」とフェザートン少佐が語ります。マイクロフトが入っていた「ディオゲネス・クラブ」にはヘンリ・メリヴェール卿も在籍していました（『かくして殺人へ』）。『一角獣の殺人』には「これはこれは、マイクロフト殿」と呼びかけられてH・Mが戸惑う場面もあります。カーはたぶんニヤリとしながらいたずらを仕掛けているのです。

正典の、はるかにマイナーな登場人物にもカーは眼を付けています。アセルニー・ジョーンズもそんな一人ですが、アンストラザーと聞いて、あああの、とすぐにうなずくとしたら、ホームズ物語に興味を持つ人でしょう。この名は『弓弦城殺人事件』に出てきます。ダグラス・G・グリーン著『ジョン・ディクスン・カー　奇蹟を解く男』（国書刊行会　一九九六）によれば、カーはこのAnstruther（グリーン著の原書で綴りがホームズ物語と一致することを確認しましたよ）を習作時代に使ったことがあるそうです。カーがこの名に愛着を持って再利用したのだとグリーンは推測して「たいした意味はないだろう」と書いているだけなので、この名の出自に彼が気づいていたかどうか曖昧なのですが（邦訳書一三七頁）。結婚したワトスンはホームズとの同居を解消して開業します。でも、相変わらずホームズから事件捜査に連れ出される。実はそんなときに代診を頼まれる医師の一人がアンストラザーなんですね。

ドイルがホームズを創造するに当たってモデルにしたのがジョセフ・ベル博士だったことはよく知られていますが、カーの『緑のカプセルの謎』には関係する記述があります。「講師がなにか液体の入った瓶に口をつけ、しかめつらをして、どれだけ苦かったか話すんです。それから瓶を学生にまわす。［略］中身が本当に苦い液体の場合、講師は飲むふりだけをする——そしていま自分がやったとおりのことをしなさいと学生に指示します。よほど注意して見ていないと、思い切り飲んでしまうものなんですよ」（七三―七四頁）

これはベル博士が授業で実際に行った実験でした。その具体的な様子はダニエル・スタシャワー著『コナン・ドイル伝』（東洋書林　二〇一〇　三七頁）に詳しく書かれています。

カーとドイルの息子エイドリアンとが組んだパスティッシュ短篇集『シャーロック・ホームズの功績』では前半の六編が共著です。その第二作「金時計の事件」に、牧師が語るこんな一節があります。

「彼と姪の仲はあまりよくなかつたということです。彼は野蛮といつてもいいくらい厳格な性質で、あるときなど、二年ほど前のことですが、彼女がブリストルへ行つて、ギルバート・アンド・サリヴァンの喜歌劇『ペイシェンス』を見てきたというただそれだけの理由で、剃刀砥ぎの革で、可哀そうにドロレスを折檻して、パンと水だけあてがつて、部屋に閉じこめておいたことさえあります」（ハヤカワ・ミステリ　一九五八　四八頁）

なぜこれを紹介したかと言えば、ドイルに関わる事実が含まれているからなのです。カー著『コナン・ドイル』（早川書房　一九六二　一五四頁）によると、ジェイムズ・バリと共作したオペレッタ「ジェーン・アニー」が失敗して「以前サヴォイ劇場へ『忍耐』を見にエルモ・ウエルデンをつれて行つたことを思いだしながら」、ドイルが「こういう失敗について、いやなのは、自分が、だれかの後押しをして、その相手を失望させたように感じることだ。だが、まあいいさ」と言ったのだそうです。ペイシェンスは登場人物の名ですから「忍耐」はまずいですね。いや、無理もないのですが、後で訳したはずのほうが間違っているのは「翻訳工房」の内部事情でしょうか。それはともかく、実際にエルモがドイルと一緒に植物園へ行った記録もありますから、ドイルと出かけたがために彼女が折檻を受けたという事実がなかったことを祈りたいものです。

カーとホームズとの関わりはまだまだあります。グルーズが描いた肖像画が掛かっていた邸が『火刑法廷』に。同じ絵がホームズ物語ではあの男の書斎にありました。そう言えば、あの男がカー作品に出て来るかどうか。『盲目の理髪師』には、ワトスンが「まだらの紐」の暗闇で聞いた、不吉さを思わせるシューッという音が登場しますし、「彼をぼくたちのベイカー街コレクションに加えよう！」ということばも出てきます。

『黒死荘の殺人』で捜査に当たるバート・マクドネル巡査部長の友人テッド・ラティマーは、「コナン・ドイルの降霊術の著書に強く惹かれ、憑依状態に入ろうと何度も試み」たそうです。ホームズお得意のことばを引用したのは『三つの棺』。「陳腐な言いまわしを用いたくはありませんが、不可能なことを排除すれば、残ったものが、いかにありそうでなくとも真実である。そう言っていいように思えますけどね」。同作で、「ドロシーはシャーロック・ホームズのようにソファのクッションを床に積み上げ、ビールのグラスを片手に」坐りました。『曲がった蝶番』では、好きな本を尋ねられた相続権主張者が「シャーロック・ホームズの本すべて。ポオの本は残らず。『修道院と炉辺』、『モンテ・クリスト伯』、『誘拐されて』、『二都物語』。あらゆる怪談。海賊、人殺し、廃墟になった城の物語」云々と答えています。このあとに嫌いな本としてジェイン・オースティンやジョージ・エリオットなどが挙げられるのは分かるような気もします。

ホームズへのカーの愛情が最大限に炸裂するのは『九つの答』でしょう。マリルボン図書館で一九五一年に行われたホームズ展を舞台としていて、実に詳しい描写がなされています。最後にはその展示室で主人公と犯人が対峙するのですが、展示品を壊しやしないかと読者はヒヤヒヤしながら経緯を見守ることになります。
ドイルの「ガリデブが三人」は名前の稀少性を背景としています。カーが四人目のガリデブを登場させた作はないものかと引き続き捜索中ですが、望み薄かもしれません。
それはさておき、いかがですか、カーの別の面に気づいていただけたでしょうか。

まだ推測の部分が残っているといいたければ、それでも結構。だが、わしはこれで決まりだと思う。神を称(たた)え、『証明終わり』と記してもいい気分だ。

本書終幕におけるギディオン・フェル博士の境地を目指して、今後もカーのホームズ、ドイル愛の捜索を続けたいと思います。愛読者の皆さんとご一緒できれば幸いです。

本作品は一九九八年に新樹社から刊行されました。
創元推理文庫収録に当たり全面的に改稿しています。

訳者紹介　1969年山梨県生まれ。早稲田大学第一文学部卒業。英米文学翻訳家。訳書にイネス「霧と雪」、クェンティン「迷走パズル」「俳優パズル」「人形パズル」「女郎蜘蛛」、バークリー「服用禁止」、ディクスン「かくして殺人へ」等がある。

検印
廃止

悪魔のひじの家

2024年6月28日　初版

著　者　ジョン・ディクスン・カー

訳　者　白須清美（しらすきよみ）

発行所　(株)東京創元社
代表者　渋谷健太郎

162-0814/東京都新宿区新小川町1-5
電　話　03・3268・8231-営業部
03・3268・8204-編集部
URL　http://www.tsogen.co.jp
DTP　工友会印刷
暁印刷・本間製本

乱丁・落丁本は、ご面倒ですが小社までご送付ください。送料小社負担にてお取替えいたします。

ISBN978-4-488-11851-8　C0197

車椅子のH·M卿、憎まれ口を叩きつつ推理する

SHE DIED A LADY◆Carter Dickson

貴婦人として死す

カーター・ディクスン

高沢 治 訳　創元推理文庫

◆

戦時下英国の片隅で一大醜聞が村人の耳目を集めた。
海へ真っ逆さまの断崖まで続く足跡を残して
俳優の卵と人妻が姿を消し、
二日後に遺体となって打ち上げられたのだ。
医師ルーク・クロックスリーは心中説を否定、
二人は殺害されたと信じて犯人を捜すべく奮闘し、
得られた情報を手記に綴っていく。
近隣の画家宅に滞在していたヘンリ・メリヴェール卿が
警察に協力を要請され、車椅子で現場に赴く。
ルーク医師はＨ・Ｍと行を共にし、
検死審問前夜とうとう核心に迫るが……。
張りめぐらした伏線を見事回収、
本格趣味に満ちた巧緻な逸品。

H·M卿、敗色濃厚の裁判に挑む

THE JUDAS WINDOW◆Carter Dickson

ユダの窓

カーター・ディクスン
高沢 治 訳　創元推理文庫

ジェームズ・アンズウェルは結婚の許しを乞うため
恋人メアリの父親を訪ね、書斎に通された。
話の途中で気を失ったアンズウェルが目を覚ましたとき、
密室内にいたのは胸に矢を突き立てられて事切れた
未来の義父と自分だけだった——。
殺人の被疑者となったアンズウェルは
中央刑事裁判所で裁かれることとなり、
ヘンリ・メリヴェール卿が弁護に当たる。
被告人の立場は圧倒的に不利、十数年ぶりの
法廷に立つH・M卿に勝算はあるのか。
不可能状況と巧みなストーリー展開、
法廷ものとして謎解きとして
間然するところのない本格ミステリの絶品。